Esther Kuhn
Magic Kleinanzeigen
Gebrauchte Zauber sind gefährlich

Für Leander

Esther Kuhn

MAGIC
Kleinanzeigen
GEBRAUCHTE ZAUBER SIND GEFÄHRLICH

magellan

Der Anfang vom Ende

»Wir könnten ihn einfach explodieren lassen.«

Was?

Was sagt sie da?

Mich explodieren lassen?

Ich schreie.

Aber es kommt nur ein dumpfes »Nmpf« aus meiner Kehle, denn der Knebel in meinem Mund sitzt so fest, dass ich nicht mal richtig schlucken kann.

»Das entscheidet der Boss«, krächzt ein Junge hinter mir wie eine Krähe. Stimmbruch. Es klingt lustig. Ich würde gerne lachen, wenn ich nur könnte. Dann spüre ich Finger, die an meiner Augenbinde zupfen, um zu prüfen, ob sie auch gut sitzt. »Passt. Er sieht nix mehr und kann nicht weg. Es gibt keinen Grund auszuflippen.«

Ich kann nicht viel tun, um meine Zustimmung zu signalisieren. Also nicke ich verzweifelt, um zu bestätigen, dass ich völlig harmlos bin. Wenn ich doch nur das Tuch in meinem Mund einfach ausspucken könnte. Ich würde alles erzählen. Natürlich nicht die Wahrheit. Irgendeine gute Ausrede müsste mir noch einfallen.

»Wie wäre es, wenn wir ihn einfach in den Fluss werfen, und fertig«, schlägt die Verrückte vor.

Es dauert eine Sekunde, bis ich verstehe, was sie da sagt.

Das kann sie doch nicht ernst meinen? Erst explodieren lassen und jetzt ertränken? Meine Unterarme beginnen zu jucken, ich möchte sie kratzen, aber es geht nicht, denn ich bin mit beiden Armen an den wackligen Stuhl gefesselt, auf dem ich sitze.

»Meinst du, ihn umbringen?« Die Krähe ist genauso entsetzt wie ich.

»Nein. Du hast recht«, lenkt die Verrückte ein. »Eine Explosion fürs Gehirn. Das reicht auch.«

Sie meint es ernst, aber die Krähe lacht nur laut: »Du Angeberin, hast du das denn schon mal gemacht? Dabei kann man selbst draufgehen. Ich hab von einem gehört, der es versucht hat, und *bang* – war's vorbei.«

»Ja, so ein Idiot. Ich kenn den. Angeblich kann er sich an nix mehr erinnern. Alles Banane im Schädel. Das wär die Endkatastrophe.«

»Also warten wir, bis der Boss kommt«, wiederholt die Krähe.

Warten, bis der Boss kommt? Gute Idee. Das bringt mir immerhin Zeit. Also nicke ich wieder.

»Okay«, erwidert die Verrückte: »Ich hol schon mal das Wahrheitsserum. Dann kann das Vögelchen erst noch singen, bevor wir es in die Luft jagen.«

In meinem Kopf scheint jetzt schon alles zu explodieren. Wo bin ich da nur reingeraten?

Plötzlich muss ich daran denken, wie alles angefangen hat, und ich frage mich, ob ich mich noch einmal dafür entscheiden würde. Also mit dem Wissen von jetzt.

Denn eins ist klar. Wenn der Boss kommt, dann endet mein Abenteuer auf die schrecklichste Weise, die man sich vorstellen kann. Sie werden mir das Wahrheitsserum verabreichen. Ich werde plappern wie ein Papagei. Und dann: BUMM. AUS. VORBEI.

Dabei hat alles ganz harmlos angefangen. Vor vier Wochen. Mit einem Kofferraum voller Kuscheltiere.

Mit einem Fuß am Abgrund

Ich erinnere mich genau an den Urknall meines Abenteuers, an den einen Moment, ohne den diese Geschichte niemals passiert wäre. Es war der Tag, an dem ich die schlechteste Note ever in einem Biotest bekommen hatte. Ergebnis: einer von zwanzig Punkten. Thema? Was war es noch mal? Ach ja. Amphibien! Also, Frösche und Lurche und so. Den einen Punkt hatte ich gnädigerweise für meine Antwort auf die Frage nach den natürlichen Fressfeinden von Fröschen bekommen: »Franzosen«.

Auf jeden Fall waren überall auf meinem Test lilafarbene Anmerkungen und Striche gewesen. Herr Weber, den alle nur den Weberknecht nennen, findet nämlich für seine Korrekturen ein freundliches Lila netter als ein böses Rot. Vielleicht sollte ihm mal jemand sagen, dass diese Farbe ebenfalls in den Augen wehtut und es keinen Unterscheid macht, wenn man sich so oder so wie ein Totalversager fühlt.

Klar, ihr denkt jetzt: Was soll's. Ist doch halb so wild. Man kann ja auch mal eine schlechte Note in Biologie haben.

An sich ja. Aber nicht, wenn man auf eine Schule wie meine geht. Bevor ich vor zwei Jahren in die fünfte Klasse eingeschult wurde, dachte ich ernsthaft, dass es im Karl-Koch-Gymnasium bestimmt leckeres Essen in der Cafeteria gibt. Ich wusste nicht, dass Karl gar kein Koch war, sondern ein Wissenschaftler. Spezialgebiete: Medizin und Botanik. Woher sollte ich ihn auch kennen? Der Typ ist seit über hundert Jahren tot.

Auf meiner Schule wird er aber immer noch sehr verehrt. Überall in den Fluren hängen alte Fotos von ihm. Es gibt Förderpreise mit seinem Namen, und in der Weihnachtsgala tritt er sogar höchstpersönlich auf, gespielt von unserer Direktorin, Frau Eisenbeis. Unter uns: Selbst das Mittagessen ist ihm gewidmet. Es besteht zu einem Großteil aus Pflanzen und schmeckt meistens nach Medizin.

»Das war nur ein Test«, sagte der Weberknecht an diesem denkwürdigen Montag. »Der sollte euch zeigen, wo ihr zurzeit steht.«

Mit einem Fuß am Abgrund, dachte ich aufgebracht.

»Ich möchte, dass ihr den Test unterschrieben wieder mitbringt«, fuhr er fort.

Never. Den Test konnte ich unmöglich zu Hause vorzeigen. Meine Eltern sind nämlich beide megastolz darauf, dass ich ihre Schule besuche. Die, auf der sie beide vor zwanzig Jahren ihr Spitzen-Abitur in Bio und Mathe gemacht haben. Dummerweise denken sie, dass bei zwei naturwissenschaftlich begabten Menschen automatisch auch ein naturwissenschaftlich begabtes Kind herauskommen muss. Aber ich bin der lebende Beweis, dass das nicht so ist.

»Und nächste Woche am Mittwoch steht dann noch der große Eignungstest auf dem Programm. Das Ergebnis entscheidet darüber, wer sich von euch für den naturwissenschaftlichen Zweig ab Klassenstufe sieben qualifizieren wird.«

Der Eignungstest?

Au Backe.

Meine Unterarme begannen zu jucken, wie immer, wenn es stressig wurde. Aber ich versuchte, mich zu beruhigen. Nächste Woche, hatte er gesagt. Das waren dann ja mit heute noch neun Tage zum Lernen. Easy! Da würde ich die Sache mit den Lurchen und Molchen schon irgendwie ins Gehirn bekommen.

Mit einem Räuspern versuchte der Weberknecht, gegen die aufbrandende Unruhe anzukommen: »Und denkt daran, ich werde euch einmal querbeet durch den Stoff des ganzen Jahres abfragen.«

Der Stoff des ganzen Jahres? Ich war am Arsch. Hatte der sie noch alle?

Es klingelte zur letzten kleinen Pause. Ich sah mich Hilfe suchend um und entdeckte viele zufriedene Gesichter. Eine Reihe vor mir erhaschte ich sogar einen deprimierenden Blick auf Filines Test. Lupenrein, ganz ohne Lila! Aber das war zu erwarten gewesen. Der Großteil in meiner Klasse war gut in Biologie, Filine jedoch war unsere Miss Brain. Ansonsten lief im Oberstübchen auch nicht alles korrekt, weshalb sie hinter ihrem Rücken auch die verrückte Filine genannt wurde. Seit Kurzem kam sie mit schrill bunten, meist gestreiften Wollmützen und Schals in die Schule. Hallo? Im Juni bei fünfundzwanzig Grad!

Aber ich hatte mir vorgenommen, mich nicht mit so einer zu messen. Anderes Level! Nein, anderes Universum! Also schubste ich meinen besten Freund und Banknachbarn Leon an. Dank ihm war ich nicht der Einzige, bei dem sich seine Eltern geirrt hatten. Für Leon wäre ein Picasso-Gymnasium das richtige gewesen, denn er konnte richtig gut malen und zeichnen. Trotzdem versuchte auch er verzweifelt, in die viel zu großen Fußstapfen von Karl Koch zu treten.

»Was?«, fragte Leon ein bisschen genervt.

»Alles lila. Und bei dir?«

Er zögerte. Wahrscheinlich schämte er sich genauso wie ich.

Widerwillig schob er mir seinen Test rüber.

Ich konnte erst gar nicht reagieren, so geschockt war ich.

Achtzehn von zwanzig Punkten? WAS?

»Wer bist du?«, fragte ich voller Misstrauen. »Und was hast du mit Leon gemacht?«

»Red keinen Quatsch.«

Warum war er nur so genervt, bei dem Ergebnis?

»Beweise mir, dass du es wirklich bist!«, stichelte ich und forderte ihn zu einem Wörterkettenduell heraus. Es war unser Lieblings-Pausenfüller-Spiel. Jeder musste mit einem Wort antworten, das ihm zu dem davor genannten Wort als Erstes in den Kopf kam. Ich fing an: »Blut.«

»Tot.«

»Grab.«

»Zombie.«

»Axt.«

»Aua.«

Na gut. Er war es doch. Eindeutig. Dieses Spiel endete bei Leon nämlich immer irgendwann mit einem »Aua«.

»Mensch, ToHo! Du solltest vielleicht auch mal über Nachhilfe nachdenken.«

ToHo. Das war ein weiterer Beweis. Denn nur Leon nannte mich so. Schon am ersten Schultag hatte er mir diesen Spitznamen verpasst: das To von Tobias und das Ho von meinem Nachnamen. Hoppe.

»Seit wann hast du Nachhilfe?«, fragte ich erstaunt. Kein Wort hatte er je darüber verloren.

»Seit drei Wochen oder so.«

»Wieso hast du mir nix davon erzählt?«

»Meine Eltern wollen nicht, dass es jemand weiß. Ist ihnen wohl peinlich, dass ich es nicht einfach so in den Nawi-Zweig schaffe. Also kein Wort zu niemandem.«

Ich musste sofort an meine Eltern denken. An das enttäuschte

Gesicht von Frau Professorin Hoppe, Biologin an der Uni, und an das traurige Gesicht von Dr. Hoppe, seit Kurzem Abteilungsleiter bei der Linneberger Bank.

Automatisch kamen mir die »Taxioten« in den Sinn. So hießen hier die zehn Prozent, die den Sprachenzweig belegten: Idioten, die niemals wirklich Karriere machen, sondern als Taxifahrer enden würden. Ich kratzte mich heftig an der Innenseite meines linken Unterarms. Es fühlte sich an wie tausend kleine Insektenstiche.

Als hätte Leon meine Gedanken gelesen, sagte er: »Oder willst du so enden wie der unheimliche Schatten?«

Mike oder der unheimliche Schatten, wie er von vielen hinter vorgehaltener Hand genannt wurde, war ein ganz normaler Junge gewesen, bis er es im letzten Jahr nicht in den Nawi-Zweig geschafft hatte. Dann waren ihm irgendwie über den Sommer die Sicherungen durchgebrannt. Als er nach den Ferien zurückkam, trug er nur noch schwarze Klamotten, sprach mit niemandem mehr und schlich immer alleine wie ein Serienmörder über den Schulhof. Aber ich verstand ihn. Seine Mutter war Direx Eisenbeis. Zu Hause war bestimmt der Teufel los. Er tat mir leid. Nein. So wie Mike wollte ich nicht enden. Auf keinen Fall!

Ein Kofferraum voller Kuscheltiere

Nach der Schule schlappte ich gemütlich mit Leon über den Schulhof, als ich meine Mutter vor dem Schultor stehen sah. Was wollte die denn hier? Ich war ja keine sieben mehr und konnte sehr gut alleine mit der Straßenbahn nach Hause fahren.

Seitdem wir im Ostviertel wohnten, war mein Nachhauseweg so einfach, dass ich den auch schon im Kindergarten alleine hinbekommen hätte. Es gab also keinen Grund für sie, mich abzuholen. Wie peinlich, vor allem, weil sie auch noch mitten im Halteverbot geparkt hatte.

»Hey, Leon. Meine Mum ist da. Willst du mitfahren?«, fragte ich meinen Kumpel, denn in diesem Moment sah ich den Weberknecht aus dem Nebengebäude kommen und hörte innerlich seine Stimme: »Bitte den Test unterschrieben wieder abgeben.« Ich musste mir dringend eine Strategie überlegen, wie ich an die Unterschrift meiner Mutter kommen konnte, ohne ihr den Test zu zeigen. Ein Mitfahrer war eine gute Taktik. Zumindest solange Leon im Auto war, würde sie mir keine bohrenden Fragen über die Schule stellen, und ich hatte ein bisschen mehr Zeit zum Nachdenken.

»Sorry. Hanna nimmt mich mit«, sagte Leon, und da entdeckte ich auch schon seine große Schwester, die gerade auf den Schulhof gefahren kam, um Leon einzusammeln. Mit ihrem silbernen Helm über den kurzen rosa Haaren und auf dem pinkfarbenen Roller sah sie aus wie ein Knallbonbon.

»Wie wäre es mit Daddeln? Du könntest später vorbeikommen«, fragte ich noch schnell, als Leon hastig hinten aufstieg.

»Hey, Kleiner«, grüßte mich Hanna ganz cool, als würde sie den Weberknecht, der mit mürrischer Miene auf sie zustürmte, gar nicht bemerken. Sie ging schon in die elfte Klasse und wusste genau, dass das Fahren auf dem Schulhof streng verboten war.

»Was ist jetzt? Kommst du vorbei?«, fragte ich noch mal.

»Sorry. Vielleicht am Wochenende. Die Woche ist schon wieder ganz vollgepackt. Du weißt ja. Fußball, Malschule, Schwimmen und Nachhilfe eben.«

Dann zog er sich schnell den zweiten Helm über und die beiden knatterten vom Hof.

Als der Weberknecht das sah, wechselte er noch im Gehen die Richtung und hielt nun mit wedelnden Armen und wehenden Fusselhaaren Kurs auf meine Mutter. Er war ein großer, schlaksiger Mann und erinnerte jetzt wirklich an das Spinnentier mit den langen, dünnen Beinen. Hoffentlich ging es ihm nur um die Parksünde und nicht um meine schulischen Leistungen.

Jetzt mal ehrlich!

Lurche und Molche.

Ich hatte ja versucht, mir die Details zu merken. Einen Abend vor dem Test hatte ich mir alles einmal genau durchgelesen. Ich schwöre es. Aber die Infos waren irgendwie über Nacht von meiner Gehirnfestplatte gelöscht worden. Keine Ahnung, warum!

In Panik rannte ich los, um das Schlimmste zu verhindern. Aber sie redeten bereits miteinander. Ich sah, wie sich ihre Lippen bewegten. Ich versuchte abzulesen, worum es ging. Doch das war unmöglich.

»Wie gesagt«, hörte ich den Weberknecht murren, als ich die beiden erreichte. »Das ist eine Feuerwehreinfahrt. Hier muss immer frei bleiben.«

»Natürlich. Das verstehe ich«, antwortete meine Mutter. »Ich bin auch sofort wieder weg.« Sie lächelte ihr schönstes Strahlelächeln. Herr Weber wünschte ihr »Einen schönen Tag«, kehrte auf dem Absatz um und stolzierte davon.

»Bis dann«, rief meine Mutter ihm hinterher, als wären sie die besten Kumpels.

Ob er etwas gesagt hatte? In den Sekunden vor meiner Ankunft? Ich forschte in ihrem Blick, aber sie sah nicht verärgert aus. Zum Glück.

Dann entdeckte ich die nächste Katastrophe.

Der ganze Wagen war voll mit Kartons und Säcken. Nur Fahrer- und Beifahrersitz waren noch frei. Da hätte Leon sowieso nicht mehr mit reingepasst.

»Ja, du wunderst dich sicher, dass ich hier bin«, begrüßte mich meine Mutter. »Also, ich dachte, ich hol dich heute ab und wir bringen gemeinsam die ganzen alten Sachen weg.«

Vor einer Woche waren wir ins Ostviertel gezogen. Erst zwei Tage bevor die Umzugsfirma gekommen war, um alles abzuholen, hatten wir unsere Sachen einfach Hals über Kopf in unzählige Kisten gepackt. Es war ein einziges Chaos gewesen.

»Ich hab mir heute extra freigenommen und ein bisschen was aussortiert.« Sie lächelte verlegen. »Sag nichts. Ich weiß, es wäre schlauer gewesen, das vor dem Umzug zu machen.«

Ich ahnte Böses. »Und was ist das alles?«

»Klamotten von mir und auch alter Krempel von dir, der jetzt echt mal wegkann.«

Das klang nicht gut, gar nicht gut.

»Was für alter Krempel?«, fragte ich daher misstrauisch.

»Na ja. Ich dachte, wir könnten andere damit glücklich machen. Deshalb wollte ich alles zum Kinderschutzbund bringen.

Die verschenken das dann an Kinder, die nicht viel haben und sich sicher über den ein oder anderen neuen Kuschelfreund freuen würden.«

»Wovon redest du, Mum?«

Zögerlich öffnete sie den Kofferraum und stammelte etwas von »Du bist doch jetzt wirklich schon zu alt für so was«.

Dann sah ich es: zwei überquellende Wäschekörbe mit all meinen plüschigen Freunden aus meiner gesamten Kindheit. Traurig blickten mir Schaf Lulu und Tintenfisch Jotti entgegen. Ein Auge von Timur, dem Babytiger, fixierte mich. Mitten im Plüschberg entdeckte ich noch den Panzer von Schildkröte Jolanda und das rosa Einhorn von Fritz.

Doch dann traf mich der vorwurfsvolle Blick eines Kuscheltieres mitten ins Herz.

Hoppel!

Sie hatte Hoppel aussortiert. Das war eine Unverschämtheit. Er war nicht einfach nur irgendein weiß-grauer Hase, er war mein bester Freund, mein Beschützer, mein Kamerad. Wir schliefen jeden Abend zusammen ein. Ich griff ihn und drückte ihn an mein Herz.

»Hoppel geht nirgendwohin und die anderen auch nicht«, rief ich und war so aufgebracht, dass ich erst jetzt bemerkte, dass wir eine interessierte Zuschauerin hatten. Zwei Meter von uns entfernt stand Filine und glotzte wie hypnotisiert auf den Berg aus Kuscheltieren. Heute trug sie einen gelb-lila gestreiften Eierwärmer auf dem Kopf, unter dem zwei geflochtene rotbraune Zöpfe hervorlugten, und einen passenden Schal, der länger als ihr Jeans-Latzrock war und dessen Fransen über ihren nackten Knien baumelten.

Blitzartig warf ich Hoppel von mir, als hätte er die tödliche

Hasenseuche, und schlug den Kofferraum zu. Das war mir so was von peinlich.

»Lass uns fahren«, fauchte ich meine Mutter an und stieg ein, ohne noch einmal zu Filine zu sehen. Erst als wir beide im Wagen saßen und losfuhren, da riskierte ich einen Blick in den Seitenspiegel und sah, dass sie immer noch wie angewurzelt dastand und uns hinterherstarrte.

Das war er, der Urknall. Aber das verstand ich erst viel später.

In diesem Moment war ich einfach nur wütend. Ich wusste nicht, was mich mehr aus der Fassung brachte. Dass meine Mutter Hoppel und meine anderen Kameraden hatte verschenken wollen oder dass Filine diese Szene eben live miterlebt hatte. Wenn sie es weitererzählte, dann konnte ich den Eignungstest überspringen, mir gleich schwarze Klamotten kaufen und mich zu den traurigen Taxioten gesellen. Dann war ich so oder so der Lacher der Schule und für immer ausgestoßen.

»Wie war's in der Schule? Irgendwas Besonderes?«, fragte meine Mutter genau in dem Moment, als wir am Rosengarten vorbeifuhren. Verzweifelt betete ich um eine Eingebung, da entdeckte ich zwischen weißen und roten Rosenbüschen meinen Vater. Es war ein seltsamer Anblick. Er saß ganz alleine auf einer Parkbank und aß ein riesiges Baguette-Sandwich.

»Da ist Papa«, rief ich aus.

»Wo?« Meine Mutter blickte schnell noch zur Seite, doch da waren wir schon vorbeigefahren.

»Da eben. Im Rosengarten.«

»Dein Vater in einem Park? Um die Uhrzeit? Der hat für so was keine Zeit. Der ist jetzt Chef.« Sie kicherte ein wenig dabei, was ich verstehen konnte, denn mein Vater war eigentlich überhaupt nicht der Typ Chef. Zumindest nicht bei uns zu Hause.

Ich war mir trotzdem zu hundert Prozent sicher, dass er es gewesen war, aber ich wollte nicht streiten.

»Du hast wahrscheinlich recht«, nuschelte ich daher und war froh, dass damit auch das Schulthema vergessen war. Jetzt wollte ich nur noch nach Hause, doch statt nach links abzubiegen, ordnete sich meine Mutter auf der Geradeaus-Spur ein.

»Wo fährst du denn jetzt hin?«

Sie zeigte mit dem Daumen nach hinten auf den ausrangierten Kram.

»Und was ist da noch drin, das ich wissen sollte?«

Ich fürchtete um meine Legosammlung.

»Hauptsächlich Klamotten. Ich will sie der Kleiderkammer spenden. Aber keine Sorge. Die meisten Sachen sind von mir. Manchmal muss man sich einfach von altem Ballast befreien, um neue Wege gehen zu können.«

Ich verstand kein Wort. Neue Wege gehen, indem man Kleider weggab? Manchmal waren Erwachsene sehr seltsam.

»Du kannst es dir jetzt noch überlegen«, sagte sie, als wir die Brücke überquert hatten. »Wir kommen gleich beim Kinderschutzbund vorbei. Liegt auf dem Weg. Ich könnte kurz anhalten.«

Sie hatte es weiterhin auf meine Kuscheltiere abgesehen. Versuchte sie gerade, mich zu überreden?

»Du könntest dein Zimmer umgestalten. Als Jugendzimmer. Mit coolen Postern und so.«

»Ein Jugendzimmer?«, fragte ich und kratzte unauffällig meinen rechten Arm. Es juckte wie die Hölle.

»Du bist zwölf. Glaub mir, es geht jetzt alles ganz schnell. Wenn die ersten Pickel kommen, bedeutet das, dass der Hormonspiegel sich ändert. Dann ist es so weit.«

Wovon redete sie?

»Was ist dann so weit?«

»Na, die Pubertät geht los. Das sagt zumindest der Pickel auf deiner Nase.«

»Pickel?« Sofort tastete ich mit der Spitze meines Zeigefingers meine Nase ab. Da war ein Hubbel. Nervös klappte ich den Blendschutz an der Frontscheibe nach unten und öffnete die kleine Spiegelklappe. Tatsächlich. Oh nein! Ein gelber Eiterknubbel leuchtete auf meiner Nasenspitze.

»Das ist typisch für Teenager. Die Talgdrüsen verstopfen. Und wenn sich dann die Propionibakterien vermehren, gibt es entzündliche Papeln und eitrige Pusteln.«

»Mama. Hör auf.« Ich hasste es, wenn sie die Professorin gab und mit Fremdwörtern um sich warf.

»Aber so ist es nun mal. Biologisch ganz normale Vorgänge. Du wirst jetzt eben ein Mann.«

Wahnsinn, sie konnte so ätzend sein. Am liebsten hätte ich mir die Ohren zugehalten.

»Also, dahinten ist das Büro vom Kinderschutzbund. Entscheide dich jetzt. Was soll mit den Kuscheltieren passieren? Du spielst doch schon seit Jahren nicht mehr damit.«

Ich war völlig irritiert. Hatte sie möglicherweise recht? War ich wirklich zu alt für Kuscheltiere? Bedeutete, ein Teenager zu werden, dass man seine geliebten Spielsachen weggab und sich ein Jugendzimmer einrichtete? Was sollte das auch sein, ein Jugendzimmer? Das klang nach 1980.

»Ich spiele nicht mehr mit ihnen. Das stimmt«, sagte ich so ruhig und cool wie möglich. »Aber in unserem Haus ist doch jetzt genug Platz.«

Meine Mutter seufzte tief: »Von mir aus. Dann kommen sie eben in den Keller.«

In den Keller?

Ich stellte mir Hoppels traurige Augen vor, alleine in der Dunkelheit. Aber besser als Verschenken war es allemal.

»Okay«, entgegnete ich deshalb nur kleinlaut.

Was ich nicht sagte, aber jetzt ganz deutlich in meinem Herzen spürte: Ich liebte jedes einzelne meiner Kuscheltiere immer noch genauso sehr wie an dem Tag, als ich es bekommen hatte. Und daran änderte auch der Pickel auf meiner Nase rein gar nichts!

Seltsame Ereignisse

Als wir zu Hause ankamen, schickte mich meine Mum direkt in mein Zimmer. Zum Hausaufgabenerledigen. Währenddessen räumte sie die Wäschekörbe mit den Kuscheltieren in den Keller. Ich brauchte dringend einen Plan. Ich kannte sie. Sie würde ein paar Wochen warten, bis Gras über die Sache gewachsen war, und die Kuscheltiere dann heimlich verschwinden lassen. Nach und nach waren meine Kleinkindspielsachen auf diese mysteriöse Art und Weise vom Erdboden verschluckt worden. Manchmal hatte sie gefragt, ob sie den Bagger an das Kind von Frau Sowieso oder das Bilderbuch an das Kind von Herrn Sowieso verschenken dürfe, meistens waren dann aber mehr Dinge verschwunden als nur der Bagger und das Buch.

Spätestens beim Einschlafen war sonnenklar, dass ich zumindest meine liebsten Kameraden retten musste. Ohne Hoppel fühlte es sich an, als würde mir ein Arm fehlen oder ein Bein. Einschlafen dauerte ewig. Und am nächsten Morgen fühlte ich mich wie vom Bus überfahren.

Müde und schlecht gelaunt betrat ich die Küche, in der gerade eine Party gefeiert wurde. Im Radio sang eine Frauenstimme »It's my life« zu stampfenden Beats, während meine Mutter mit hochgereckten Armen vor dem dröhnenden Mixer tanzte und zwischendurch mit den Fingern auf der Arbeitsplatte trommelte. Das mit dem Tanzen und dem Smoothie waren nicht das Seltsamste an diesem Anblick, sondern ihr Aufzug. Sie trug eine schwarze, glänzende Leggings, ein gelbes Muskelshirt und ein Schweißband um den Kopf.

»Morgen, Schatzi«, sagte sie mit wippendem Kopf und setzte gut gelaunt in den Gesang ein: »It's my life.«

Dann schüttete sie grünen Glibber in ein Glas, hielt ihn mir entgegen und fragte: »Auch ein Schlückchen? Sehr gesund. Mit Spinat und Mangold.«

Normalerweise war sie morgens immer schon wie aus dem Ei gepellt, meistens in einem schicken Hosenanzug mit Bluse und Jackett. Und sie trank Kaffee.

Das hier war nicht meine Mutter!

»Gehst du gar nicht zur Arbeit?«, fragte ich daher und stieg über eine der Umzugskisten hinweg, um zum Küchentisch zu gelangen.

»Doch, klar. Aber erst nach dem Joggen.« Dann lächelte sie, als wäre es das Normalste der Welt, und stellte mir meinen Kakao neben meine Frühstücksflocken, in denen heute ein paar Himbeeren und Bananenstücke schwammen.

Joggen? Hatte sie gerade joggen gesagt?

Es war 7.15 Uhr!

Eine Viertelstunde später verließen wir gemeinsam das Haus. Im Rausgehen hörte ich die Klospülung im oberen Bad. Mein Vater war gerade aufgestanden. Er musste immer erst um neun Uhr im Büro sein, der Glückliche.

Draußen wurden wir stürmisch von Kolumbus begrüßt. Bellend stand er am Nachbarzaun und wuffte uns in einem tiefen Hundebass ein »Guten Morgen« zu. Speichel rann ihm an der Schnauze herunter. Meine Mutter verzog angewidert das Gesicht.

»Ich hasse Hunde«, sagte sie zähneknirschend. »Er sieht aus wie ein Kalb. Meine Güte. Wie groß können Hunde nur werden?«

»Er ist ein Leonberger«, erklärte ich. Das hatte ich im Internet recherchiert. »Die gehören zu den größten Hunderassen.«

»Zum Glück ist ein Zaun zwischen uns«, sagte meine Mutter, die schon vor dem Sport zu schwitzen begann. Wahrscheinlich vor Angst. Als Kind war sie mal gebissen worden, von einem Dackel namens Edgar. Als Biologin konnte sie Frösche sezieren, aber keinen Hund streicheln. Das war irgendwie verrückt.

Ich dagegen mochte Hunde und hatte mich bereits beim Einzug über den tierischen Nachbarn gefreut, der sein Reich im Vorgarten hatte. Dort stand seine Hundehütte in der Form eines Schiffs. Auf die blauen Planken hatte sein Herrchen in weißer Schrift »Kolumbus« gepinselt. Zwei Meter davor erhob sich ein riesiger eiserner Anker aus dem Rasen und ein Mast, an dem jeden Tag eine andere Fahne flatterte. Heute war es die Europaflagge, blau mit gelben Sternen.

Am Gartentor hielt meine Mutter an und holte einen Zettel aus dem Briefkasten. Mit rollenden Augen faltete sie ihn auseinander und las ihn halblaut vor: »Kleiner Hinweis. Der gelbe Sack wird immer mittwochs abgeholt, in den geraden Wochen. Nicht dienstags in den ungeraden. Es grüßt Sie, Alfred Bohnenberger, Kapitän a. D.«

»Ich hasse Nachbarn«, knurrte meine Mutter, dann joggte sie einen Meter zum Mülleimer und entsorgte die Nachricht. Anschließend beugte sie sich nach vorne und versuchte vergeblich, mit den Fingerspitzen ihre Füße zu erreichen. Dabei legte sich ihr Bauch in mehrere Speckfalten. Das sah aus wie ein Gebirge.

Endlich kam Leon oben um die Ecke gebogen. Cool, dass wir jetzt nur noch zwei Straßen voneinander entfernt wohnten. Darauf hatte ich mich am meisten gefreut. Jeden Morgen holte er mich ab, um gemeinsam zur Straßenbahn zu laufen.

Bevor Leon uns erreichte, hielt mich meine Mutter noch kurz am Arm fest. Sie war bereits außer Atem von ihren Dehnübungen.

Hoffentlich fragt sie jetzt nicht nach der Schule, schoss es mir durch den Kopf. Ich hatte nämlich immer noch keinen Plan. Morgen würde ich mich mit einem »Hab ich vergessen« durchmogeln können, aber bis Freitag brauchte ich unbedingt diese blöde Unterschrift.

»Kannst du mir noch einen Gefallen tun?«, fragte sie.

Ich nickte erleichtert.

»Könntest du mich ab sofort Ändy nennen?«

»Ändy?«, wiederholte ich.

»Ja. Andrea klingt voll Achtziger. Ändy find ich besser.« Dann tätschelte sie mir den Kopf, als wäre ich Kolumbus, und joggte davon.

Den ganzen Weg zur Schule ließ mich dieser letzte Satz nicht mehr los. Ändy? Das klang ja so bescheuert. Das würde ich niemals über die Lippen bekommen. Ich nannte sie schon immer Mama, seit Kurzem auch manchmal Mum. Einfach weil es cooler klang. Aber Ändy?

»Alles klar, ToHo?«, riss mich Leon aus meinen Gedanken. »Irgendwas stimmt nicht mit der verrückten Filine«, sagte er dann.

»Ja, sie trägt Wollmützen im Sommer. Das ist schräg«, antwortete ich.

»Das meine ich nicht. Sie glotzt schon die ganze Zeit zu uns rüber.«

Jetzt folgte ich seinem Blick und entdeckte Filine in der Menge zusammengepferchter Kinder, die alle mit der Straßenbahn auf dem Weg zur Schule waren. Sie stieg immer eine Haltestelle nach uns ein. Aber ich schenkte ihr nie viel Beachtung. Sie redete oft mit einem Mädchen aus der Siebten. Das war mir schon mehrfach aufgefallen, weil dieses Mädchen echt außergewöhnlich schön war. Auf eine seltsame Weise waren sich die beiden ähnlich, dann aber doch auch wieder nicht. Ach, im Grunde waren sie mir schnuppe. Mädchen interessierten mich nicht sonderlich. Sie redeten nicht mit mir und ich nicht mit ihnen. In der ganzen Klasse war das einfach so Gesetz. Die Jungs blieben unter sich und die Mädchen eben auch. Außer in Projektgruppen unter Zwang, da wurden wir schon mal gemischt. Aber das war auch irgendwie auszuhalten. Sie sind ja auch nur Menschen. Also, ich will sagen: Man kann es überleben, auch wenn man sich nichts zu sagen hat.

Jetzt bemerkte ich aber, dass Filine uns wirklich fixierte. Sie sah auch nicht weg oder tat so, als wäre es nur ein blöder Zufall. Ungeniert stierte sie immer noch in unsere Richtung. Ich musste an gestern denken, an den Kofferraum voller Kuscheltiere, und schämte mich in Grund und Boden. Dann sah ich sie mit dem Mädchen flüstern. Ob sie ihr gerade die Sache mit Hoppel erzählte? Die beiden kicherten. Garantiert würde das Mädchen meine Geschichte weitertratschen. Und all die coolen Kids würden sich über mich totlachen.

»Wer ist die bei Filine?«, fragte ich Leon.

»Dein Ernst?« Leon schüttelte den Kopf. »Das ist Ariana, Filines Cousine. Die kennt doch jeder. Ihren Eltern gehört das Bistro Russo.«

Er sah mich an, als müsse mir das was sagen.

»Kenn ich nicht.«

»Typisch! Du Blindfisch. Das ist das Bistro bei euch gegenüber. Andere Straßenseite. Ein Stück den Hügel hoch.«

Jetzt, wo er es sagte, hatte ich plötzlich den Schriftzug vor Augen.

»Okay. Kenn ich doch. War aber noch nie drin. Bin neu in der Gegend.«

»Dann wird es aber höchste Zeit«, sagte Leon. »Die Yucca-Pommes mit Käsesoße. Die musst du dir geben. Hammer!«

Dann kicherte er. »Ich glaube, die steht auf dich.«

»Halt die Klappe«, zischte ich. Mir war überhaupt nicht zum Lachen zumute.

Im Laufe des Tages wanderte meine Laune noch weiter in den Keller. Am Anfang hielt ich es für verrückte Zufälle, doch dann sah ich wirklich überall Filines gelb-lila Wollmütze. Sie lauerte mir auf. Verließ ich die Klasse, folgte sie mir. Ging ich aus dem Jungsklo, verließ sie gerade das Mädchenklo. In der Schlange an der Brötchentheke kam sie mir sogar so nahe, dass ich ihren Atem in meinem Genick spüren konnte. Ich erstarrte, erwartete ein Flüstern, eine Drohung, ein Zischen in einem Ohr. Aber sie sagte nichts. Sie sprach mich nicht an. Sie verfolgte mich einfach nur. Total psycho!

Sogar in der Pause gab es kein Entkommen. Die verrückte Filine hatte mich auf dem Radar. Und sie kam mir immer näher. Meter für Meter!

Ich musste verhindern, dass sie mich ansprach. Was auch immer sie von mir wollte, es interessierte mich nicht.

Also blieb mir nichts anderes übrig, als mich zu verstecken, irgendwo, wo sie auf keinen Fall hinkonnte. Vielleicht würde sie dann einfach das Interesse an diesem Spiel verlieren. Leon und die anderen Jungs aus meiner Klasse kickten gerade. Da die Spieler der Mannschaften in jeder Pause wechselten, würde mich sicher keiner vermissen. Daher brachte ich mich spontan in Sicherheit.

Das dachte ich zumindest.

Doch hinter mir löste sich ein Schatten aus der Wand und folgte mir in die Jungentoilette. Ich wollte mich schon umdrehen und »Jetzt reicht es aber! Für Mädchen ist das hier Sperrgebiet!« brüllen, als ich meinen Verfolger im Spiegel über den Waschbecken erkannte.

Es war der unheimliche Mike.

Kein Lächeln, keine Regung war in seinem Gesicht zu sehen. Wie ein Zombie stierte er auf meinen Rücken.

Mit ihm alleine in einem Raum zu sein, lag auf Platz zwei meiner Albtraumliste, nur getoppt von »In einem Taxi ertrinken«. Er war definitiv noch verrückter als Filine, und es gab Gerüchte, dass er schon mal beinahe jemanden umgebracht hätte.

Ich rettete mich ans Waschbecken und ließ ihn vorüberziehen. Als ich mich umdrehte, war er zum Glück verschwunden.

Ich beschloss, mich bis zum Ende der Pause in einer der Klokabinen zu verstecken.

Natürlich war es kein Aufenthalt in einem Luxusapartment. Es roch nicht gut, war ungemütlich und die Zeit schlich nur gaaanz langsam voran. Schüler kamen, Schüler gingen. Ich konnte sie pinkeln, quatschen und lachen hören. Langsam schliefen schon meine Füße ein, als ich seltsame Geräusche aus der Nachbarkabine hörte. Kein Wasserplumpsen oder Füßescharren. Kein Spülen oder Gürtelklappern. Es war mehr ein zischendes, bedrohliches Flüstern. Vorsichtig kniete ich mich auf den Boden und linste neugierig unter der Seitenwand hindurch.

Dabei erschrak ich zu Tode, denn ein Paar eiskalte Augen schauten zurück.

Mike!

Er war wohl die ganze Zeit in der Kabine neben mir gewesen. Was zur Hölle tat er da? Wer lungerte denn die ganze Pause auf dem Klo herum? Nur Verrückte taten so was.

Voller Angst stürzte ich aus dem Jungenklo, ohne mich noch

einmal umzudrehen. Auf dem Schulhof lief ich auf eine Traube von Schülern zu und tauchte darin unter. Ich sah im Grunde ja aus wie alle Sechstklässler: Shirt, kurze Jeans und Sneakers. Ich würde in der Menge einfach verschwinden. Und außerdem hatte er nur meine Augen gesehen. Blaue Augen hatten doch viele.

Um meinen Atem zu beruhigen, versuchte ich ganz bewusst, dem Weberknecht zuzuhören, der gerade einen Fünftklässler verhörte.

»Herr Weber, ich schwöre es. Eben war der Stift noch in meiner Hosentasche und jetzt ist er weg. Jemand hat ihn mir geklaut«, sagte der Junge mit hochrotem Kopf.

»Bist du dir auch sicher, dass du ihn dabeihattest? Vielleicht hattest du ihn schon vorher verloren?«

»Ich passe sehr gut darauf auf. Er ist wertvoll, aus Silber, und so was wie mein Glücksbringer.«

Dann zuckte sein Blick über die Menge und er zeigte mit dem Finger direkt auf mich. »Der da war es. Ich bin mir ganz sicher. Durchsuchen Sie ihn.«

»Nein«, wollte ich rufen, da bemerke ich, dass er gar nicht mich meinte, sondern an mir vorbeischaute. Als ich mich umdrehte, lief mir ein eiskalter Schauder über den Rücken. Mike stand genau hinter mir. Sein Gesicht war wie versteinert. Er hatte die Kapuze seines Hoodies über die schwarz gefärbten Haare gezogen und so sah man nur das weiße Antlitz des Todes.

Alle Augen waren auf ihn gerichtet, und der Weberknecht stiefelte seufzend los, um ihn abzuführen.

»Na klar, wer sonst«, nuschelte er.

Dass Mike schuldig war, schien für ihn sonnenklar.

Natürlich, Mike war unheimlich, sehr sogar.

Auch ich fürchtete mich vor ihm. Und bestimmt war er kriminell. Aber diesen Stift hatte er nicht geklaut. Denn er war ja gar nicht am Tatort gewesen.

Warum sagte er denn nichts?

Los, Junge, mach den Mund auf, rief ich innerlich. Doch Mike schwieg.

Ohne nachzudenken, brüllte ich: »Das ist totaler Quatsch. Er kann es nicht gewesen sein. Er war doch die ganze Pause über mit mir auf dem Klo.«

Nicht nur der Weberknecht, auch die anderen Schülerinnen und Schüler und vor allem Mike blickten mich entgeistert an. In diesem Moment bemerkte ich, wie bescheuert das geklungen hatte.

Nur Mädchen gingen zusammen aufs Klo. Jungs nicht. Das war so was von uncool. Die ersten Kids begannen zu kichern.

Jetzt musste mir schnell etwas einfallen. Wieder quakte ich drauflos, um zu retten, was zu retten war: »Also, das war so. Mir war ein bisschen schlecht. Und der Mike war so nett, bei mir zu bleiben und abzuwarten, ob es mir gleich wieder besser geht oder ob er einen Lehrer rufen soll. Na ja, wurde von allein wieder besser. Das war echt prima von dir. Danke, Kumpel.«

»Stimmt das?«, fragte der Weberknecht grimmig. Die Menge schwieg gespannt und lauschte. Aber Mike sagte nichts, er nickte nur kurz, dann drehte er sich um, nicht ohne mich mit einem messerscharfen, vernichtenden Blick zu strafen, und verschwand als Schatten hinter der nächsten Ecke.

Was hatte ich mir nur dabei gedacht? Vor diesem Vorfall hatte Mike nicht mal gewusst, dass es mich gab. Und jetzt hasste mich der unheimlichste Junge der ganzen Schule.

Am nächsten Morgen waren Filine und Mike nicht meine einzigen Probleme. Den ganzen Vormittag hatte ich mich schon vor der Biostunde gefürchtet. Nicht wegen des Themas, denn wir hatten Mikroskopieren in einem Extraraum, den sonst nur die höheren Klassenstufen benutzen durften. Etwas durch ein Mikroskop zu betrachten, stellte ich mir ausnahmsweise mal spannend vor.

Das, was mich zermürbte, war die Sache mit der Unterschrift. Gleich zu Beginn der Stunde sammelte der Weberknecht die Tests ein. Hektisch durchsuchte ich meinen Ranzen, schlug mir dann klatschend die Hand auf die Stirn und sagte entschuldigend: »Das gibt es doch nicht! Den muss ich zu Hause liegen lassen haben. So ein Mist.«

Der Weberknecht sah mich grimmig an. Er glaubte mir natürlich kein Wort. Dann knurrte er: »Gnadenfrist bis Freitag.«

Nach außen cool, aber innerlich zitternd, nickte ich.

Anschließend passierte etwas sehr Ungewöhnliches. Statt uns zu Zweiergruppen zusammenzuwürfeln, sagte er: »Auf Wunsch einer Schülerin dürft ihr euch heute einen Partner aussuchen. Wenn ihr euch gefunden habt, dann könnt ihr euch hier am Pult ein Mikroskop und die Versuchsanweisung abholen.«

Wie kleine Äffchen sprangen meine Mitschüler auf. Um mich herum wurde es laut und unübersichtlich. Ich klemmte mich sofort an Leon.

»Wir beide«, raunte ich ihm zu. Er nickte und nahm noch einen kräftigen Schluck aus seiner Wasserflasche. Dann reihten wir uns in die Schlange ein. Nur wenige Augenblicke später hielt er sich seinen Bauch, den sogar ich laut grummeln hörte.

»Mir ist nicht gut. Gar nicht gut«, stammelte er.

Inzwischen war er ganz grün im Gesicht. Ohne Vorwarnung

rannte er zum Ausgang und rammte noch ein paar Mädchen um, die im Weg standen.

Unser Lehrer sah mich fragend an.

»Er hat Bauchweh«, erklärte ich. »Soll ich nach ihm gucken gehen?«

Doch der Weberknecht schickte lieber den Vincent los. Irgendwie traute er mir nicht über den Weg. Aber dem Vincent natürlich. Das war ja so ein stiller, netter Kerl, der kein Wässerchen trüben konnte.

Noch bevor ich mir Gedanken darüber machen konnte, wie es jetzt mit mir und dem Mikroskopieren weitergehen würde, hörte ich eine Stimme neben mir: »Dann bin ICH eben jetzt deine Partnerin.«

Ich drehte mich um und Filine strahlte mir entgegen.

Im nächsten Moment waren wir auch schon an der Reihe. Der Weberknecht drückte Filine ein Mikroskop in die Hand und sagte: »Das ist ja schön. So kann der Tobias mal von der Besten lernen.«

Es war eine Art Seelen-Schockstarre. Ich bewegte mich zwar noch vorwärts, mein Körper folgte ihr an einen freien Arbeitsplatz, aber innerlich war ich erstarrt.

Jetzt war ich ihr ausgeliefert.

Was sollte ich tun?

Auch aufs Klo laufen?

Nein. Das würde der Weberknecht nie durchgehen lassen.

Also atmete ich tief durch und erwartete Schreckliches.

Doch es passierte zunächst nichts Außergewöhnliches. Filine folgte ganz in Ruhe den Anweisungen auf dem Arbeitspapier und legte eine kleine Glasplatte mit einem Wassertropfen darauf unter das Objektiv.

Vincent kam zurück und meldete, dass Leon wohl nicht noch mal zurückkommen könne und er im Sekretariat Bescheid gegeben hätte.

»Es kommt unten und oben raus«, erklärte er mit einer Leidensmiene.

Der arme Leon!

»Es geht ihm bestimmt bald wieder besser«, sagte Filine, die meine Besorgnis bemerkt haben musste. Jetzt lächelte sie sogar so nett, dass ich für einen Moment Angst bekam. Was, wenn da doch Liebe im Spiel war? Wenn sie sich wirklich verknallt hatte? Oh mein Gott. Eine Erpressung war mir auf jeden Fall lieber.

Nacheinander betrachteten wir den Tropfen aus klarem Leitungswasser. Ich zumindest hatte nichts erkennen können und dachte schon, dass ich vor Langeweile sterben müsste, aber dann kam ein Tropfen aus altem Blumenwasser unters Mikroskop. Darin konnte ich tatsächlich minikleine Lebewesen schwimmen sehen, die aussahen wie Hausschuhe und auch so hießen: Pantoffeltierchen. Krass!

Doch statt Leidenschaft packte mich Ekel. Wenn man sich vorstellte, wie viele winzigste Lebewesen um uns herum waren, die wir nur nicht sehen konnten. Da wurde mir auch gleich ein bisschen schlecht.

»Ist alles klar?«, fragte Filine, als ich mein Auge vom Okular nahm. Dann sagte sie etwas sehr Seltsames: »Wenn du irgendein Problem hast, egal welches, ich kann dir helfen.« Ihre Stimme war total creepy. Mit ihrem Stift schrieb sie ihre Handynummer auf meinen Notizblock und flüsterte mir zu: »Eine Nachricht genügt. Alles bleibt topsecret. Und wenn ich ALLES sage, dann meine ich ALLES.«

Anschließend machte sie Notizen zu unserem Experiment, als

hätte es diesen unheimlichen Moment gerade gar nicht gegeben. Total verdattert saß ich da und versuchte, meine Gedanken zu ordnen: Verknallt war sie auf keinen Fall, aber Erpressungen liefen auch anders ab. Ich hatte nur eine rationale Erklärung für ihr Verhalten: Wahrscheinlich war ihr Gehirn unter der Mütze inzwischen einfach weich gekocht.

EIN UNGEBETENER GAST

»Wieso steht dieser verdammte Karton immer noch hier rum?«, hörte ich meinen Vater maulen. »Aua. So ein Mist! Das tut schweineweh. Mein Zeh ist bestimmt gebrochen, auf jeden Fall geprellt.«

»Du musst ihn nur aufmachen und die Sachen in die Schränke räumen«, erwiderte meine Mutter patzig.

Ich stand auf der Treppe im Flur und konnte meine Eltern durch die nur angelehnte Küchentür streiten hören.

Und ich wusste, was passiert war. Genau an der Umzugskiste hatte ich mir auch schon mehrfach den Fuß gestoßen.

»Wann soll ich das denn bitte schön noch machen? Ich arbeite schließlich rund um die Uhr.«

»Jetzt bist du hier und du jammerst nur«, antwortete meine Mutter.

»Oh, muss ich mich entschuldigen, weil ich nach Hause komme, um ein frisches Hemd anzuziehen? Meinst du etwa, ich freue mich, dass ich gleich noch zu einem Vorstandstreffen muss?«

Langsam ging ich weiter und versuchte, dabei leise zu sein, was schwer war, denn die Stufen der alten Holztreppe knarzten bei jedem Schritt.

»Mein Gott, dann räumen wir eben am Wochenende auf«, lenkte mein Vater ein.

»Am Wochenende?«, jaulte meine Mutter auf. »Das will ich sehen. Da bist du doch immer für alles zu müde.«

»Für wen mache ich das denn?«, brüllte mein Vater zurück. »Wer wollte denn unbedingt ein Haus? Unsere Wohnung war der feinen Dame ja nicht mehr schön genug.«

Oh, oh. Jetzt wurde es richtig laut. Das wollte ich mir nicht länger mit anhören. Ich hasste es, wenn sie stritten. Dieses Gefühl in meiner Brust, als ob jemand mein Herz in der Hand hätte und es ganz langsam zu zerquetschen versuchte. Das war schrecklich.

Voller Angst wagte ich mich die unförmigen, kalten Steinstufen hinunter in die uralten Kellerräume.

Ich hasste Keller, so wie jedes normale Kind. Sie waren feucht und muffig. Überall hingen Spinnweben in den Ecken, in denen schwarze Mörderspinnen lauerten. Ganz abgesehen von den Geistern der Verstorbenen, die früher einmal hier gewohnt hatten.

Doch nach langen Überlegungen war ich zu dem Schluss gekommen, dass mir nichts anderes übrig blieb. Es gab gleich zwei Missionen, die ich hier unten erledigen musste. Also biss ich die Zähne zusammen und huschte mit halb geschlossenen Augen an allen Schatten vorbei in den Heizungsraum. Als ich das Licht anknipste und die lose Birne an der Decke aufflackerte, erschrak ich.

Die traurigsten Augen der Welt sahen mich flehend an.

Hoppel!

Ich rannte zu ihm und drückte ihn ganz fest an mich. »Mein Freund. Ich hab dich auch so vermisst.« Dann kraulte ich seine grauen Hasenschlappohren, die so lang waren, dass sie ihm im Sitzen sogar bis auf seine großen weißen Pfoten fielen. Noch mehr Augenpaare funkelten mir böse entgegen. Zwei Nächte hier unten. Das war auch wirklich Folter. Ich beugte mich über sie und streichelte Schaf Lulu, Tintenfisch Jotti und Fritz, das Einhorn.

»Es tut mir leid. Ehrlich. Aber keine Sorge, ich hole euch nach und nach alle hier raus. Versprochen. Ich brauche nur ein bisschen Zeit.«

Dann widmete ich mich meiner zweiten Mission und öffnete auf Verdacht ein paar der Kisten, die meine Eltern hier zwischengelagert hatten. In den meisten waren Bücher, Vasen oder Gläser. Doch dann fand ich vergilbte Aktenordner. Und darin einen alten Handyvertrag mit Mamas Unterschrift: »A. Hoppe«. Perfekt!

Während ich ihn vorsichtig aus der Klarsichtfolie zog, ließ mich ein lauter Gong zusammenzucken.

Die Haustürklingel.

Ihr Klang war mir noch total fremd.

Kurz darauf schallte mein Name durchs ganze Haus.

Das ist bestimmt Leon, dachte ich voller Freude.

Hektisch stopfte ich Hoppel und den Vertrag hinten unter mein Shirt. Ich musste mich beeilen. Nicht dass meine Mutter in mein Zimmer ging, um mich zu suchen. Dort hatte ich nämlich schon alles zum Fälschen der Unterschrift zurechtgelegt.

Zur Tarnung griff ich eine Flasche Sprudel aus dem Kasten neben der Kellertreppe und flitzte nach oben.

Als ich die Kellertür öffnete, hörte ich leider nicht Leons Stimme.

»Wir sind zum Lernen verabredet. Für den Eignungstest nächste Woche«, sagte ein Mädchen.

Oh nein.

Mützen-Alarm!

Am liebsten hätte ich die Kellertür gleich wieder zugeschlagen, aber es war zu spät. Sie hatten mich gesehen, und meine Mutter sagte: »Oh, die Eignungsprüfung steht schon an. Ich dachte, ihr hättet gerade erst einen Test geschrieben.«

»Ähm«, setzte Filine an, aber ich grätschte dazwischen: »Der ist ausgefallen.«

»Aus-ge-fallen«, wiederholte Filine ganz langsam. Unter ihrer Mütze dauerte es wohl ein bisschen, bis ihr Gehirn verstand, dass es an der Zeit war, die Klappe zu halten.

»Dann komm rein«, sagte meine Mutter und ließ Filine eintreten.

»Ich denke, bei Tobi bist du an der richtigen Adresse«, erklärte sie mit Stolz in der Stimme. »Ich hab in seinem Alter auch schon Nachhilfe gegeben.«

Ich suchte verzweifelt nach dem Loch, in das ich mich stürzen konnte, aber da war nichts außer altem, hartem Dielenboden unter meinen Füßen.

»Da bin ich mir sicher«, antwortete Filine und lächelte.

»Ist es nicht ein bisschen heiß für eine Mütze?«, fragte meine Mutter.

»Das ist voll der Trend«, antwortete ich, weil Filine nur groß guckte und nichts dazu sagte.

»Da bin ich wohl nicht mehr up to date.« Meine Mutter zuckte mit den Schultern und wies uns den Weg nach oben: »Sprudel hast du ja schon. Dann bring ich euch gleich noch Gläser. Hunger?«

Ich schüttelte den Kopf. Filine aber nickte.

»Okay, ich mach euch noch ein paar Häppchen. Ich bin übrigens Ändy.«

»Freut mich«, sagte mein ungebetener Gast. »Ich bin Filine.« Ich wartete, bis meine Mutter in der Küche verschwunden war, und ließ Filine vorgehen, damit keine von beiden den dicken Hubbel in meinem Rücken sehen konnte.

Auf dem Weg nach oben begegnete uns dann auch noch mein frisch gestriegelter Vater auf der Treppe. Eine Wolke aus intensivem Herrenparfüm umgab ihn.

»Oh, Besuch, hallo. Eine junge Dame. Tobi, Tobi«, sagte er nur und zwinkerte mir zu. Dann gähnte er laut.

Es war der totale Albtraum.

»Kannst du mir mal sagen, was du hier machst?«, platzte es aus mir heraus, als ich meine Zimmertür hinter uns geschlossen hatte.

»Dich besuchen«, antwortete Filine unschuldig und sah sich suchend in meinem Zimmer um. Ihre Augen scannten den ganzen Raum. Bett, Schrank und Schreibtisch waren bereits aufgebaut. Die Bretter für das Bücherregal lagen gestapelt in der Ecke. Auch noch nackt waren die weißen Wände. Ich hatte keine Ahnung, wo meine Pokémon-Poster abgeblieben waren. Hoffentlich waren sie nicht meiner Mutter in die Hände gefallen.

»Wo sind die Kuscheltiere?«, fragte Filine in besorgtem Ton.

»In Sicherheit«, antwortete ich.

»Gut. Das ist gut«, sagte sie nur und scharwenzelte um meinen Schreibtisch. »Was machst du gerade?«

Sie hob ein altes Butterbrotpapier hoch, das an den Seiten noch ein paar Schokoflecken hatte, und hielt es ins Licht. Dann fiel ihr Blick auf meinen lila markierten Test.

»Ah, ich verstehe. Du willst die Unterschrift fälschen.«

»Nein!« Ich versuchte, entrüstet zu klingen.

»Nein?« Ihre Augenbrauen hoben sich und mit ihnen auch ihre Mütze ein Stück: »Erstens, der Test hat noch keine Unterschrift, und zweitens, deine Mutter scheint ja nicht gerade auf dem neuesten Stand zu sein, wenn sie denkt, dass du mir Nachhilfe geben kannst. Also hat sie diesen Test auf keinen Fall gesehen und am Freitag musst du ihn mit einer Unterschrift abgeben.«

Ich seufzte. Man konnte ihr da wohl nichts vormachen.

»Okay. Erwischt.«

Als ich den Vertrag aus einem Pulli zog, fiel Hoppel auf den Boden. Filine bückte sich sofort und griff danach. »Der ist aber süß. Hoppel, oder?«

Verdammt. Sie wusste sogar noch seinen Namen.

»Ich kauf ihn dir ab«, sagte Filine. »Dafür bekommst du eine perfekte Unterschrift.«

»Hoppel?«, rief ich entrüstet.

Die Zimmertür ging auf und meine Mum kam herein. Filine ließ Hoppel hinter ihrem Rücken verschwinden und ich stellte mich so breit wie möglich vor den Schreibtisch.

Unangenehme Stille erfüllte den Raum. Meine Mutter setzte ein Tablett mit zwei Gläsern und belegten Broten auf einer der Umzugskisten ab.

»Da will ich nicht länger stören. Und bin auch schon wieder weg«, flötete sie und lächelte beim Rausgehen total bescheuert.

Kaum war sie draußen, setzte Filine Hoppel auf dem Schreibtisch ab und griff sich ein Brot mit Frischkäse.

»Wenn nicht Hoppel«, sagte sie schmatzend, »dann eben eins von den anderen. Das Schaf würde mir auch gefallen.«

»Lulu?«

»Wenn es so heißt. Okay. Ich nehme auch Lulu.«

Ich war sprachlos und versuchte, meine Gedanken zu ordnen. Konnte es wirklich sein, dass Filine mich verfolgt und gestalkt hatte, weil sie eins meiner Kuscheltiere haben wollte? Ich konnte das einfach nicht glauben und fragte lieber noch mal nach: »Verstehe ich das richtig? Du möchtest mein Schaf haben und dafür würdest du die Unterschrift meiner Mutter fälschen?« Sie nickte und griff sich ein Salamibrot.

Es war kein uninteressantes Angebot. Wenn sie keinen Scheiß erzählte.

»Und du kannst das? Unterschriften fälschen?«, hakte ich deshalb nach.

»Klar«, schmatzte sie: »Aber du musst das Zimmer verlassen. Das geht nur, wenn ich alleine bin.«

»Kein Problem. Ich muss Lulu sowieso erst holen gehen.«

»Also abgemacht?«, fragte sie und lächelte ein wenig teuflisch. Das erinnerte mich an ein Buch, das mein Papa mir mal vorgelesen hatte, über einen Jungen, der sein Lachen dem Teufel verkauft hatte. Er hatte es später bitter bereut. Ich zögerte. Noch konnte ich »Nein« sagen.

Filine stopfte sich das letzte Stück Brot ganz in den Mund und wischte sich die fettigen Finger an ihrem Jeans-Latzrock ab. Dann setzte sie sich an meinen Schreibtisch und sah mich fragend an. »Deal?«

»Deal«, sagte ich schließlich. »Und gib dir Mühe.«

Als ich aus dem Keller zurückkam, war ich absolut verblüfft von dem perfekten Ergebnis. Das Butterbrotpapier war unbenutzt, trotzdem sah die Unterschrift täuschend echt aus.

»Wow. Wie hast du das gemacht?«

»Das verrate ich dir vielleicht ein anderes Mal«, antwortete sie geheimnisvoll.

Dann schnappte sie sich Lulu. Es ging so schnell, dass ich das Gefühl hatte, mich gar nicht richtig verabschiedet zu haben. Aber es wäre auch peinlich gewesen, sie zu bitten, ob ich Lulu noch mal an mein Herz drücken dürfte. Lulu war ein Geschenk meiner Oma gewesen. Oma Grete, die Mutter meiner Mutter. Sie war schon lange tot. Bei dem Gedanken daran spürte ich einen stechenden Schmerz, aber ich versuchte, tapfer zu sein und nicht durchblicken zu lassen, dass es mir etwas ausmachte.

Filine grinste hocherfreut. Bevor sie ging, stopfte sie Lulu in ihren Rucksack und sagte dann wieder etwas Seltsames: »Ich denke, du bist der Richtige. Also wenn du noch mehr Kuscheltiere verkaufen möchtest, dann schick mir 'ne Nachricht. Mein Angebot gilt bis Sonntag. Keinen Tag länger! Ich an deiner Stelle würde zugreifen. Du hast wirklich jede Hilfe nötig!«

»Okay«, war das Einzige, was ich dazu sagen konnte. Innerlich zeigte ich ihr einen Vogel. Ich wollte sie nur noch loswerden. Die hatte wirklich eine Vollmeise. Eines stand für mich fest: Ich würde ihr auf keinen Fall eine Nachricht schreiben.

Nicht bis Sonntag.

Nicht bis Weihnachten!

Niemals!

Vier Tage bis zum Untergang

Nach einer Nacht mit Hoppel an meiner Seite war ich endlich wieder gut ausgeschlafen und in der Schule lief es auch besser als erwartet. Gerüchte machten die Runde, dass Mike bei einem Einbruch erwischt und für ein paar Tage vom Unterricht ausgeschlossen worden war. Andere erzählten, er habe die Sommergrippe. Wie auch immer: Er war nicht da. Nur das zählte für mich. Auch Filine ließ mich in Ruhe. Ich ging pinkeln ohne Todesangst, genoss mein Essen in der Cafeteria und spielte unbeschwert mit Leon und den anderen Jungs Fußball. Endlich wieder ein ganz normaler Tag im Leben eines ganz normalen Jungen ohne Juckreiz!

Selbst der Pickel auf meiner Nase war fast abgeheilt. Gut. Es gab neue Kandidaten auf meiner Stirn. Aber dort fielen sie nicht so sehr auf, weil mein Pony schräg darüberfiel.

Sogar der gefürchtete Freitag verlief reibungslos. Ich gab den Test beim Weberknecht ab, der die Fälschung tatsächlich nicht bemerkte. Die Unterschrift sah aber auch wirklich täuschend echt aus. Die kunstvollen Bögen am A für Andrea, der kleine Strich am o von Hoppe, als hätte der Buchstabe eine Haarsträhne vom Kopf abstehen.

Aus Filine würde auf jeden Fall was werden. Wenn nicht Bio-Professorin, dann eben Fälscherin. Sie war verrückt, aber genial! Das verdiente schon Respekt.

Am Nachmittag war ich so ausgelassen und glücklich, dass ich beschloss, Leon zu besuchen und ihm endlich alles zu erzählen. Er würde sich bestimmt nicht mehr einkriegen vor Lachen. Und jetzt, wo der Albtraum vorbei war, konnte ich sogar selbst schon ein bisschen darüber schmunzeln.

Als ich klingelte, öffnete mir Hanna die Tür. Sie hatte bereits Helm und Schlüssel in der Hand und war auf dem Sprung.

»Oh, Tobilein, hi«, sagte sie überrascht. Noch bevor ich was antworten konnte, erzeugte sie mit zwei Fingern im Mund einen schrillen Pfiff, der in meinen Ohren schmerzte und das ganze Haus erzittern ließ.

»Du nervst, Schwester«, hörte ich kurz darauf Leon von oben maulen.

»Besuch«, rief Hanna und drängte sich dann an mir vorbei nach draußen, nicht ohne mir die Haare zu verwuscheln, als wäre ich vier und sie meine Tante. Dass ich auf dem Weg war, ein Mann zu werden, hatte sie anscheinend noch nicht bemerkt.

Während Hanna mit dem Roller davondüste, kam Leon die Treppe herunter. Ich wollte schon an ihm vorbei, um wie sonst nach oben in sein Zimmer zu gehen, da stellte er sich mir in den Weg.

»Hey, ToHo. Was geht ab?«

»Wollte mal quatschen. Ich dachte, wir hängen ein bisschen zusammen ab.«

»Würd ja gern. Aber sorry. Hab grad noch Nachhilfe«, sagte er. »Nächste Woche die Prüfung. Schon vergessen?«

»Bio«, erwiderte ich und schnaufte.

Leon nahm »Bio« zum Anlass für eine Wörterkette: »Lurch.«

»Langweilig.«

»Spannend.«

»Krimi.«

»Mord.«

»Axt.«

»Aua.«

Wir kicherten.

»Vielleicht nächste Woche?« Ich versuchte, meine Enttäuschung zu verbergen.

»Klar, Mann. Nächste Woche machen wir was aus.«

Statt direkt nach Hause zu gehen, streunte ich noch ein bisschen im Viertel herum und machte dann einen Zwischenstopp auf dem Spielplatz am Koppelwäldchen.

Ich fragte mich, ob ich inzwischen auch schon zu alt zum Schaukeln war. Aber auf dem Schild am Eingangstor stand »Bis zwölf Jahre«. Erleichtert ließ ich mich in die riesige Nestschaukel fallen. Hier hatten Leon und ich viele Stunden verbracht, wenn ich bei ihm zu Besuch gewesen war. Außer mir war heute nur noch eine Mutter mit zwei Kleinkindern da, die im Sandkasten buddelten. Also schubste ich mich heftig an und schaukelte im Liegen. Über mir bewegten sich die Blätter einer großen Eiche im Rhythmus hin und her. Schatten- und Sonnenflecken tanzten über meinen Körper. Obwohl mir Schaukeln sonst immer Spaß machte, war heute kein einziges kleines Glücksgefühl am Start.

So hatte ich mir mein neues Leben im Ostviertel nicht vorgestellt. Alleine auf dem Spielplatz. Schließlich lagen jetzt nur noch zwei Straßen zwischen mir und meinem besten Freund. Da war es doch klar, dass man sich ständig besuchte und was zusammen unternahm, oder?

Ich überlegte, wer aus meiner Klasse noch hier in der Nähe wohnte. Außer Filine natürlich! Die würde ich auf keinen Fall fragen, ob sie mit mir abhängen wollte.

Als ich gerade mein Handy aus der Hosentasche friemelte, um in der Kontaktliste zu gucken, wer sonst noch infrage kommen könnte, hörte ich Stimmen.

»Weide«

»Schaf.«

»Scharf.«

»Taschenmesser.«

»Aua.«

Ich hob den Kopf ein Stück, dann sah ich ihn die kleine Straße herunterkommen: Leon!

Und an seiner Seite schlenderte Vincent aus unserer Klasse.

Es war ein stechender Schmerz in meiner Brust und sofort begann wieder dieser fiese Juckreiz.

Von wegen Nachhilfe!

Nicht nur, dass Leon mich belogen hatte. Er spielte auch noch unser Wörterkettenduell mit einem anderen. Ich kauerte mich in der Schaukel zusammen und linste durch die Maschen. Hoffentlich würden sie nicht hierherkommen. Das Letzte, was ich jetzt gebrauchen konnte, war, dass sie mich hier entdeckten, ganz alleine und zusammengekauert wie ein Baby in seiner Wiege. Mein Herz raste, während ich beobachtete, wie die beiden am Spielplatz vorbeigingen und scherzend in Richtung Hauptstraße verschwanden.

Ich war fassungslos! So ein Lügner. Er hätte doch sagen können: »Der Vincent ist da. Machen wir eben was zusammen.« Aber nein. Er hatte mich angelogen. Und es gab nur eine logische Erklärung: Er wollte mich einfach nicht dabeihaben.

Ich glaube, ich führte den ganzen Weg nach Hause Selbstgespräche und war so in Gedanken, dass ich den Mann und den Hund, die von der Seite kamen, gar nicht wahrnahm. Erst in dem Moment, als ich das Hindernis auf dem Bürgersteig rammte, sah ich vom Boden auf und blickte in das bärtige und grummelige Gesicht unseres Nachbarn Alfred Bohnenberger.

»Hey, pass doch auf. Hast du denn keine Augen im Kopf?«, schimpfte er.

Kolumbus dagegen freute sich und leckte meinen Handrücken ab. Es schien ihm zu schmecken, wahrscheinlich weil daran die salzigen Tränen klebten, die ich mir aus den Augen gewischt hatte.

»Du bist doch der Junge von nebenan?«, fragte der Kapitän. Ich musste zu ihm aufsehen. Er war riesig. Ein Kerl wie ein Eisberg.

»Ja, bist du es jetzt oder nicht?«

Ich nickte nur stumm.

»Gut.« Er kramte in seiner Jackentasche, zog einen Brief heraus und drückte ihn mir in die Hand. »Für deine Eltern.«

Das war bestimmt wieder so ein Beschwerdebrief, dachte ich, sagte aber nichts dazu. Ich war ja nur der Bote. Das mussten die Erwachsenen miteinander klären.

Dann spazierte er weiter, und ich hörte ihn noch sagen: »So, Kolumbus. Jetzt machen wir uns einen schönen Abend. Lust auf Musik?«, bevor er in seiner Haushälfte verschwand.

Als ich kurz darauf unsere Diele betrat, stand die Tür zum Arbeitszimmer meiner Mutter einen kleinen Spalt weit offen. Drinnen hörte ich sie ausgelassen telefonieren. »Ja. Ich bin so was von stolz auf Tobi. Zum Glück hat er nicht nur mein Aussehen, sondern auch meine Leidenschaft für Biologie geerbt. Tja, die Gene. Es ist wie Lotto, aber in Tobis Fall ist nur das Beste rausgekommen.«

Oh nein! Sie hielt mich für ihr genetisches Ebenbild. Ich kratzte mich so heftig, dass ein Striemen leicht zu bluten begann.

»Ja. Klar. Ich kümmere mich um die Anwaltssache. Jetzt muss ich Schluss machen. Heute ist unser erstes Treffen. Bin schon ganz aufgeregt. Danke. Den werde ich haben. Und zu keinem ein Wort. Vor allem kein Ton zu Stefan. Versprich mir das, Heike. Und offiziell bin ich ja schließlich mit dir unterwegs. Bis bald.«

Blitzartig wich ich einen Schritt zurück und tat so, als ob ich gerade erst hereingekommen wäre.

Im nächsten Moment öffnete sich die Bürotür und sie stand vor mir. Gleichzeitig begann nebenan, ein Schifferklavier zu quietschen. Die Melodie eines Seemannsliedes und eine brummende Stimme drangen durch die Wände zu uns herüber. Dazu heulte Kolumbus, als wäre er ein Wolf.

»Das Geheule schon wieder«, murrte die Frau, die so klang wie meine Mutter, aber nicht so aussah. Sie trug eine Jeans und ein schwarzes T-Shirt mit einer herausgestreckten roten Zunge darauf. Ihre langen blonden Haare waren ab. Sie fielen glatt nur noch bis zum Kinn. Ihr Pony war so gerade, als ob der Friseur vor dem Abschneiden ein Lineal angelegt hätte. Aber das Schlimmste: Mamas Haare waren knallrot! Als stünden sie in Flammen.

Der Brief des Kapitäns fiel mir aus der Hand. Das Haus schwankte passend zur Musik unter meinen Füßen wie ein Schiff bei Sturm. Und ich hatte nur noch einen Gedanken: Wäre es doch nur ein Schiff, dann könnten wir jetzt einfach alle gemeinsam untergehen.

In dieser Nacht schlief ich trotz Hoppel megaschlecht. Ich wachte um zweiundzwanzig Uhr auf, als mein Vater von der Arbeit nach Hause kam, dann um Mitternacht waren es die knarzenden Treppendielen unter den Füßen meiner Mutter, die mich aus dem Schlaf hochfahren ließen. So lange war sie sonst nie weg. Das war wirklich ungewöhnlich.

Danach träumte ich schlecht, von Drachen mit roten Ponyfrisuren, toten Fröschen auf meinem Burger und von einem Klo, das immer schon von Vincent besetzt war, wenn ich es endlich gefunden hatte.

Um vier Uhr war die Nacht endgültig vorbei. Ich setzte mich an meinen Schreibtisch, kramte meinen Bioordner hervor und blätterte ihn durch: Atmung, Blutkreislauf, der Mensch als System, Stoffwechselprozesse bei Pflanzen, Wasserkreislauf, Artenschutz, Fische, Vögel und natürlich die lästigen Amphibien.

Als ich um neun Uhr erwachte, lag ich mit meinem Kopf zwischen Ordner und Mäppchen. Ein nasser Fleck hatte meine Mitschriften zum Thema Wasserkreislauf verwischt. Ich hatte wohl im Schlaf gesabbert. Ekelig.

Krampfhaft versuchte ich, mich an irgendetwas zu erinnern, das ich in der Nacht gelesen hatte. Fehlanzeige!

Dann weinte ich ein bisschen auf meine Unterlagen und machte die Seite damit endgültig unlesbar.

So würde ich diesen blöden Test nie bestehen. Niemals!

Niedergeschlagen machte ich mich auf den Weg zum Schlafzimmer meiner Eltern. In der alten Wohnung war es Tradition gewesen, das Wochenende ab und zu mit einem gemeinsamen Frühstück im Bett zu beginnen. Ach, das wäre jetzt so schön!

Vorsichtig lauschte ich an der Schlafzimmertür und hörte ein lautes Schnarchen. Das war meine Mum.

Ein schmerzhafter Gedanke kam mir in den Sinn, als ich gerade die Türklinke herunterdrücken wollte. Vielleicht war ich ja gar nicht mehr erwünscht als Gast in der Ritze?

Mamas ganzes Gelaber über Pickel und Pubertät. »Du bist doch jetzt wirklich zu alt für so was.« Das hatte sie gesagt. Klar, es war um die Plüschtiere gegangen. Aber war mit seinen Eltern im Bett frühstücken und kuscheln nicht auch totaler Babykram?

Ich ließ die Türklinke los. Dann schlurfte ich noch trauriger zurück in mein Zimmer.

Samstag, Sonntag, Montag, Dienstag!

Vier Tage bis zum Untergang.

Ich musste an Filines Worte denken: »Mein Angebot gilt bis Sonntag. Keinen Tag länger! Ich an deiner Stelle würde zugreifen. Du hast wirklich jede Hilfe nötig!«

Vielleicht sollte ich ihr Angebot doch annehmen.

Nachhilfe von der Besten!

Was man nicht alles tat. Aus Verzweiflung!

Auf meinem Block fand ich ihre handgeschriebene Handynummer. Dann befragte ich Hoppel. Er war einverstanden, auch wenn es noch einen seiner Kameraden kosten würde. Also fasste ich mir ein Herz und schrieb ihr.

»Bin einverstanden«, kam die prompte Antwort. »Treffpunkt zehn Uhr, Spielplatz am Koppelwald. Preis: vier Kuscheltiere.«

Überrascht starrte ich auf die Zahl.

Vier?

Sie wollte vier Kuscheltiere? Warum das denn?

Damit hatte ich nicht gerechnet. Hoppel sah mich an. Er wusste immer, was mit mir los war, und ich erzählte ihm auch alles. Aber das nicht. Das konnte ich ihm nicht sagen.

Zum Glück hatte ich ein paar geerbte Kuscheltiere, an denen mein Herz nicht so hing. Ich durchsuchte die Wäschekörbe im Keller und dann fand ich sie ganz unten. Es waren die vier hässlichsten, die ich besaß. Ich hatte sie von meiner Tante geschenkt bekommen. Sie waren lila, grün, gelb und rot und hatten alle eine Antenne in einer anderen Form auf dem Kopf. Das sah total verrückt aus. Also passten sie perfekt zu Filine!

Als ich auf dem Spielplatz ankam, war sie bereits da. Ihre heute rot-weiß gestreifte Mütze verwandelte den Kletterturm in einen echten Leuchtturm. Freudig winkte sie mir entgegen, dann sauste sie die Röhrenrutsche hinunter und landete direkt vor meinen Füßen.

Aufgeregt riss sie mir die Tragetasche aus der Hand und betrachtete ehrfurchtsvoll die Kuscheltiere.

»Bist du dir sicher, dass du die verkaufen willst? Das sind Teletubbies«, sagte sie und griff den roten.

Ich nickte.

»Super. Ich nehme Po.«

Bis dahin hatte ich nicht mal gewusst, dass die Teile Namen hatten.

»Der passt zu dir«, sagte ich nur, und ich meinte nicht die Farbe.

»Oder vielleicht doch lieber Tinky-Winky?« Dann betrachtete sie verliebt den lilafarbenen. In diesem Moment hätte mir schon auffallen können, dass sie sich einen aussuchte. Was seltsam war, aber ich hatte mein Gehirn anscheinend zu Hause gelassen.

»Nein, ich nehme doch Po«, entschied sie.

»Wie geht es jetzt weiter?«, fragte ich.

»Am besten schaltest du erst mal dein Handy aus. Damit wir ungestört sind.«

Und was tat ich?

Ich schaltete es aus.

Dann bat sie mich, ihr zu folgen.

Und ich?

Treudoof trottete ich hinter ihr her bis in eine Nebenstraße. An einem schwarzen Sportwagen der Luxusklasse hielten wir an. Filine zog einen Autoschlüssel aus der Tasche und entriegelte mit einem Klick den Wagen. Dann öffnete sie die Beifahrertür. »Bitte einsteigen.«

In diesem Moment hätte ich noch weglaufen können, aber ich sagte nur »Was? Da rein?«.

»Ja. Da können wir in Ruhe reden«, säuselte Filine wie eine Sirene in den alten griechischen Sagen.

»Wir könnten zu mir gehen. Oder auch zu dir, wenn dir das lieber ist«, schlug ich vor, doch Filine drückte sanft ihre Hand auf meine Schulter, und ich stieg ein.

Weiß der Himmel, warum!

Kaum saß ich in der Luxuskarre und atmete den Geruch von neuem Auto, Vanille-Duftbaum und Leder ein, da wurde es mir schlagartig mulmig. Irgendetwas stimmte nicht. Nach Bio-Nachhilfe sah das nicht gerade aus.

»Also, ich steig doch lieber wieder aus«, sagte ich noch, da wurde es plötzlich dunkel.

DIE CHAOS-CREW

»Wenn du machst, was wir sagen, passiert dir nichts.«

Diesen Satz hatte ich schon mal gehört. Allerdings nicht im echten Leben, sondern in einer amerikanischen Krimiserie, die mein Vater so gerne sah. Ab und zu durfte ich mitgucken, vorausgesetzt Mama war nicht da. Wenn dieser Satz fiel, dann hielt der Kidnapper dem Opfer meistens eine Pistole an die Stirn. Eine Waffe spürte ich zum Glück nicht. Aber jemand hatte mir von hinten einen Sack über den Kopf gestülpt, sodass ich nur noch Schemen von Licht und Schatten erkennen konnte.

»Spinnst du. Was soll das?«, schrie ich und wollte mir den Sack vom Kopf ziehen, doch Filine hielt mich davon ab. »Wenn du das machst, dann platzt unser Deal, und zwar sofort.«

Ihre Stimme war so bestimmend, dass ich es spontan sein ließ. Um einen klaren Gedanken zu fassen, versuchte ich, ruhig zu atmen. Immerhin bekam ich noch ganz gut Luft durch die groben Poren des Stoffes. Es roch nach Erde. Ich tippte auf Kartoffelsack.

»Du wolltest Hilfe, jetzt bekommst du Hilfe«, sagte Filine und schlug die Tür zu. Dann hörte ich, wie erst die Fahrertür, dann die anderen Hintertüren geöffnet wurden und noch andere Personen einstiegen.

Was war hier nur los?

Wer waren die anderen?

Wollten sie mich entführen?

Aber warum?

Dann kam mir die rettende Erklärung.

Ein Prank! Sie wollten mich bestimmt nur veräppeln. Vielleicht landete das alles jetzt gerade live im Netz und die Welt würde sich über mich kaputtlachen. Eine Million Klicks in vierundzwanzig Stunden. Klar, ich war dann der Depp der Nation, aber über Nacht berühmt!

Doch was, wenn nicht?

Vielleicht war das auch mein Ende.

Plötzlich bekam ich so große Angst, dass ich nicht mehr in der Lage war, etwas zu sagen. Stattdessen zerkratzte ich mir beide Unterarme, die sofort wehtaten, denn die Wunden der letzten Tage waren noch nicht richtig verheilt.

»Lass mich mal sehen«, sagte eine fremde Jungenstimme hinter mir. Dann hörte ich Geraschel.

»Gib das her. Ich will den grünen«, zeterte ein Mädchen, das eindeutig nicht Filine war.

»Ich will aber Grün«, motzte der Junge.

»Lass los, lass sofort los, du Idiot«, schimpfte das Mädchen zurück. Sie kämpften doch nicht ernsthaft um die bescheuerten Teletubbies?

»Hey.« Eine Stimme, sie kam vom Fahrersitz neben mir, rief die Streithähne zur Ordnung: »Schluss jetzt.«

»Au«, jaulte der Junge auf. »Das tut weh.«

»Oh«, sagte das Mädchen fast liebevoll: »Was ist denn mit deinem Arm passiert? Lass mal sehen.«

»Nix. Hab mir wehgetan beim Training. Karate. Ist schwerer, als es in den Filmen aussieht.«

Der Fahrer neben mir lachte auf: »Ich denke, du hasst Sport. Und Karate, Alter? Dafür braucht man richtig viele Muskeln. Da reicht es nicht, so zu tun, als ob. «

Die Mädchen kicherten. Der Junge tat mir leid, aber ihn schien die gemeine Bemerkung nicht zu beeindrucken: »Dafür hab ich Muskeln, wo sonst keiner welche hat. Seht mal her.«

Nach einem kurzen Moment des Schweigens kreischten alle.

»Krass«, rief Filine, »du kannst ja mit den Ohren wackeln.«

»Du hast echt 'ne Macke«, sagte das andere Mädchen.

»Hey, das sind keine Macken«, widersprach der Junge. »Das sind Special Effects.«

Dann startete grollend der Motor.

Meine Entführer jubelten. Ich dagegen begann, leicht zu zittern.

»Mann, Mann, Mann. Krass, Alter. Was ist das denn für ein Sound? Der brüllt ja wie ein Löwe. Wie schnell ist das Teil?«

»Maximal zweihundertfünfzig – schätz ich mal.«

»Wusstet ihr, dass das schnellste Auto der Welt vierhundertneunzig Stundenkilometer schnell fahren kann? Aber zweihundertfünfzig ist auch schon fett.«

»Halt jetzt mal die Klappe«, sagte der Fahrer. »Ich muss mich konzentrieren. Der hier hat Gangschaltung.«

Er ließ den Motor kratzend aufheulen. Das klang gar nicht gut.

»Schönen Gruß ans Getriebe«, kommentierte die Laberbacke von hinten.

»Schnauze jetzt.«

Dann setzten wir uns holpernd in Bewegung. Ich versuchte, die Situation zu verstehen. Meine Kidnapper waren zu viert. Zwei Jungs, zwei Mädchen. Soweit ich das an den Stimmen festmachen konnte, war kein Erwachsener dabei. Sie klangen alle nach meinem Alter, bis auf den Fahrer, dessen Stimme ein bisschen dunkler war. Klar, der musste ja achtzehn sein. Sonst dürfte er ja kein Auto fahren.

Dachte ich.

Erste Zweifel kamen auf, als der Clown von hinten laut »VOOORSICHT« rief. Der Fahrer ging so in die Eisen, dass ich mit dem Oberkörper erst nach vorne flog und dann heftig zurück in den Sitz geschleudert wurde.

»Was ist denn, du Penner?«, fauchte der Fahrer.

»Hier ist rechts vor links«, fauchte der Junge von hinten zurück.

»Aber das gilt doch nicht für Fußgänger, die von rechts kommen, du Depp.«

»Ach, was weißt du denn?«

»ICH hab immerhin meinen Fahrradführerschein bestanden.«

Mir wurde ganz schwummrig.

Der Typ neben mir hatte nur einen Fahrradführerschein?

Sie wollten mich nicht entführen, sie wollten uns alle umbringen. Ich tastete hastig nach dem Gurt und schnallte mich blind an.

»Lass den Mann mit dem Kinderwagen jetzt vorbei«, befahl Filine von hinten. »Und alle freundlich grüßen. Du auch, Tobi.«

Ich hob die Hand und winkte ins Unsichtbare. Im besten Falle würde der Passant sich wundern, dass da jemand mit einem Sack auf dem Kopf auf dem Beifahrersitz saß, und die Polizei alarmieren. Aber meine Hoffnung keimte nur kurz auf, bis das andere Mädchen sagte: »Hey, Fili, die Maske ist cool geworden. Du hast ja richtig ein Gesicht draufgemalt. Mit der Sonnenbrille und der aufgenähten Kappe sieht das so echt aus.«

Auch das noch! Ich trug ein Sackgesicht.

»Keine Namen«, ermahnte der offensichtliche Chef der Truppe seine Mannschaft.

»Er kennt mich doch eh«, protestierte Filine.

»Trotzdem. Wenn überhaupt, dann nur unsere Clannamen.«

Dann setzten wir uns wieder holpernd in Bewegung. Mir wurde heiß und kalt.

Ich wusste einfach nicht, was ich tun sollte. Schreien, protestieren, um Hilfe rufen?

Nach langem Hin und Her entschied ich, erst mal nichts zu sagen und mich auf meine Sinne zu verlassen. Damit ich später der Polizei genaue Auskunft geben konnte, würde ich versuchen, mir die Strecke zu merken. Schließlich kannte ich den Startpunkt. Jetzt musste ich nur noch mitzählen, wie oft wir links oder rechts abbogen.

Doch das war viel schwerer als gedacht, denn ständig rief irgendeiner von hinten Kommentare zur Verkehrssituation.

»Achtung, es ist Rot.«

»Pass auf, der andere hat Vorfahrt.«

»Nicht da rein. Das ist 'ne Sackgasse, bist du blind oder was?«

»Schon mal was von Dreißiger-Zone gehört? Oder willst du ein hübsches Blitzerfoto von uns allen?«

Nach einmal rechts, dann links, einem kurzen Halt an einer Ampel und dann rechts, war ich mir sicher, dass wir in Richtung Innenstadt unterwegs waren.

Vielleicht sollte ich an der nächsten Ampel einfach die Tür öffnen und mich wie ein Stuntman aus dem Auto rollen?

Doch auf diese nächste Ampel wartete ich vergeblich, denn gemessen am Jubel im Auto und der plötzlich erhöhten Geschwindigkeit, waren wir jetzt wohl – entgegen meiner Berechnungen – auf der Stadtautobahn.

Passend dazu ertönte »Highway to Hell« aus den Autoboxen, und ich war mir sicher, dass wir auf dem Weg in die Hölle waren. Als wir dann endlich langsamer wurden und abfuhren, war ich so was von erleichtert. Allerdings freute ich mich zu früh, denn wir wechselten einfach nur auf die Gegenfahrbahn und düsten zurück in die City. Wieder mit Lichtgeschwindigkeit. Damit zerstörten sie endgültig meinen schönen Plan. Zurück im stockenden Stadtverkehr, hatte ich natürlich komplett die Orientierung verloren. Wo auch immer wir waren. Ich hatte keinen blassen Schimmer.

Plötzlich stammelte der Clown von hinten: »Da, da, da.«

»Wo denn, was denn?«, hätte ich gerne gefragt, da lieferte der Fahrer bereits die Antwort: »Niemand bewegt sich, bloß jetzt nicht alle zur Seite gucken. Direkt neben uns ist die Polizei.«

»Mittwoch«, sagten alle wie aus einem Munde.

Mittwoch? Was sollte das denn bedeuten? Es war Samstag.

»Wie seh ich aus?«, fragte der Fahrer.

»Der Bart steht dir«, befand Filine. »Guck, die Polizistin lächelt dich an. Ich glaube, du gefällst ihr.«

»Ich meine, wie alt sehe ich aus?«

»So zwanzig vielleicht«, schätzte Filine.

»Gut«, er seufzte erleichtert. »Wenn sie uns kontrollieren, dann behaupte ich, dass ich meinen Führerschein vergessen hab und ihn später im Polizeirevier vorbeibringe.«

»Und wenn sie sich das Autokennzeichen aufschreiben?«, fragte das Mädchen.

»Die Nummernschilder sind gefälscht. Ich bin doch nicht blöd.«

»Sag mal, hast du dem Polizisten gerade die Zunge rausgestreckt?«, fragte Filine, und ich wusste sofort, wen sie meinte.

»Ich denke, wir haben gefälschte Nummernschilder«, feixte der Clown und lachte.

Alles, was ich jetzt noch mitbekam, waren quietschende Reifen, eine starke Beschleunigung unter meinem Sitz und eine Polizeisirene hinter uns.

»Mittwoch, Mittwoch, Mittwoch«, schimpfte der Fahrer. Die anderen riefen aufgeregt Weganweisungen von hinten.

»Gleich haben sie uns.«

»Fahr links.«

»Hier rechts.«

»Über die Kreuzung.«

»Gib Gas.«

Ich drückte der Polizei die Daumen. Wenn sie uns anhielten, dann waren die Kids fällig: Autodiebstahl, Fahren ohne Führerschein und Entführung.

Doch dann plötzlich wurden die Sirenen immer leiser.

»Super. Du hast sie abgehängt. Jetzt nix wie untertauchen.«

Im selben Moment hörte ich ein surrendes elektrisches Geräusch. Ein Garagentor, das sich öffnete.

»Los, fahr rein«, rief Filine.

Dann fuhren wir noch ein, zwei Meter weiter und das Tor schloss sich lautstark hinter uns.

So ein Mist!

Wie war ihnen das nur gelungen?

Ich war nass geschwitzt vor Stress. Mein Shirt klebte am Ledersitz fest.

Was hatten sie bloß mit mir vor? Eins war klar: Jetzt war ich ihnen wirklich hilflos ausgeliefert.

Meine Tür öffnete sich und jemand zog mich am Arm nach draußen. Es war Filine. Sie führte mich ein Stück und bat mich dann, mich hinzusetzen. Vorsichtig ließ ich mich sinken und ertastete dabei unter mir weichen, samtigen Stoff. Ein Sessel? In einer Garage? Aber mich wunderte eigentlich gar nichts mehr.

»Schön, dass wir uns hier alle versammelt haben«, sagte der Fahrer, und es klang, wie wenn Erwachsene eine wichtige Sitzung eröffneten. Dann richtete er das Wort an mich: »Tobias, Glückwunsch, Alter. Du warst so gechillt da neben mir. Krass. Du hast den Stresstest bestanden!«

Meine Entführer applaudierten und jubelten.

What? Das war alles ein Stresstest gewesen? Sie hatten mich auf die Probe gestellt? Und ich hatte was? Den Test bestanden? Die ganze Fahrt über war ich gestorben vor Angst. Meine Arme brannten wie Feuer.

»Wer bei uns mitmachen will, der muss ein bisschen was aushalten können. Du bist ganz schön cool«, bemerkte die Laberbacke.

»Ich hab es euch doch gesagt: Er ist der Richtige«, triumphierte Filine.

»Bei euch mitmachen?«, hakte ich nach. »Und ich dachte, ich lerne heute was über Molche und Lurche.« Es war mir todernst, aber meine Kidnapper prusteten los vor Lachen.

»Und lustig ist er auch noch«, sagte der Boss. Dann stellte er sich und die anderen vor: »Ich bin übrigens Mastermind. Filine kennst du ja schon. Sie heißt bei uns Winterkind. Da sind noch Bella …«

»Hallo«, sagte Bella, und jetzt war klar, was ich mir schon gedacht hatte. Das zweite Mädchen war Filines Cousine Ariana, die Schöne.

»… und Jackie Chan.«

»Du kannst Jackie oder Chan sagen oder Jackie Chan.« Und dann fing er an loszublubbern, ohne Punkt und Komma, über seinen Vater, der Kung-Fu-Filme liebte, und bla und blubb, bis Mastermind ihn unterbrach und wieder die Leitung der Sitzung übernahm: »Wir müssten ein paar Dinge klären. Winterkind sagt, du hast noch mehr Kuscheltiere?«

»Ja«, antwortete ich vage und musste mit einem Stich im Herzen an meine Freunde aus Plüsch denken. Ob sie mir noch mehr abjagen wollten?

»Gut«, befand Mastermind.

Langsam wurde jetzt doch der Sauerstoff knapp. Daher nahm ich all meinen Mut zusammen und fragte: »Kann ich jetzt den Sack abnehmen?«

»Nein, sorry«, sagte Filine sofort. »So weit ist es noch nicht. Wir müssen erst abstimmen. Nur wenn alle einverstanden sind, bist du dabei.«

»Allerdings erst mal nur auf Probe«, ergänzte Mastermind.

»Klar«, sagte ich, als wäre es das normalste Gespräch der Welt. Dabei hatte ich keinen blassen Schimmer, was die vier Freaks eigentlich von mir wollten.

»Seit wann gibt es denn eine Probezeit?«, fragte Chan.

»Klappe«, knurrte Mastermind und wandte sich wieder mir zu: »Alles, was hier heute passiert ist, muss geheim bleiben. Verstanden?«

Ich nickte mit meinem Sackgesicht, sah mich aber in Gedanken bereits in die nächste Polizeistation laufen.

»Wir werden das in Ruhe besprechen. Wenn du dabei bist, bekommst du morgen eine Mail. Du findest sie im Spam-Ordner. Betreff: ›Sie haben den Jackpot gewonnen.‹ Dann liegt es an dir. Wenn du mitmachen willst, klickst du auf den Link. Wenn nicht, einfach die Nachricht löschen. Und alles ist vergessen.«

Nach einer kurzen Pause sagte er noch: »Der Benutzername zum Einloggen ist ›chaoscrew‹. Und das Passwort: ›rasenderfurz‹. Alles klein und ein Wort.«

Seltsamerweise war der Rückweg viel kürzer als der Hinweg. Und nicht nur die Strecke war anders, sie benutzten auch ein anderes Auto. Die ganze Zeit über musste ich weiter das Sackgesicht tragen. Ich durfte es erst absetzen, als die anderen schon weggedüst waren und ich mit Filine alleine am Spielplatz zurückgeblieben war.

»Okay, Tobi. Dann bis bald«, sagte sie und verabschiedete sich winkend, als hätten wir einfach nur zusammen hier auf dem Kletterturm gechillt. Ich winkte nicht, denn ich stand immer noch völlig unter Schock. Filine und ihre Freunde wollten mich in ihrer Clique. So viel hatte ich verstanden.

Aber wollte ich zu einer Gruppe von Verrückten gehören, die illegal Auto fuhren, Kuscheltiere sammelten und zum Spaß Kinder entführten? Möglicherweise trafen sie sich sonst zu Stricknachmittagen. Ich und ein Mitglied der Chaos-Crew?

Never ever. Lieber würde ich den ganzen Sommer alleine auf dem Spielplatz einfach vor mich hin gammeln.

Der Jackpot

Ganz entgegen meines ursprünglichen Plans ging ich doch nicht sofort zur Polizei. Um ehrlich zu sein, wusste ich nicht mal, ob es in der Nähe überhaupt eine Wache gab. Ich musste nachdenken. Dann würde ich in Ruhe eine Entscheidung fällen.

Als ich zu Hause ankam, traf ich meinen Vater in der Küche. Wie gerne hätte ich ihm alles erzählt. Von den schrecklichen Stunden als Gefangener, von der gefälschten Unterschrift und meiner Angst vor dem Eignungstest.

Aber das ging natürlich nicht.

Was die Schule und meine Leistungen anging, waren meine Eltern ausnahmsweise immer einer Meinung. So wie meine Mutter mich in der Zukunft als Bio-Professor vor sich sah, so träumte mein Vater von meiner Karriere bei seiner Bank.

»Wenn du dich doch gegen Bio entscheidest, sag Bescheid. Dann wirst du eben mein Nachfolger«, pflegte er zu sagen. Mit meiner Mathe-Note würde ich allerdings in diesem Jahr auch nicht glänzen. Aber das wusste er ja noch nicht. Zeugnisse gab es erst in ein paar Wochen.

Obwohl es schon weit nach Mittag war, trug mein Vater immer noch seinen Pyjama. Er saß auf der Umzugskiste hinter der Tür und rieb sich den nackten großen Zeh. Sein schmerzverzerrtes Gesicht verriet, dass es gerade wieder einen Zusammenstoß gegeben hatte.

»Tobi! Da bist du ja endlich. Wo warst du? Die Frau mit den roten Haaren hat sich Sorgen gemacht«, sagte er, stand auf und humpelte zum Spülbecken.

»Du bist ihr also auch schon begegnet?«, fragte ich.

»Machst du Witze? Sie lag heute Morgen neben mir im Bett. Ich bin zu Tode erschrocken«, antwortete er lachend und füllte ein Glas mit Leitungswasser.

»Sie denkt anscheinend, dass sie hier wohnt«, scherzte ich, obwohl mir gar nicht danach zumute war.

»Es ist noch schlimmer«, flüsterte mein Vater: »Sie hält uns für ihre Familie.«

Ich musste kichern. Das war irgendwie befreiend. Dann entdeckte ich eine Schüssel mit Salat auf dem Küchentisch.

»Ist das unser Mittagessen?«, fragte ich.

»Wie gesagt. Sie sieht ein bisschen aus wie deine Mutter, aber sie ist es nicht.«

Plötzlich öffnete sich die Küchentür, und die Frau mit den roten Haaren kam herein, schwer atmend und in einem verschwitzten neonpinken Joggingoutfit, das sich gewaltig mit ihrer Haarfarbe biss.

»Tobi, da bist du ja endlich«, japste sie und hob dann zeternd die Arme: »Du kannst doch nicht einfach weggehen, ohne was zu sagen, und dann auch noch dein Handy ausschalten. Ich hab fünfmal versucht, dich anzurufen. Meine Güte, wo warst du nur?«

Dann stürzte sie zum Spülbecken, drängte meinen Vater zur Seite und hielt ihren Mund unter den laufenden Wasserstrahl.

»Siehst du. Sie hält dich für ihren Sohn«, sagte mein Vater und zwinkerte mir zu. Dann ließ er eine Brausetablette in sein Wasserglas plumpsen.

Ändy ignorierte seine Bemerkung. Nachdem sie ihren Durst gestillt hatte, wandte sie sich wieder mir zu: »Na, sag schon. Wo warst du?«

»Mit Filine unterwegs«, antwortete ich und drehte mich zu meinem Vater um, der gerade einen großen Schluck seiner Medizin nahm. Ich tippte auf Kopfschmerzen. Die hatte er in letzter Zeit oft am Wochenende.

»Oh, Nachhilfe. Ach so. Trotzdem. Du hättest eine Nachricht hinterlassen können. Ein Zettel mit ein paar Worten. Das hätte schon genügt.«

Sie schnaufte.

»Wie läuft es denn? Meinst du, das Mädchen schafft den Eignungstest?«

»Bestimmt.« Ich nickte.

Da war es wieder, mein Problem. Der blöde Test.

»Klar schafft sie das«, wiederholte Ändy und klopfte mir anerkennend auf die Schulter. »Bei dem Lehrer!«

Um ihr nicht in die Augen sehen zu müssen, holte ich mir einen Joghurt aus dem Kühlschrank und einen Löffel.

»Ich hab Kopfschmerzen. Ich geh noch mal ins Bett«, knurrte mein Vater, trank den Rest von seinem Glas in einem Rutsch leer und machte sich auf den Weg nach oben.

»Mir geht es auch nicht besonders«, erklärte ich joghurtlöffelnd und reihte mich schnell in die Karawane ein, während durch die Wand erste quietschende Klänge eines Schifferklaviers einsetzten und Ändy einen Schreikrampf bekam. Wir legten einen Zahn zu, trotzdem verfolgte uns »What shall we do with the drunken sailor«, Hundeheulen und Ändys wütende Stimme – »Ich dachte, wir räumen heute zusammen auf?« – bis auf die Treppe nach oben.

»Soll ich uns nachher eine Pizza bestellen?«, fragte mein Vater nur gähnend.

»Pizza? Das ist eine Spitzenidee.«

Ich wollte einfach meine Ruhe. Decke über den Kopf und chillen. Deshalb malte ich ein großes »Bitte klopfen«-Schild, hängte es außen an meine Tür und vergrub mich im Bett.

Die letzten Tage und Stunden waren so anstrengend gewesen, dass ich völlig erschöpft war. Ich war nur noch in der Lage, reglos Videos auf meinem Tablet zu gucken. Einmal klopfte mein Vater an und ich fand eine duftende Thunfisch-Pizza vor meiner Tür. Später klopfte dann noch mal meine Mutter, um zu hören, ob alles in Ordnung war. Wir redeten durch einen kleinen Türspalt miteinander.

»Ich will einfach nur in Ruhe gelassen werden«, sagte ich.

»Ja. Verstehe«, antwortete sie. »Kinder in der Pubertät brauchen Zeit für sich. Der Körper verändert sich und so. Es wird ja alles umgebaut. Alles. Vom Hirn bis zu den Hoden.«

Das war der Moment, in dem ich ihr einfach die Tür vor der Nase zuknallte. Was war nur los mit ihr?

Ich wollte auf keinen Fall mit ihr über mein Hirn oder meine Hoden reden.

Ich hatte wirklich ganz andere Sorgen.

Seit Stunden grübelte ich und meine Gedanken kreisten immer wieder um dieselben Fragen.

Sollte ich die Entführung wirklich der Polizei melden? Es war zwar eine Straftat und ein Auto hatten sie ja anscheinend auch irgendwo geklaut. Dagegen sprach aber, dass ich einen sehr schlechten Zeugen abgab. Ich hatte nämlich nichts gesehen, außer Filine. Und die würde bestimmt alles abstreiten. Dann stand Aussage gegen Aussage.

Polizei?

Ja? Nein? Vielleicht?

Ich wusste es einfach nicht. Sollte ich? Oder nicht?

Außerdem fragte ich mich, was ich in Sachen Leon unternehmen konnte. Also eins war klar. Leon hatte gelogen. Vincent hatte ihm garantiert keine Nachhilfe gegeben. Der würde nämlich ganz sicher durch den Eignungstest rasseln. Er war schon immer durch und durch ein Taxiot. Das wusste ich, weil ich einmal auf seinem Platz gesessen und ein kleines Notizbuch im Fach unter der Bank gefunden hatte. Ihr werdet es nicht glauben, aber es war voller Gedichte. Eins hab ich mir sogar gemerkt.

Sonne, Mond und Sterne,
versteckt im hohen Gras
da saß
ein Pummeluff und starrte in die Ferne.

Ein Pokémon-Gedicht! Irgendwie cool. Ich liebte Pokémons.

Vincent war ein echter Schöngeist und seine Eltern hatten sich auch ordentlich geirrt. Nix Karl-Koch-Gymnasium. Der gehörte aufs Goethe-Gymnasium.

Also das mit der Nachhilfe war auf jeden Fall eine saudumme Ausrede gewesen. So viel stand fest.

Mit jeder Minute, die ich mich länger darüber ärgerte, wuchs auch mein schlechtes Gewissen.

Sonntag, Montag, Dienstag.

Nur noch drei Tage bis zum Untergang.

Heute würde ich nix mehr in die Birne bekommen. Nur zu einer Sache zwang ich mich noch. Versprochen war versprochen. Also schlich ich mich in den Keller und rettete erst mal Einhorn Fritz und Schildkröte Jolanda. Dann kroch ich mit ihnen allen zurück in mein Bett, legte mein Biobuch unters Kopfkissen und fiel in einen festen, traumlosen Schlaf.

Am nächsten Tag fühlte ich mich immer noch hundeelend. Trotzdem startete ich einen neuen Lernversuch. Statt zu lesen, beschloss ich, moderne Methoden anzuwenden. Ich suchte im Internet nach Videos zu meinen Themen. Die Suchmaschine spuckte fünftausend Ergebnisse zum Thema Lurche aus. Ich war begeistert. Da hätte ich ja auch mal früher draufkommen können. Leider zeigte mir das Internet aber auch immer wieder Werbung mit Onlinespielen an. Und so dauerte es nicht lange, bis ich dann doch bei einem meiner Lieblingsspiele um die Nachfahren des Zauberers Merlin landete. Ich war Fan von allem, was mit Zauberkunst und magischen Welten zu tun hatte. Wenn da Frösche oder Lurche vorkamen, dann landeten die meistens als Zutat im brodelnden Zauberkessel. Daumen hoch!

Und so verdaddelte ich schon wieder wertvolle Zeit.

Als ich viel später meinen Rucksack für die Schule packte, fiel mir auf, dass mein Handy immer noch ausgeschaltet war. Seit gestern Morgen. Ich schloss es ans Ladekabel auf meinem Nachttisch an, dann startete ich es.

Kaum war es aus seinem Tiefschlaf erwacht, schoss es ein Feuerwerk aus Tönen ab. Tausend Meldungen aus sinnlosen Schulchatgruppen, aber auch Benachrichtigungen der Millionen YouTube-Kanäle, die ich abonniert hatte, kamen im Sekundentakt hereingeflattert. Es dauerte daher ewig, bis ich mir einen Überblick verschafft hatte. Ich las, antwortete und löschte. Dann erst nahm ich das Briefchen-Symbol oben auf dem Display wahr.

Eine neue E-Mail!

Ich bekam selten Mails. Das war auch irgendwie voll retro. Trotzdem hatten wir alle für die Schule einen Account einrichten müssen, für wichtige Nachrichten über Wandertage und so was oder Unterlagen für den Unterricht. Doch diese Mail kam nicht von der Schule. Sie war unter »Spam« gelandet, und die Betreffzeile war eindeutig: »Herzlichen Glückwunsch! Sie haben den Jackpot gewonnen.«

Ich konnte es nicht glauben.

Die Verrückten hatten abgestimmt und entschieden, dass ich zu ihrem Klub gehören sollte.

Eigentlich hatte ich gehofft, dass zumindest einer gegen mich stimmen würde. Aber der »coole« Tobi mit seinen Kuscheltieren, den nicht mal eine Entführung erschrecken konnte, hatte sie wohl oder übel überzeugt. Wenn die nur wüssten, was für ein Angsthase ich in Wahrheit war.

Mit einem sehr ungutem Gefühl öffnete ich die Mail.

»Sie sind ein Glückspilz«, stand darin in schwarzer Schrift auf einem roten Hintergrund. Daneben blinkte ein goldener Pokal. »Sie haben unseren Jackpot gewonnen. Um Ihren Gewinn zu erhalten, müssen Sie nur diesen Link öffnen. Ein Klick zum Glück!«

Tausend Mal hatten mich meine Eltern genau davor gewarnt. Niemals, niemals, niemals sollte ich in einer solchen offensichtlichen Spam-Mail einen Anhang öffnen oder auf einen Link klicken. Alles, was man sich damit einhandelte, waren Viren oder Trojaner. Dahinter lauerten Spione, Zerstörer und Kriminelle!

Also am besten gleich löschen, dachte ich noch, als – *Bing!* – eine aktuelle Nachricht reinkam, die mein Herz hüpfen ließ. Leon hatte geschrieben.

Aufgeregt öffnete ich unseren Chat. Bestimmt würde er sich entschuldigen oder fragen, ob ich Zeit hätte.

»Hi, ToHo«, las ich, »wollte nur Bescheid sagen, dass ich nächste Woche nicht mit der Bahn fahre. Also warte nicht auf mich.«

Das war alles!

Nicht mal ein Emoji!

Hoppel sah mich mitfühlend an. Ich verstand die Welt nicht mehr. Was hatte das bloß alles zu bedeuten?

Erst hatte er nie Zeit, dann traf er sich mit Vincent und jetzt wollte er noch nicht mal mehr mit mir zusammen zur Schule fahren? Wollte Leon vielleicht einfach nicht mehr mein Freund sein?

Aber warum? Was hatte ich denn getan? Ich war doch immer noch ich, der alte Tobi. Wenn, dann war es er, der sich seit Neuestem seltsam benahm. Ich hätte Grund gehabt, ihm die Freundschaft zu kündigen, und nicht umgekehrt. Ich lief in meinem Zimmer auf und ab, führte Selbstgespräche und kratzte mich am Arm. Alles tat weh. Meine Haut und mein Herz gleichermaßen. Das machte mich noch wütender. Gut, wenn er mich nicht brauchte, einverstanden. Ich brauchte ihn auch nicht. Es gab genug andere, die mit mir befreundet sein wollten. Ja. Es gab sogar welche, die mich extra deshalb entführt hatten. So sah es nämlich aus.

Wie hatte meine Mutter gesagt? »Manchmal muss man sich einfach von altem Ballast befreien, um neue Wege gehen zu können.«

Ja, genau! Jetzt verstand ich, was sie gemeint hatte.

Und ehe ich mich versah, dachte ich nicht mehr nach, sondern klickte auf den bescheuerten Link in der bescheuerten Mail!

Einfach, um es Leon heimzuzahlen, diesem Lügner!

DIE PLÜSCHTIER-MAFIA

Das Licht, das wie ein Laserstrahl aus meinem Handy an die Decke schoss und dann mein ganzes Zimmer überflutete, blendete mich total. Ich ging vor Schreck einen Schritt zurück, stolperte über eine Umzugskiste und fiel rücklings auf den Boden.

Einen Moment später blinzelte ich erst vorsichtig und öffnete dann langsam meine Augen. An der Decke, direkt über mir, stand in grünen Buchstaben geschrieben: »Herzlich willkommen bei Magic Kleinanzeigen.« Dann erlosch das Licht und der Schriftzug verschwand.

Wow. Ich setzte mich ruckartig auf und rieb meine Augen. Was war das denn gewesen? Wahrscheinlich hatte ich mir nun doch einen Trojaner oder so was eingefangen.

Jetzt lag mein Handy ganz harmlos auf dem Nachttisch, als wäre nichts gewesen.

Misstrauisch krabbelte ich auf allen vieren näher heran, wie eine Katze auf der Pirsch. Weiß Gott, was als Nächstes passieren würde.

Doch alles blieb ruhig. Vorsichtig nahm ich das Handy in die Hand und warf einen Blick darauf. Ich war auf der Seite von Magic Kleinanzeigen gelandet.

Was sollte das denn sein? Davon hatte ich noch nie gehört.

»Geben Sie den Benutzernamen und das Passwort ein«, lautete die Anweisung auf dem Display.

An den Benutzernamen erinnerte ich mich: chaoscrew. Das war leicht zu merken gewesen. Denn das beschrieb den Haufen Verrückter einfach perfekt.

Aber das Passwort? Was hatte Mastermind noch mal gesagt?

Irgendwas mit Pupsen. Ich probierte es mit »fliegendepupse«, alles klein und ein Wort.

Das war es nicht.

Der zweite Versuch, »düsenderpups«, war auch kein Treffer. Stattdessen kam diese Warnung: »Noch ein Fehlversuch, dann werden Sie gesperrt.«

Ich war mir nicht sicher, aber dann versuchte ich es einfach mit »rasenderfurz«. Jetzt war es Schicksal. Entweder es klappte oder eben nicht.

Gespannt wartete ich, was passieren würde.

Einen Moment später stand »Bingo! Sie haben es geschafft!« auf dem Display und darunter die Bitte, die Allgemeinen Geschäftsbedingungen und die Datenschutzerklärung zu lesen und zu akzeptieren. Das mit dem Lesen übersprang ich, stattdessen klickte ich nur zweimal auf »Akzeptieren«.

Daraufhin poppte ein interessantes Videochatfenster auf. Zu sehen war ein roter Blumenkelch, der sich ganz langsam öffnete. Fasziniert wartete ich darauf, was zum Vorschein kommen würde. Und ich wurde nicht enttäuscht.

Es war eine kleine Elfe, die sich verschlafen die Augen rieb. Sie hatte langes schwarzes Haar und trug ein nachtblaues Kleid. Ich war beeindruckt, wie echt sie aussah. Was für eine gute Grafik, bestimmt in Japan produziert.

Langsam begriff ich. Die Chaos-Crew spielte ein Spiel auf einem Onlineserver und sie hatten noch einen Mitspieler gebraucht. Klar. Aber das hätten sie doch auch einfach sagen können. So ein Aufriss.

»Hallo«, begrüßte mich die Elfe und gähnte. »Wähle einen Benutzernamen.« Witziger Einfall! Das machte sie irgendwie noch

realer. Wie wollte ich denn heißen? Obwohl ich nur kurz überlegte, war die Elfe schon wieder eingenickt. Und schnarchte. Wie
meine Mum. Ich musste lachen.

Magic Kleinanzeigen – das klang nach was mit Zauberei. Also
nahm ich meinen liebsten Spielernamen, »Merlin«, und tippte
ihn ein. Die Elfe schreckte auf und sagte: »Leider vergeben.«

Der zweite Name eines berühmten Zauberers, der mir einfiel,
war natürlich Harry Potter. Nur Potter würde auch reichen, sonst
sagte sie gleich wieder: »Leider vergeben.« Ich war bestimmt nicht
der Erste mit dieser Idee.

Also schrieb ich »Po« in die Maske. Dann bemerkte ich, dass
ich Merlin noch nicht gelöscht hatte. Ich versuchte es, tippte nervös auf der Handytastatur herum und kam aus Versehen auf die
Enter-Taste.

Dann sagte die Elfe kichernd: »Viel Vergnügen mit Magic
Kleinanzeigen.« Die Blüte schloss sich und das Chatfenster verschwand.

»Willkommen, Merlins Po«, stand nun auf dem Display.

What? Neeeeiiiinnnnn. Merlins Po? Das konnte doch jetzt
nicht wahr sein.

Darunter waren die anderen Mitglieder aufgelistet: Mastermind, Winterkind, Bella und Jackie Chan.

Schwarz auf weiß stand es vor mir: Ich gehörte jetzt zur Chaos-Crew, allerdings nicht mehr als Sackgesicht, sondern als der
Hintern eines berühmten Zauberers.

Ahhhhhhhhhhhhhhhh …

Dann poppte eine Nachricht auf. »Hallo, Tobi, willkommen.
Freue mich, dass du dabei bist. Das ist bestimmt alles sehr verwir-
rend, aber es ging mir am Anfang auch so. Am besten, du loggst
dich jetzt wieder aus und lässt dir die Funktionen erst von uns

erklären, bevor du was Dummes machst. Nicht auf Kaufen oder Verkaufen klicken. Auf keinen Fall auf Sonderangebote. Und zu niemandem ein Wort darüber, klar? Bis dann, Winterkind.«

Ich sollte mich wieder ausloggen? Niemals. Ich musste unbedingt wissen, was das für ein Spiel war. Also klickte ich auf den Home-Button und kam zur Startseite. Wo konnte man denn jetzt das Spiel starten? Ich sah nur ein Suchfeld mit der Aufschrift »Was suchst du?«. Ungeduldig gab ich »Spielen« dort ein.

Nach ein, zwei Sekunden wurde mir eine Ergebnisliste mit vielen Fotos angezeigt. Gleich das erste ließ mich erstarren.

Ich blickte in Augen, die ich bereits kannte. Knopfaugen!

Lulu, mein Schaf, war dort abgebildet. Und es stand zum Verkauf. Hundert war der Preis. Verkäufer: Winterkind.

»Du verkaufst mein Schaf im Internet?«

Ich hatte Filine gleich abgefangen, als wir aus der Straßenbahn am Musenplatz ausgestiegen waren.

»Nicht so laut«, raunte sie mir zu und zog mich weg vom Strom der anderen Schülerinnen und Schüler, die zielstrebig auf das Eingangsportal unserer Schule zusteuerten.

»Du hast meine Anzeige gesehen?«, freute sie sich. Dann rieb sie sich nachdenklich das Kinn. »Anscheinend ist was in den Einstellungen falsch. Kannst du mir mal sagen, wer mit dir die Anmeldung durchgezogen hat? Irgendwas ist schiefgelaufen.«

»Was meinst du?«, fragte ich. Ich hatte keine Ahnung, was sie mir sagen wollte.

»Na, am Anfang, da geht so ein Fenster auf, und jemand fragt dich, welchen Benutzernamen du willst.«

»Ach so, du meinst die Elfe.«

»Oh. Du Glücklicher! Die in der roten Blume oder in der goldenen?

»Rot.«

»Das ist Rubya.« Filine strahlte über das ganze Gesicht. »Die ist zwar immer verpennt, aber irgendwie auch total süß. Ich hab immer diesen nörgeligen Zwerg als Admin. Gregorius. So miese Laune. Wie spät war es, als du dich eingeloggt hast? Vielleicht sollte ich es dann einfach mal zu einer anderen Uhrzeit probieren.«

Ich verstand nur Zwerg. Wie man so viel irres Zeug in so kurzer Zeit reden konnte, war mir unbegreiflich. Deshalb versuchte ich es etwas deutlicher: »Hundert Euro? Du jagst mir das Schaf ab und verkaufst es jetzt für hundert Euro?«

»Aber doch keine Euro! Hundert M-Coin«, widersprach sie mir.

»M-Coins? Ist das irgend so eine Kryptowährung? Wie Bitcoins?«

»Schsch ... Nicht so laut. Wir sollten uns sowieso nicht über diese Sache hier unterhalten. Das ist eigentlich Regel Nummer eins. Hast du denn nicht die Datenschutzrichtlinien gelesen?«

»So was lese ich nie.«

Filine sah mich strafend an: »Dein Ernst? Und die Allgemeinen Geschäftsbedingungen?«

Ich schüttelte den Kopf.

»Du kannst dich doch nicht irgendwo einloggen, ohne das Kleingedruckte zu lesen«, regte sie sich auf, als wäre sie meine Mutter. Dann seufzte sie aus tiefstem Herzen: »Ich verstehe. Du hast noch gar nichts kapiert, hab ich recht?«

Was gab es denn da zu kapieren? Hier war irgendwas extrem faul. Deshalb wurde ich etwas deutlicher: »Ist da irgendwas in dem Schaf drin? Irgendwas Illegales? Und was ist das überhaupt? Magic Kleinanzeigen. Da hab ich noch nie was von gehört.«

Filine trat mir auf den Fuß.

»Au«, schrie ich auf.

»Jetzt halt aber mal die Klappe. Es reicht. Weißt du, wie gefährlich das alles gerade ist? Keine Fragen, keine Antworten mehr. Wir treffen uns heute Nachmittag. Dann erklär ich dir alles. Und bis dahin tun wir so, als würden wir uns nicht kennen. Also so wie immer. Ignorier mich einfach. Okay?«

Sie rückte ihre Wollmütze zurecht und stapfte davon.

»Und wo treffen wir uns?«, rief ich hinterher.

Sie drehte sich zu mir um, schaute in alle Richtungen, ob auch bloß niemand meine Frage gehört hatte: »Du bekommst eine Nachricht. Und jetzt ...« Dann hielt sie wütend ihren Zeigefinger an die Lippen.

Den ganzen Tag konnte ich mich nicht konzentrieren. Wo war ich da nur reingeraten? Auf jeden Fall was Kriminelles. Vielleicht sogar die Mafia, die auch in Papas Lieblings-Krimiserie vorkam. Obwohl ich mir nicht vorstellen konnte, dass es in Linneberg so was gab. Aber hatte Leon nicht gesagt, Arianas Eltern gehörte das Bistro Russo? Das klang doch sehr Italienisch. Dann war Arianas Vater vielleicht der Mafiaboss und die Kinder mussten die Geschäfte für ihn abwickeln. Ich war so aufgebracht über meine eigene Dummheit, dass ich mich nicht mal über Leon aufregen konnte, der nämlich so tat, als wäre alles in bester Ordnung.

Die ganze Zeit hoffte ich, dass ich mich irrte, aber dann kam Filines Nachricht: »Treffpunkt: Bistro Russo. 17 Uhr!«

Eine Viertelstunde vor der vereinbarten Zeit betrat ich den Treffpunkt. Ich wollte auf jeden Fall vor Filine da sein, um mich in Ruhe umzusehen. Ich hatte einen ausgefeilten Plan. Zum Schein würde ich das Spiel mitmachen, aber heimlich Beweise sammeln, die ich dann später der Polizei vorlegen konnte. An einem runden Bistrotisch direkt am Fenster nahm ich Platz. So hatte ich einen guten Überblick über alle, die rein- und rausgingen, die übrigen fünf Tische und die Theke. Außer mir war kein anderer Gast da. Das war schon mal ein Indiz. Das Bistro war bestimmt nur Tarnung. So lief das nämlich bei der Mafia. Es gab einen Boss, den sogenannten Paten, dem gehörte ein Restaurant. In Wahrheit war es aber eine Zentrale, von der aus er geheim und möglichst unauffällig ein riesiges Netzwerk aus Kriminellen anführte.

Alles andere als unauffällig war allerdings die Frau hinter der Theke, die dort gut gelaunt zu lateinamerikanischer Musik herumtänzelte. Sie hatte langes schwarzes Haar, das in Wellen über ihre Schultern fiel. Passend zu ihrem Lippenstift trug sie ein Sommerkleid, beides in Orange. Das musste Arianas Mutter sein. Sie war eine Erscheinung, genau wie ihre Tochter.

»Hola«, rief sie mir entgegen und winkte freundlich. »Es kommt gleich jemand. Wir öffnen nachmittags eigentlich erst um siebzehn Uhr.«

Dann drehte sie sich zur offenen Schiebetür, die in eine Küche führte, und rief etwas in einer fremden Sprache, die ich nicht verstand. Wahrscheinlich Spanisch, denn »Hola« hieß ja »Hallo«. Das wusste ich noch aus dem letzten Malle-Urlaub.

Um nicht zu neugierig zu wirken, versteckte ich mich hinter der Speisekarte. Mal suchte ich die Decke nach Kameras ab, dann versuchte ich heimlich, ein Foto zu machen, oder studierte die Karte. Darauf standen nur Gerichte, von denen ich noch nie was gehört hatte, wie Kochbananen-Lasagne mit Parmesan überbacken. Das klang vielleicht ekelig. Oder Pasta Lopez: Nudeln mit Bohnen und Koriander. Bäh.

»Was kann ich dir bringen?«, fragte eine junge, freundliche Stimme, die ich sofort erkannte. Das zweite Mädchen aus dem Auto. Ich blickte auf und vor mir stand Ariana. Hatte ich es doch gewusst! Meine Crew-Kollegin mit dem Tarnnamen Bella hielt einen Notizblock in der einen und einen Stift in der anderen Hand, bereit, meine Bestellung aufzunehmen.

Ich überlegte kurz, dann erinnerte ich mich an Leons Empfehlung. »Ich nehme die Yucca-Pommes.«

»Mit Käsesoße oder ohne?«

»Mit.«

»Und zu trinken?«

Ariana sah mich an, als würde sie mich nicht kennen. Sie war nur die Bedienung und ich nur ein Gast. Aber wozu noch dieses Theater?

»Eine Apfelschorle, bitte, Bella«, sagte ich spontan und erschrak über meinen eigenen Mut. Mit einem Wort hatte ich ihr zu verstehen gegeben, dass ich wusste, wer sie war, und erwartete, dass sie nun auch aus der Deckung kam. Aber Ariana überhörte meine Anspielung einfach und ging.

Jemand anderes dagegen hatte sehr genau gehört, was ich gesagt hatte.

»Du hast recht, junger Mann«, dröhnte eine heisere Stimme neben mir. »Sie ist eine Schönheit, aber sie heißt für dich immer noch Signorina Russo. Nur ich darf sie Bella nennen. Verstanden?«

Dann lachte der Jemand schallend.

Der Pate!

Verdammt.

Mich durchflutete heiße Angst.

Wenn ich recht hatte, dann war ich gerade dem mächtigsten Mann der Stadt auf die Füße getreten.

Ich blickte auf und erwartete einen fiesen Ganoven, aber es war nur ein grinsender Mann mit Glatze, der gerade mit zwei vollgepackten Einkaufstüten zur Tür hereingekommen war. Im Vorbeigehen zwinkerte er mir kurz zu und begrüßte dann seine Frau.

»Camilla!«, rief er aus und redete, glaubte ich, Italienisch oder vielleicht doch Spanisch mit ihr? Oder beides?

Sie fuchtelte mit den Armen, zeigte auf die Uhr an der Wand und schimpfte mit ihm. Doch er lachte nur, küsste sie auf den Mund und verschwand in der Küche.

»Hm, Yucca-Pommes«, freute sich Filine, die gleichzeitig mit meiner Bestellung ankam.

Sie setzte sich mir gegenüber und langte direkt mal ordentlich zu. Neugierig schob ich mir auch einen der frittierten Streifen in den Mund. Es schmeckte nach irgendwas zwischen Kartoffel und Süßkartoffel. Echt lecker.

Wir hatten gerade gemeinsam aufgegessen, da verstummten die Gitarren- und Trompetenklänge, als hätte jemand den Stecker gezogen. So plötzlich, dass wir alle kurz zusammenzuckten. In der offenen Schiebetür stand Arianas Vater mit einem riesigen Messer in der Hand. Und er sah mich an. Ganz eindeutig.

Ob er ahnte, dass ich etwas wusste?

Von der Plüschtier-Mafia?

Mir gefror das Blut in den Adern.

»*Miércoles*, was hast du schon wieder, Carlo?«, rief Camilla ihrem Mann zu. »Mach sofort meine Musik wieder an. *Inmedia-tamente.*«

Langsam legte der Pate die Messer auf den Tresen.

Erleichtert atmete ich auf.

»Das ist doch keine Musik. Da fehlt der Pfeffer!«, jammerte Carlo Russo und wechselte die CD im altmodischen Player.

Als wir das Bistro Russo verließen, tanzten Arianas Eltern zwischen Tischen und Stühlen einen wilden Rock 'n' Roll.

Das Treffen im Geheimversteck

»Wo gehen wir hin?«, fragte ich, denn Filine hatte noch kein Wort über den weiteren Plan fallen lassen.

»Wir treffen die anderen.«

Ich erwartete, dass gleich ein Auto neben uns halten und uns einsammeln würde. Aber das passierte nicht. Filine spazierte ganz gemütlich mit mir die Hügelstraße hinauf, dann ging es über den Elseplatz, zweimal um die Ecke und in eine kleine Sackgasse hinein, die links und rechts von nichts als Garagen gesäumt war.

»Was ist das hier?«, fragte ich.

»Unser Geheimversteck«, sagte Filine und klopfte an die Seitentür einer Doppelgarage.

»Das ist nicht möglich«, widersprach ich. »Wir sind am Samstag total weit gefahren, um dahin zu kommen.«

»Ja. Das solltest du glauben. Damit du es nicht finden kannst, falls wir uns gegen dich entscheiden. Das mussten wir so machen. Zu unserem Schutz.«

Es dauerte einen Moment, dann öffnete sich die Tür und ein Junge bat uns freundlich herein. Mit einem schnellen Blick nach links und rechts checkte er die Straße in alle Richtungen, danach schloss er die Tür hinter uns.

Vom Sehen kannte ich ihn. Sein Name war Momo, und er war so ein Typ, den jeder kannte, erstens, weil er als Schlagmann in unserer Schul-Rudermannschaft selbst schon eine Berühmtheit war, und zweitens, weil er so engagierte Eltern hatte. Sein Vater, der ein Vermögen mit einem bekannten Onlinehandel für Schnäppchen verdiente, war Elternsprecher an unserer Schule.

Zusammen mit Momos Mutter organisierte er auch immer den Weihnachtsbasar, dessen Erlös an soziale Projekte ging. Dass Momo jetzt vor mir stand und mich freundlich durch seine markante rote Brille ansah, damit hatte ich nicht gerechnet.

»Willkommen«, sagte er, und ich stutzte, denn seine Stimme war die von Mastermind. Aber er konnte unmöglich der Fahrer mit dem Bart gewesen sein. Denn Momo hatte zwar jede Menge dunkle Locken auf dem Kopf, aber kein einziges Haar im Gesicht. Wie auch. Er war in der 7b. Hallo? Da hat noch niemand einen Bart.

Wahrscheinlich war es eine Verkleidung gewesen, um älter auszusehen.

»Wo sind die anderen?«, fragte Momo und führte uns in eine riesige Garage. Zu meiner Überraschung stand kein Auto darin, nur ein Fahrrad lehnte an der Wand. Dafür befand sich in einer Ecke eine ganze Wohnzimmereinrichtung. Ein großes graues Ecksofa, ein Tisch mit jeder Menge Chipstüten darauf und ein Sessel. Dieser sah sehr alt aus, wie aus einer anderen Zeit. Der Stoff war aus rostrotem Samt mit goldenen Ranken und Blüten als Verzierung, seine Füße bestanden aus massivem Holz. Kurz überkam mich ein Schauder. Darauf hatte ich vor zwei Tagen gesessen und Blut und Wasser geschwitzt. Meine Hände erinnerten sich genau, wie er sich angefühlt hatte! Samtig, aber an vielen Stellen auch hart und unbequem unter der Oberfläche. Dieses Gefühl würde ich nie mehr vergessen.

»Ariana muss leider noch arbeiten«, erklärte Filine und fläzte sich auf das Sofa. »Und Chan kommt ein bisschen später. Er hat eben 'ne Nachricht geschickt.«

Momo nickte und ging zu einem Schreibtisch, auf dem drei Bildschirme in unterschiedlichen Größen platziert waren. In einem wilden Kabelsalat erkannte ich Konsolen, eine Tastatur, Kopfhörer und verschiedene Controller.

Was war das hier?

Ein Paradies für Gamer?

Oder die Kommandozentrale der Mafia?

Doch bevor er sich in den großen Gamerstuhl fallen ließ, drehte er sich zu mir.

»Was zu trinken?«

Ich nickte nur und Momo besorgte mir eine eiskalte Limo aus einem silbernen Monsterkühlschrank in der Ecke.

Ich fragte mich, ob meine Mutter das mit Jugendzimmer gemeint hatte. Wenn ja, war ich einverstanden. Raus mit dem Kinderkram!

Da der Sessel und ich keine Freunde mehr werden würden, setzte ich mich zu Filine aufs Sofa.

»Er hat die Datenschutzerklärung nicht gelesen. Und auch nicht die Geschäftsbedingungen«, sagte Filine und stopfte sich eine Handvoll Chips in den Mund. »Er denkt, wir machen hier irgendwas Kriminelles. Keine Ahnung, wie er darauf kommt. Wo ist eigentlich die Karre von neulich?«

»Meine Eltern sind diese Woche zu Hause. Da kann ich nix mehr leihen. Außerdem hat mein Alter Bonbonpapier auf dem Rücksitz gefunden und gemerkt, dass was mit dem Kilometerstand nicht stimmen kann. Meine Mutter konnte ihn gerade noch so davon abhalten, die Polizei zu rufen. Von daher. Vorerst Autopause. Schade. Echt.«

Okay, er hatte die Autos von seinen Eltern »geliehen«, aber das war trotzdem verboten. Er hatte keinen Führerschein und ohne durfte man ganz sicher nicht fahren. Außerdem hatte es sich so angehört, dass er mindestens zwanzig Verkehrsregeln missachtet hatte. Nicht zu vergessen: die Entführung. Und die Sache mit dem Schaf war ja auch noch nicht geklärt.

»Voll blöd«, jammerte Filine. »Ich mag unsere Ausflüge, aber was soll's. Uns fallen auch andere Dinge ein, die Spaß machen.«

»Da bin ich mir sicher«, sagte Momo und wandte sich mir zu. »Jetzt, wo endlich wieder ein fünfter Mann an Bord ist.«

Dann sah er Filine an und fragte sie: »Du sagst also, der hat noch gar nichts kapiert. Soll ich oder du?«

»Ich übernehme das«, antwortete Filine und kramte einen kleinen Notizblock und eine weiße Feder aus ihrem Rucksack. Wunderschön war sie, so reinweiß wie von einem Schwan oder einem Engel. Dann riss sie ein Blatt Papier heraus, schob die knisternden Chipstüten ein Stück zur Seite und legte es auf den Holztisch. Mit Zeigefinger und Daumen griff sie vorsichtig die Feder und stellte sie senkrecht mitten auf das Papier. Es war wieder so typisch Filine-verrückt, dass ich mich erst gar nicht wunderte.

Doch dann ließ sie einfach los.

Und zu meiner Überraschung fiel die Feder nicht um, sondern stand immer noch pfeilgerade in der Luft. Jetzt wurde es noch verrückter. Wie von Geisterhand begann sie, etwas auf das Papier zu kritzeln. In schnellen, kurzen Strichen bewegte sie sich, bis sie ihre Arbeit erledigt hatte, umkippte und reglos liegen blieb.

Ich merkte, dass mein Mund offen stand. So was hatte ich noch nie gesehen.

»Du wolltest doch wissen, wie ich es gemacht habe«, sagte Filine schulterzuckend, nahm den Zettel und drückte ihn mir in die Hand.

»A. Hoppe« stand darauf geschrieben, in der Handschrift meiner Mutter, unverkennbar und perfekt kopiert.

»Ist das irgendein Zaubertrick?«, fragte ich verdattert.

Filine schüttelte den Kopf: »Nein, kein Trick. Das ist eine Zauberfeder.«

Momo lachte: »Ich glaube, nur Chan hat beim ersten Mal ein noch dooferes Gesicht gemacht.«

Ein blechernes Klopfen unterbrach uns.

»Das ist er bestimmt«, rief Filine und wollte schon aufspringen, um ihn hereinzulassen, doch stoppte Momo sie und zeigte auf einen der drei Bildschirme. Dort war ein Junge zu sehen, verschwitzt und ängstlich, der immer wieder an die Tür klopfte und etwas Unverständliches vor sich hin brabbelte.

»Ist nur Farid«, brummte Momo. »Der geht wieder. Lassen wir ihn einfach machen.«

»Oh Mann, sieht der schlecht aus«, sagte Filine mit einem sorgenvollen Gesicht. Dann bemerkte sie meine Fragezeichen auf der Stirn und erklärte, dass Farid mein Vorgänger gewesen war. »Eigentlich müsste er alles vergessen haben. Aber irgendwie findet er doch immer wieder hierher. Keine Ahnung, wieso. Da ist auch irgendwas schiefgelaufen.«

Der Junge auf dem Bildschirm schüttelte ratlos den Kopf, klopfte noch einmal, dann drehte er sich um und ging.

»Und schon ist er wieder weg.« Momo wirkte erleichtert.

Wenn Filine dachte, ich würde mich jetzt besser fühlen, dann irrte sie sich. Der letzte fünfte Mann war ein verzweifelter Junge, der verwirrt durch die Straßen lief. Was um Himmels willen hatten sie ihm angetan?

Mit »Und du hast wirklich das Kleingedruckte nicht gelesen?« riss mich Momo aus meinen Gedanken. »Hast du irgendeine Idee, was Magic Kleinanzeigen ist?«

Das klang jetzt nach dem Weberknecht, wenn er bemerkte, dass ich nicht zugehört hatte und mich siezte: »Herr Hoppe, haben Sie irgendeine Ahnung, worum es in meinem Unterricht überhaupt geht?«

»Na ja«, sagte ich und versuchte es einfach mit der Wahrheit: »Zuerst dachte ich, es ist ein Onlinespiel. Aber dann hab ich Lulu gesehen, mein Schaf, in einer Art Verkaufsanzeige. Das sah dann gar nicht mehr nach Gamen aus.« Ich zuckte die Achseln, zögerte aber, meine Mafiavermutung laut auszusprechen.

»Manchmal sind die Dinge genau das, wonach sie aussehen«, meinte Filine.

»Ja, manchmal sind sie auch genau das, was ihr Name schon sagt«, ergänzte Momo. »Magic Kleinanzeigen eben.«

War das eine Art Rätsel? Der nächste Test? Ich guckte wohl wieder so doof aus der Wäsche, dass Momo vorwurfsvoll zu Filine hinübersah: »Du hast gesagt, dass er der Richtige ist, Filine. Wir brauchen einen schlauen fünften Mann. Einen mit Geschäftssinn.«

»Aber er ist der Richtige. Du musst ihm schon eine Chance geben.«

Oje. Jetzt musste ich aber mein Gehirn mal auf Trab bringen. Magic Kleinanzeigen? Ich dachte nach. Wenn es das war, was es war, dann …

Es klopfte wieder. Sofort ging mein Blick zum Bildschirm. Aber die Überwachungskamera zeigte nur die nackte Straße und die geschlossenen Garagen gegenüber. Noch ein Klopfen.

»Das ist jetzt aber Chan«, rief Filine und sprang auf.

Mit Schwung öffnete sie die Tür und begrüßte überschwänglich einen Windstoß, der uns warm entgegenwehte.

»Da bist du ja endlich«, sagte sie und redete ernsthaft mit der Luft. Kein Witz!

In diesem Moment wünschte ich mir, dass ich niemals in dieses Auto eingestiegen wäre. Ich war endgültig davon überzeugt, dass Filine völlig verrückt war.

Doch schon im nächsten Moment zweifelte ich an meinem eigenen Verstand. Denn plötzlich – und ich hatte niemanden außer Filine durch die Garage gehen sehen – saß ein Junge mir gegenüber im Sessel und grinste mich an.

»Hey, da ist ja auch Merlins Po. Geil. Du bist echt viel witziger, als ich gedacht hätte. Merlins Po. Da muss man erst mal draufkommen.« Er lachte schallend.

Mein Gesicht lief dunkelrot an. Mein Benutzername. Klar, dass sie ihn schon gesehen hatten. Es war mir so was von peinlich. Aber der Junge freute sich so sehr über den coolen und witzigen Tobias, dass ich lieber nichts dazu sagte. Wie hieß es so schön: Reden ist Silber, Schweigen ist Gold.

Wo auch immer er hergekommen war: Mir gegenüber saß jetzt also Jackie Chan.

Asiatisch sah an ihm rein gar nichts aus. Er hatte stopplige braune Haare wie Igelstacheln, ein paar rot gefleckte Pausbacken und einen wachen, fröhlichen Blick. In seiner Hand hielt er einen grünen Filzhut, wie Jäger sie trugen, in der anderen eine kleine schwarze Feder mit einem blau-weißen Streifen. Diese steckte er seitlich an seinen Hut, setzte ihn auf und war …

… verschwunden.

Ich starrte auf den leeren Sessel.

Auf einmal wurde ein Stück Arm sichtbar, das aber gleich wieder verschwand. Dann sah ich kurz Chans Nase, danach nur sein dreckiges Knie.

»Seht ihr das? Der hat voll den Wackelkontakt«, hörte ich seine Stimme maulen: »Ich war so happy damit, aber irgendwas ist kaputt. Entweder der Hut oder die Feder. Keine Ahnung.«

Schlagartig saß er wieder da, schmollend und mit dem Hut in der Hand.

Und in meinem Kopf setzten sich die Puzzleteile ganz langsam zusammen. Aber das Bild, das sich ergab, war unfassbar. Ja undenkbar, unmöglich!

Konnte das wahr sein?

Filines Schreibfeder und Chans Filzhut!

Waren das tatsächlich echte magische Gegenstände?

»Bist du deshalb so spät dran? Weil dein Hut kaputt ist?«, fragte Momo ein bisschen ärgerlich. »Unsere Sitzungen sind wichtig. Da sollten alle pünktlich sein.«

»Nein«, wehrte sich Chan. »Ihr werdet nicht glauben, was passiert ist.«

Er imitierte mit der Stimme Musik aus einem Horrorfilm.

»Na, nun sag schon. Was ist los?«, drängte Filine.

»Sie waren in meinem Zimmer«, platzte es aus Chan heraus. Seine Augen waren so weit aufgerissen, als würde er eine Gruselgeschichte erzählen.

»Mittwoch!«, riefen Momo und Filine entsetzt.

»Haben sie was geklaut?«

»Zum Glück nicht. Ich hatte alles in meinem Rucksack bei mir. Aber sie haben eine Warnung dagelassen.«

Dann zog Chan eine Fahne aus seiner Hosentasche. Sie war schwarz mit zwei gekreuzten Säbeln und einem weißen Totenkopf.

DIE PIRATEN

Aufgebracht liefen alle kreuz und quer durch die Garage und schwatzten durcheinander. Was auch immer diese Piratenflagge zu bedeuten hatte, es regte die Chaos-Crew schrecklich auf.

»Mensch, Chan, du redest zu viel. Ich wette, du hast irgendwo deine Klappe zu weit aufgemacht«, stichelte Momo.

»Nimm das zurück«, schrie dieser mit hochrotem Kopf und verpasste Momo wütend einen Faustschlag auf den Oberarm. »Au«, jaulte Momo auf und schubste Chan, der daraufhin zu einem Handkantenschlag ausholte. Gerade noch so konnte Momo ihm ausweichen.

»Stopp, stopp, stopp«, rief Filine, die sich todesmutig zwischen die rangelnden Jungs warf und sie mit aller Kraft zu trennen versuchte.

»Schluss jetzt«, sagte sie so bestimmt, dass die Jungs voneinander abließen.

»Chan, jetzt erzähl erst mal, wie sie in dein Zimmer gekommen sind.«

»Wie wohl? Sie sind Geister, lautlos und unsichtbar.«

»Quatsch, Geister«, erwiderte Filine mit Verachtung in der Stimme. »Sie sind Kriminelle. Sie wollen sich keine Arbeit machen. Die anderen Clans kaufen sich mit viel Mühe magische Gegenstände, ganz legal, und die Piraten sagen sich: Scheiß drauf. Klauen wir das gute Zeug. Geht ja viel einfacher. Aber nicht mit mir.«

Wütend griff sie ihre Feder und fuchtelte damit herum, als wäre sie ein Degen. Momo spielte währenddessen gedankenver-

87

loren mit seiner Halskette. Als er es bemerkte, ließ er sie unter seinem T-Shirt verschwinden, doch Filine zog sie mit einem schnellen Federstrich wieder nach draußen und präsentierte das kleine Schlüsselchen daran wie einen gerade eroberten Schatz, gut sichtbar auf der Feder liegend.

»Wir müssen viel vorsichtiger sein«, sagte sie eindringlich.

Daraufhin wich Momo einen Schritt zurück und umschloss seinen Anhänger schützend mit der Faust: »Ich hab alles in meinem geheimen Safe.«

»Und ich hab meine Sachen immer bei mir«, quietschte Chan, griff seinen olivgrünen, speckig glänzenden Rucksack und drückte ihn fest an sich. »Ab sofort nehme ich ihn immer mit ins Bett. Meine Sachen kriegt niemand. Und schon gar nicht diese bescheuerten Piraten. Was glauben die, wer sie sind?«

»Das würde mich auch interessieren«, nuschelte ich leise vor mich hin. Meine Clankameraden sahen entsetzt zu mir herüber. Anscheinend hatten sie mich völlig vergessen.

»Tobi!«, rief Filine.

»Oje. Er sieht nicht gut aus. Als wäre sein Gehirn abgestürzt. System Error«, sagte Chan lachend.

»Ist ja auch kein Wunder. Vielleicht waren das einfach alles zu viele neue Infos.« Momo sah mich besorgt an.

Tatsächlich hatte ich das Gefühl, meine Festplatte neu starten zu müssen. Immerhin hatte ich ein paar Dinge verstanden.

Erstens: Mit der Mafia hatte das alles nichts zu tun. Arianas Vater war kein Mafiaboss, sondern nur ein Koch. Irgendwie ein bisschen schade.

Zweitens: Kriminelle gab es aber trotzdem. Sie nannten sich die Piraten.

Drittens: Magic Kleinanzeigen war kein Onlinespiel, sondern – und das war immer noch sehr schwer zu glauben – ein Anzeigenportal für magische Gegenstände.

»Das Problem mit den Piraten bereden wir später noch mal in Ruhe«, sagte Momo. »Jetzt sollten wir uns um Tobi kümmern und ihm alles von Anfang an erklären.«

»Wir könnten ihm einfach mal zeigen, wie das Portal funktioniert«, schlug Filine vor.

Dann verscheuchte sie Momo von seinem gigantischen Gamersessel und bat mich, näher zu kommen. So standen wir Jungs alle um Filine herum, als sie sich in ihren Account einloggte. Die Oberfläche sah genauso aus, wie ich sie schon gesehen hatte, mit dem Schriftzug »Magic Kleinanzeigen«, nur dass oben groß »Winterkind« als Benutzerin angegeben war.

»Bevor man etwas kaufen kann, muss man auch selbst etwas verkaufen«, erklärte sie. »Es ist eine Art Tauschhandel.«

Dann klickte sie auf den Button »Anzeige aufgeben«, zog ihre Mütze vom Kopf und wickelte ihren Schal vom weißen Hals. Ihr Gesicht wirkte jetzt im Vergleich noch brauner. Das sah lustig aus.

»Warme Stricksachen sind total beliebt«, sagte sie und faltete alles zu einem kleinen Bündel zusammen. »Aber das Wichtigste: Sie müssen immer gebraucht sein. Neuware ist verboten. Die spuckt das Portal direkt wieder aus.«

Chan bückte sich und hielt seine Nase in die Wolle. »Riecht nicht neu, sondern nach …?«

»… Doktorblümlein und Gichtrose. Ich habe ein neues Shampoo daraus kreiert.«

So lüftete sich wieder ein Geheimnis und die Dinge ordneten sich in meinem Kopf: »Ach, deshalb trägst du immer das ganze warme Wollzeugs bei fünfundzwanzig Grad im Schatten!«

»Was dachtest du denn? Ich bin doch nicht völlig verrückt«, erwiderte Filine kopfschüttelnd und klickte auf »Ware einstellen«.

Daraufhin öffnete sich ein Extrafenster.

Filine griff das Bündel und legte es hinein wie in das Fach eines Kleiderschranks. Fasziniert beobachtete ich das Unglaubliche. Ihre Hände tauchten dabei mitten in den Monitor. Die sonst so harte Kunststoffoberfläche war plötzlich so durchlässig wie Luft.

»Es muss genau passen«, erklärte Filine. »Das gilt auch für Dinge, die du kaufen willst, sonst gibt es eine Fehlermeldung. Deshalb erledige ich das meistens hier. Zu Hause haben wir nur ein kleines Tablet. Das ist voll doof.«

Dann klickte sie auf »Hochladen«. Sofort verschwanden Mütze und Schal im Nichts, als wären sie in den Sog eines schwarzen Lochs geraten. Anschließend schloss sich das Fenster von allein. Auf dem Display war nun ein kleines Bild zu sehen, das Filines Mütze und Schal zeigte.

Ich musste an Lulu denken. Das war dann wohl auch das Schicksal meines geliebten Schäfchens gewesen.

Anschließend tippte sie noch ein, zwei Stichworte zu ihrem Angebot ein und fügte den Preis hinzu.

»Und wenn es einer von der anderen Seite kauft, bin ich auf einen Schlag um fünfzig M-Coin reicher und kann mir davon tolles magisches Zeug kaufen«, jubilierte Filine. Sie zeigte mit dem Finger auf die Anzeige ihres aktuellen Kontostandes.

»Zweihundertfünfzig. Nicht schlecht. Du bist ein Sparfuchs, was?« Momo grinste.

»Was genau ist die andere Seite?«, fragte ich neugierig.

»Das weiß keiner genau«, erklärte Chan. »Die einzigen magischen Wesen, die wir kennen, sind die Admins wie Gregorius oder die Elfen. Und die kannst du zu dem Thema löchern, wie du willst, die verraten nichts.«

»Ansonsten ist jede Kontaktaufnahme tabu. Wir tauschen Güter, sonst nichts. Das steht übrigens ganz genau in den Geschäftsbedingungen«, ergänzte Filine.

»Jetzt bin ich dran«, sagte Momo und vertrieb Filine von seinem Chefsessel. »Was haltet ihr davon, wenn wir Tobi ein Willkommensgeschenk kaufen? Wie wäre es mit einer echt magischen Pickelcreme?«

Zu Hause schlich ich mich sofort in mein Zimmer. Ich entsorgte das »Bitte klopfen«-Schild und malte eines mit der Aufschrift »Betreten verboten«. Niemand durfte mich so zu Gesicht bekommen.

Von wegen Pickelcreme!

Die Warze auf meiner Nase war gigantisch. Und zu allem Übel wuchs aus ihrer Mitte ein schwarzes Haar, das stetig länger wurde. Inzwischen ging es mir schon bis zum Kinn.

Momo hatte sich tausendfach entschuldigt. Und Filine hatte immer wieder betont, dass man niemals etwas von jemandem kaufen sollte, der sich selbst den Benutzernamen »Quacksalber« gegeben hatte. Angeblich würde der Zauber aber nur ein paar Stunden anhalten.

Na hoffentlich!

Trotz meines neuen Türschildes klopfte kurze Zeit später meine Mutter. »Ist alles klar?«, erkundigte sie sich durch den schmalen Türspalt, den ich für sie öffnete. Dann kündigte sie an, dass sie gleich noch ausgehen und mein Vater erst spät von einer Sitzung nach Hause kommen würde. Zum ersten Mal fand ich es gut, dass meine Eltern in letzter Zeit so oft unterwegs waren.

Was sie sonst noch zu sagen hatte – das gefiel mir allerdings überhaupt nicht: »Und geh bitte duschen. Du stinkst ja wie ein Iltis. Ich kann es bis hierher riechen.«

Statt es dabei zu belassen, machte sie es noch schlimmer: »Unter deinen Armen entstehen gerade Schweißdrüsen. Wenn der Schweiß dann von Bakterien zersetzt wird, entsteht dieser üble Geruch.«

Da war er wieder, dieser Moment, in dem mir nichts anderes übrig blieb, als aufzustöhnen und einfach wortlos die Tür zu schließen. Was war nur los mit ihr? Seitdem diese Ändy von ihr Besitz ergriffen hatte, nervte sie noch viel mehr als früher.

Trotzdem hob ich die Arme und schnüffelte an meinen Achselhöhlen.

Uuiui!

Das war ja fürchterlich.

Ich hatte zwar keine Ahnung, wie ein Iltis roch, aber wenn das der Duft meiner neuen Männlichkeit war, dann sollte ich mich wohl doch besser waschen.

Leider streikte die Dusche. Zum Temperaturtest streckte ich kurz meine Hand unter den Strahl und zog sie in Windeseile wieder zurück. Das Wasser war eiskalt und blieb es auch.

Also musste es heute eine Katzenwäsche mit kaltem Wasser am Waschbecken tun. Gegen neue Bakterien setzte ich auf viel Deo. Anschließend verarztete ich noch meine Unterarme mit Wundsalbe. Die sahen wirklich übel aus. Voller Kratzstriemen. Vielleicht gab es ja auf Magic Kleinanzeigen eine magische Heilsalbe, die schneller wirkte als das Zeug aus der Apotheke. Auf jeden Fall würde ich ab sofort nur noch dünne Langarmshirts tragen.

Bevor ich das Portal auf eigene Faust erkunden wollte, versorgte ich mich mit einem Berg Salamibrote und Kakao. Dann holte ich Jotti, den kleinen Plüschtintenfisch, aus dem Keller und zog mich mit meinem Tablet in mein Bett zurück.

Hoppel war an meiner Seite und durfte zusehen. Ich war mir sicher, dass er genauso gespannt war wie ich, ob es auch klappen würde.

Auch wenn es ihm bestimmt noch mehr wehtat als mir, einen weiteren seiner Kumpels zu verlieren.

»Er wird ein gutes neues Zuhause bekommen«, beruhigte ich ihn und mich.

Gleich beim ersten Versuch gelang es mir, den Tintenfisch einzustellen, wie es Filine gezeigt hatte. Er passte ganz genau ins kleine Angebotsfenster des Tablets. Als meine Hände durch die sonst gläserne Oberfläche stießen, entfuhr mir ein lauter Juchzer, so überrascht war ich, dass es wirklich funktionierte. In meiner Freude übersah ich aber leider das Warzenhaar, das inzwischen mindestens einen halben Meter lang gewachsen war. Es hatte sich um einen von Jottis Fangarmen gewickelt. Übermütig klickte ich auf »Hochladen«.

Der Sog setzte ein.

Das Haar zog meinen Kopf mit sich.

Im selben Moment schloss sich das virtuelle Fenster und riss das Haar mit seiner Wurzel aus meiner Warze heraus.

Ich jaulte auf vor Schmerz, so laut wie sonst nur Kolumbus zu Seemannsliedern.

»Du heilige Scheiße«, rief ich aus.

Vor mir auf meiner Bettdecke lag ein Stück des Haares. Was, wenn es nicht gerissen wäre? Hätte ich dann meinen Kopf zum Verkauf angeboten?

Nachdem ich mich beruhigt hatte, sah ich, dass ich immerhin einen Teil der Transaktion geschafft hatte.

Jotti und sogar das restliche Warzenhaar an seinem Tentakel waren auf dem Bild gut zu sehen. Ich schrieb zwei Sätze dazu und legte den Preis fest. Wenn Lulu hundert M-Coin wert gewesen war, dann würde für Jotti bestimmt jemand fünfzig zahlen. Er war kleiner, aber mit seinen bunten Fangarmen sehr putzig.

Danach gab ich die Anzeige frei, sodass jeder Nutzer des Portals sie jetzt unter »Angebote« sehen konnte. Ich war so gespannt, ob jemand den Tintenfisch kaufen würde.

Anschließend begann ich, die aktuellen magischen Angebote zu durchstöbern. Ohne M-Coins konnte ich natürlich noch nichts davon einkaufen, aber ich wollte mal sehen, was es so alles gab.

»Jeden Tag kommen neue Produkte rein«, hatte Filine mir auf dem Nachhauseweg erklärt. »Und diese gibt es dann auch nie zweimal. Wenn du was unbedingt haben willst, musst du eben schnell sein. Gute Sachen sind im Nullkommanichts weg.«

Staunend scrollte ich mich durch das Angebot. Magische Steine und Edelsteine blinkten mir in allen Farben des Regenbogens vom Display entgegen. Tränke, Tinkturen und Salben versprachen Linderung. Kleine Pflanzen gab es zu kaufen, aber auch Hüte, Schmuckstücke und sogar Pergamentrollen mit Zaubersprüchen oder Rezepten für Zaubertränke. Am krassesten waren Zutaten, die man einzeln erwerben konnte, wie die Haare eines Seebüffels, die Spucke einer Harpyie oder die Fußnägel eines Trolls. Kurz war sogar die Essenz eines Irrlichts im Angebot. Aber nach einem Blinzeln war die Anzeige bereits mit »Verkauft« markiert.

Ich war völlig überfordert von den vielen Produkten, als mir etwas ins Auge sprang. Es war ein brauner Federhalter. Die Spitze bestand aus einer kleinen Hand mit ausgestrecktem Zeigefinger aus Metall. Unter dem Bild des Zauberstiftes stand: »Ich weiß mehr als jeder kluge Kopf.« Heiß schoss mir die Angst durch die Adern. Es war schon Montagabend. Nur noch der Dienstag stand zwischen mir und meinem Untergang.

Der Untergang

Als ich am nächsten Morgen das Haus verließ, hörte ich einen Aufschrei oben aus dem Badezimmer. Ich musste grinsen.

Da hatte wohl mein Vater die Eisdusche abbekommen. Vielleicht wäre es nett gewesen, eine Warnung zu hinterlassen. Na ja. Zu spät!

In der Straßenbahn wartete ich aufgeregt auf Filine und Ariana. Nachdem sie eingestiegen waren, überfiel ich sie direkt: »Leute, was meint ihr? Wie lange dauert es so, bis jemand einen Tintenfisch kauft, also einen aus Plüsch?«

»Können wir das vielleicht in der großen Pause besprechen?«, schimpfte Filine und sah sich nach allen Seiten um: »Hier ist nicht der richtige Ort. Zu viele Ohren.«

Also trafen wir uns in der Pause zu einer Geheimbesprechung auf der kleinen Mauer im hintersten Eck des Schulhofes. Allerdings nicht die gesamte Chaos-Crew. Chan und Momo flanierten plaudernd über den Hof, ohne auch nur in unsere Richtung zu schauen. Die Mädels erklärten mir, dass es besser so war, denn die Piraten konnten überall sein und sollten uns nicht zusammen sehen.

»Meint ihr wirklich, dass sie auf unsere Schule gehen?«, wollte ich wissen und scannte meine Mitschülerinnen und Mitschüler. Da gab es die Fußballer, durchgedrehte Fünftklässler, eingebildete Mädchencliquen, gelangweilte Zocker, coole Oberstufenschüler, dazwischen ein paar Stars, ein paar Nerds und ein paar Verrückte. Auf den ersten Blick waren es ganz normale Kinder und Jugendliche. Nach kriminellen Piraten sahen sie nicht gerade aus.

»Ich gehe fest davon aus, dass sie unter uns sind. Hier wurde schon einiges geklaut in letzter Zeit«, sagte Filine und zeigte mit einem leichten Kopfnicken auf einen Jungen, den ich sofort erkannte. Es war der Fünftklässler, dessen Stift vor ein paar Tagen geklaut worden war.

Jetzt fiel es mir wie Schuppen von den Augen. Klar. Der Stift war gar kein Glücksbringer, wie er behauptet hatte. Er war magisch und deshalb so wertvoll für ihn gewesen.

»Das ist Finn. Der gehört zu den Nullcheckern. Die sind völlig aufgeschmissen ohne ihre Zauberstifte«, sagte Ariana lachend.

Nullchecker? Was meinte sie denn damit?

»Gibt es noch mehr Clans hier an der Schule?«, fragte ich. Darüber hatte ich bisher nicht nachgedacht.

»Jede Menge«, antwortete Filine. »Zum Beispiel die Tierfreunde oder die Sesselfurzer, die Meisterzocker oder die Coolkids, die Chicas oder die Smobies. Natürlich halten die sich alle bedeckt. Niemand will erkannt werden. Aber ein paar haben wir in Verdacht.«

Filine versetzte ihrer Cousine einen Seitenhieb und sah zu Mike hinüber, der entweder wieder gesund oder aus dem Gefängnis zurück war.

»Der gehört garantiert zu einem Clan. Ich tippe auf die Piraten.«

Ariana runzelte böse die Stirn: »Du hast immer so viele Vorurteile. Nur weil er Schwarz trägt, muss er doch nicht gleich kriminell sein.«

Ganz kurz war ich versucht, die Sache mit dem Klo zu erzählen, um Mike zu entlasten. Aber dann fiel mir ein, vor wem ich mich dort in Wahrheit versteckt hatte. Es war so peinlich und gehörte in die Akte »Schnell für immer vergessen«.

Stattdessen wechselte ich das Thema und zog mein Handy aus

der Hosentasche, ganz heimlich, denn das private Nutzen von Technik war auf unserer Schule streng verboten. Heute aber hatte meine Klassenlehrerin, Frau Börger, Aufsicht. Sie trug eine Brille mit dicken Gläsern und war ein echter Blindfisch. Deshalb wagte ich es und zeigte den Mädels das Anzeigenbild vom Federkiel, den ich gefunden hatte und den bis jetzt – yippie – noch niemand gekauft hatte. Leider hatte sich aber auch noch niemand für Jotti begeistert.

»Sieht cool aus, ist aber viel zu auffällig«, urteilte Ariana.

Filine nickte zustimmend: »Meine Feder benutze ich auch nur im Geheimen. Erinnerst du dich? Ich hab dich rausgeschickt und dann erst die Unterschrift deiner Mutter gefälscht. Du warst noch nicht eingeweiht und nicht bei Magic Kleinanzeigen registriert. Hättest du den Zauber gesehen, dann wäre die Feder explodiert und zu Staub zerfallen.« Sie beugte sich näher zu mir und flüsterte: »Und wer den Staub einatmet, der verliert all seine Erinnerungen an alles, was mit dem Zauber und dem Portal zu tun hat. Verstehst du?«

»Verstehe«, erwiderte ich. »Dann ist man den Mitwisser los.«

»Nein. Du verstehst es nicht«, rüffelte mich Filine. »Alle Erinnerungen an alles Magische werden gelöscht, auch deine.« Den zerknautschten Gesichtern der Cousinen war anzusehen, dass dies das Schlimmste war, was sie sich vorstellen konnten.

»Außerdem verschwinden all die schönen magischen Sachen, und du bekommst nie wieder einen Zugang zum Portal«, ergänzte Ariana. »Und mit Pech bleibt auch noch ein größerer Schaden zurück wie bei Farid.«

Sofort erinnerte ich mich an den verwirrten Jungen von gestern, dessen Platz ich eingenommen hatte.

»Ach deshalb«, entfuhr es mir. »Was ist denn passiert?«

Ariana seufzte. »Wir wollten alle unbedingt einen Regenbogen ausprobieren, auf dem man langspazieren und runterrutschen kann. Damit es funktioniert, muss man einen besonderen magischen Quarzkristall ins Wasser legen. Wenn die Sonne oder der Vollmond darauf scheint, strahlt ein Regenbogen daraus hervor. Das ist schon megacool.«

»Dann haben wir uns unten an der Linne getroffen, hinter dem Industriegebiet, wo niemand ist«, fuhr Filine fort. »Ganz früh zum Sonnenaufgang. Der Regenbogen war wundervoll. Und Farid war der Erste, der sich draufgetraut hat. Aber gerade, als er die ersten Schritte gemacht hatte, kam ein Jogger vorbei. *Bang* ...« Ihre Hände malten eine Explosion in die Luft.

Ariana verzog das Gesicht, so als könne sie das Bild der Explosion immer noch vor sich sehen: »Es war schrecklich.«

Jetzt hatte ich noch mehr Mitleid mit dem armen Kerl. Sie hatten ihm nichts angetan. Im Gegenteil: Sie hatten ihn gerne gemocht und waren echt traurig, dass es so mit ihm hatte enden müssen.

»Und was lernst du daraus?«, fragte Filine in einem unangenehmen Lehrerinnenton.

»Dass ich mir keinen Regenbogenstein kaufe?«

»Nein.« Sie seufzte. »Wir lernen, dass du nicht einfach so einen Zauber vor den Augen anderer benutzen kannst. Wenn du also einen Stift zum Schummeln kaufst, dann darf er nicht so auffällig sein. Und du musst ihn in der Hand halten können, während er schreibt, damit es für den Lehrer so aussieht, als ob du derjenige bist, der ihn benutzt. Sonst explodierst du! Und wir wollen unseren neuen fünften Mann nicht gleich wieder verlieren.«

»Ich explodiere?« Wie meinte sie das denn jetzt?

»Nein, das sagt man doch nur so«, erklärte Ariana. Ihr Blick haftete auf Mike, der gelangweilt an einer Mauer lehnte. Es war eine seltsame Eingebung. Aber ich hatte das Gefühl, dass Mike ihr gefiel. Das schönste Mädchen der Schule stand auf den Freak.

Mein Handy, das ich inzwischen wieder in meiner Hosentasche versenkt hatte, surrte. Der Vibrationsalarm!

Als ich es öffnete, sah ich eine neue Pop-up-Nachricht. In einem roten Button leuchtete ein goldener Zauberstab.

»Leute«, rief ich voller Freude. »Jemand hat Jotti gekauft.«

Es war der längste Schultag meines Lebens. Ich wollte nur noch nach Hause, um endlich in Ruhe online shoppen zu gehen. Zu allem Überfluss nervte Leon mich heute besonders. Er hatte mich in der Pause mit Filine gesehen, und jetzt war jeder zweite Satz so ein Schwachsinn wie »Der Tobi ist verliebt« oder »Ich wusste gar nicht, dass du auf Wollmützen stehst«.

Als ich »Fresse« zu ihm herüberzischte, machte Leon gleich ein Wörterkettenduell daraus.

»Küssen.«

»Eklig.«

»Verrückte Filine.«

»Netter, als du denkst.«

»Verknallt.«

»Blöder Arsch.«

»Aua.«

Frau Börger, die zwar schlecht sehen, dafür aber umso besser hören konnte, setzte uns auseinander und entschied, dass das auch für die restlichen Wochen des Schuljahres so bleiben sollte.

Mir war es recht. So saß ich ab jetzt alleine in meiner Zweierbank. Das verringerte auf jeden Fall die Explosionsgefahr. Jetzt fehlte zum Schummeln nur noch der passende Zauberstift.

Zu Hause wollte ich mich direkt in mein Zimmer verziehen, aber Ändy fing mich in der Diele ab und lotste mich, in einer Hand einen Löffel, in der anderen das Handy am Ohr, in die Küche. Sie hatte irgendwelche gesunden Sachen gekocht, die ich probieren sollte. Auf dem Küchentisch erwartete mich ein kleines Büfett mit Salaten, Dips und Aufläufen. Auf den ersten Blick erkannte ich darin alles, was ich von Herzen hasste: Rote Bete, Zucchini und Brokkoli. Außerdem roch es fies nach Stinkkäse. Mit dem Löffel schaufelte Ändy mir Probierportionen auf den Teller, während sie weitertelefonierte. »Die Seemannslieder sind okay, aber der Hund trifft keinen einzigen richtigen Ton. Das tut in meinen Ohren weh. Schade, dass er so ein Miesepeter ist … Nicht der Hund, der Nachbar!«

Als sich der Ton verschärfte, erkannte ich, dass mein Vater am anderen Ende der Leitung war.

»Ja. Kalt zu duschen, ist nicht schön. Aber wenn du willst, dass sich das ändert, dann musst du dich um einen Klempner kümmern. Weißt du, Stefan, Andrea hat keine Lust mehr und Ändy keine Zeit.« Dann legte sie auf.

Sie hatte gerade in der dritten Person von sich selbst gesprochen. Das war unheimlich.

»Hab ich die Schnauze voll«, nuschelte sie vor sich hin. Auch das klang gar nicht gut. In letzter Zeit hatten meine Eltern so oft Streit, dass ich langsam anfing, mir Sorgen zu machen.

»Und, wie ist es?«, fragte Ändy und sah mich erwartungsvoll an.

Ich kann das auf keinen Fall essen, hätte ich gerne gesagt. Aber ich wollte sie nicht enttäuschen, also probierte ich von allem und garnierte jeden Bissen mit einem »Hm, lecker!«, ohne zu würgen und ohne mich zu übergeben.

Endlich durfte ich mich in mein Zimmer zurückziehen. Mein erster Deal hatte geklappt. Jotti hatte irgendwo in einer anderen Welt ein neues Zuhause gefunden, und auch wenn ich ihn jetzt schon vermisste, tröstete mich das Ergebnis des Deals: Ich war um fünfzig M-Coin reicher!

»Wir brauchen einen Geschäftsmann«, hatte Momo gesagt, und in diesem Moment fühlte ich mich auch wirklich wie einer. Kaufen und verkaufen – das machte jetzt schon megaviel Spaß.

Mit Hoppel als Berater an meiner Seite begab ich mich auf die Suche nach einem Zauberstift. Doch das Angebot war rar. Ich fand eine Feder, ähnlich wie die von Filine. Auch der Federkiel, den ich gestern schon entdeckt hatte, war noch zu haben. Ein weiterer Stift gefiel mir, der ganz königlich mit Edelsteinen besetzt war. Für die Schule war er natürlich viel zu auffällig, selbst wenn ich das Geld gehabt hätte.

Dann endlich tauchte auf der nächsten Ergebnisseite ein Stift auf, der infrage kam! Er kostete vierzig M-Coin. Das war schon mal perfekt. Er war silbern und konnte als eine Art antiker Kugelschreiber durchgehen.

Darunter stand in geschwungenen Buchstaben:

»Es schreibt für dich, dann bleibt für mich,
zu tun mein Allerbestes.
Die Wörter sind mein größter Lohn,
drum wage es, und test es!«

Keine Frage! Da musste ich nicht lange überlegen. Ich würde es wagen.

Ich klickte auf »Kaufen« und nach einem »Vielen Dank für den Einkauf« öffnete sich das Angebotsfenster. Mit zitternder

Hand griff ich ins Tablet hinein und holte den Stift aus seiner Welt in meine.

Bingo! Ich war gerettet!

Genau nach Filines Anweisung fütterte ich ihn mit allem, was ich finden konnte. Ich breitete meine Mitschriften auf dem Boden aus und legte auch noch mein Biologiebuch daneben.

Mit wummerndem Herzen befahl ich ihm, seine Arbeit zu tun.

Tatsächlich bewegte sich der Stift wie von Geisterhand über meine Zettel, fuhr die Texte Buchstabe für Buchstabe, Wort für Wort nach und nahm so die Inhalte in sich auf.

Fasziniert stand ich zwischen all den Papieren und dem tanzenden Stift, als es klopfte. Ich stürmte los und stemmte mich mit meinem ganzen Körper gegen die Tür. Im selben Moment bog sich die Klinke nach unten. Ich spürte den Druck von außen und hielt dagegen. In Panik rief ich: »Nein! Wenn du jetzt reinkommst, explodiere ich.«

Die Klinke schnellte nach oben, dann hörte ich meinen Vater: »Wir wollten dir nur viel Glück für den Test morgen wünschen und dir sagen, dass wir stolz auf dich sind.«

»Du rockst das!«, rief meine Mutter.

»Danke. Und jetzt will ich meine Ruhe«, antwortete ich und presste mein Ohr an die Tür.

»Wow«, sagte mein Vater. »Du hattest recht. Das klingt echt nach Pubertät. Er ist doch erst zwölf. Ist das nicht noch ein bisschen früh? Irgendwie traurig, wenn das Kind plötzlich kein Kind mehr ist.«

»Ja«, sagte meine Mutter. »Aber es hat auch seine guten Seiten. Er wird selbstständig und braucht uns immer weniger.«

Das ist der Hammer!

Kurz vor Testbeginn am nächsten Tag zeigte ich Filine stolz meinen Zauberstift und ließ mir von ihr die Funktionsweise noch mal genau erklären.

Nach Anweisung schrieb ich die erste Frage des Tests »Nenne mindestens vier Merkmale von Schwanzlurchen« auf mein Blatt. Danach hielt ich den Stift weiter in der Hand und flüsterte ihm ein »Schreib du die Antwort« zu. Und der Stift übernahm die Führung. Ich hielt ihn nur ganz zart, sodass er genug Bewegungsfreiheit hatte, es aber so aussah, als ob ich selbst schreiben würde. Staunend verfolgte ich seine Notizen. Es war sogar meine Handschrift, die er kopierte.

> *Zu Lande und zu Wasser lebt dieser Artgenosse,*
> *hat Beine derer vier und*
> *einen Schwanz statt einer Flosse.«*

Nach den ersten vier Zeilen hielt ich ihn fest. Der Stift schrieb alles in Reimform. Das konnte doch jetzt nicht wahr sein!

Immerhin stimmte der Inhalt. Allerdings bezweifelte ich stark, dass der Weberknecht ein Gedicht über Schwanzlurche bewerten würde.

Aber was für eine Wahl hatte ich? Also setzte ich die Spitze wieder aufs Papier und ließ ihn weitermachen.

> *»Der Grottenolm kennt keine Liebe,*
> *er kennt kein pochend' Herz.*

Ich wünscht, ich wär ein Grottenolm,
dann fühlt ich keinen Schmerz.«

Nein! Was war denn bloß in ihn gefahren? Jetzt kam er aber deutlich vom Thema ab. Ein Liebesgedicht über einen Grottenolm?

Dieser Stift hatte ganz offensichtlich keinem Wissenschaftler gehört, sondern einem traurigen Poeten. Wie viel Pech konnte man haben?

Ich sperrte den Stift in mein Mäppchen. Dann versuchte ich, irgendwie ein paar Sätze zu jeder Frage zu schreiben. Dabei juckten meine Arme plötzlich wieder so heftig, dass ich sie blutig kratzte. Mit Leon neben mir hätte ich wenigstens das ein oder andere Fitzelchen abschreiben können, aber der saß ein paar Bänke entfernt und schrieb sich die Finger wund.

Ich war verloren! Endgültig.

»Überraschung!«

Ich wünschte, es wäre eine Fata Morgana gewesen. Aber meine Mutter war keine Luftspiegelung in der Wüste. Sie stand tatsächlich am Schultor und strahlte mir entgegen.

Immerhin hatte sie nicht wieder im Halteverbot geparkt, sondern einen der wenigen Elternparkplätze ergattert.

»Na. Wie findest du meinen neuen Look?«, fragte sie, und jetzt erst nahm ich die bunte Wollmütze auf ihrem Kopf wahr. »Die Leute gucken zwar ein bisschen komisch, aber was wissen schon die ganzen Spießbürger hier, was gerade topmodern ist. Deine Freundin Filine dagegen hat wirklich einen guten Geschmack.«

»Was tust du hier?«, fragte ich und merkte natürlich, wie unhöflich das klang, aber sie war wirklich die Letzte, die ich jetzt sehen wollte. Ich würde es ihr sagen müssen. Nur wusste ich einfach nicht, wie!

Vor allem war ich mir nicht sicher, wann ein guter Zeitpunkt für meine Beichte wäre. War es besser, es schnell zu erledigen, wie ein Pflaster, das man von der Haut zieht? Das war zwar schmerzhaft, ging aber in einer Sekunde vorbei. Oder sollte ich warten, bis wir den Test zurückbekamen und sie mein Versagen schwarz auf weiß sehen würde?

»Ich bin hier, um dich abzuholen. An diesem wichtigen Tag. Ich erinnere mich noch genau, wie das war. Die Prüfung, die Aufregung, dann das tagelange Warten aufs Ergebnis und dann die Freude. Na ja, eigentlich war die Note schon vorher klar, wie bei dir auch. Aber aufgeregt war ich trotzdem. So, und weil der heutige Tag so besonders ist, hab ich eine Überraschung für dich.«

Oje. Das Pflaster musste noch drauf bleiben. Zumindest heute.

»Gehen wir Eis essen?«, fragte ich, aber leider hatte sie sich etwas ganz anderes für mich überlegt. Statt zu meiner Lieblingseisdiele am Elseplatz zu gehen, fuhren wir auf den Uni-Campus. Manchmal gingen wir gemeinsam Mittag essen in die Cafeteria, manchmal hatte sie nur etwas vergessen, aber heute nahmen wir den Aufzug in Gebäude 4c, in dem die Fakultät für Biologie untergebracht war. Im dritten Stock verließen wir den Fahrstuhl, und ich folgte meiner Mutter durch einen langen Gang, bis sie vor einer der unzähligen Türen anhielt und klopfte.

»Immer herein, immer herein«, sagte eine Frauenstimme, dann öffnete uns eine ältere Dame die Tür.

»Das ist Prof. Dr. Brüggemann-Eggert, unsere oberste Chefin«, sagte meine Mutter.

Die Dame lächelte freundlich. »Du musst der kleine Professor Hoppe sein. Tobias, nicht wahr? Ich freue mich, dich kennenzulernen. Deine Mutter hat mir erzählt, dass du später auch Biologe werden willst. Toll!«

Ich ahnte Böses. Was auch immer wir hier taten, ich hatte ein ganz schlechtes Bauchgefühl.

Meine Mutter hatte rote Flecken im Gesicht, entweder weil ihr Gehirn ganz Filine-mäßig unter der Mütze kochte oder weil sie freudig aufgeregt war.

»Lieber Tobi, obwohl du eigentlich noch zu jung bist, hat Frau Brüggemann-Eggert zugestimmt, dass du diesen Sommer ein Praktikum in unserer Forschungsabteilung absolvieren kannst. Ist das nicht der Knaller? In deinem Alter hätte ich dafür gemordet.«

An Mord dachte ich tatsächlich auch in diesem Moment.

»Sehen Sie, Frau Brüggemann-Eggert, es hat ihm die Sprache verschlagen.«

Das ist ja eine Katastrophe, hätte ich am liebsten gesagt, aber ich stammelte nur: »Wow. Das ist ja der Hammer.«

Ihr denkt, es kann nicht schlimmer kommen?

Doch!

Denn anschließend brachte mich meine Mutter zu einem Taxi.

Beim Anblick des Wagens wurde mir ganz schummrig. Es war, als würde ich für einen Moment in meine eigene Zukunft sehen. Das würde also mein Arbeitsplatz sein.

»Guten Tag, junger Herr. Heute gibt es bei mir vorne die beste Aussicht gratis. Hinten ist leider schon besetzt«, sagte der Fahrer fröhlich. »Wo soll's hingehen?«

»Ostviertel, Hügelstraße 23«, sagte meine Mutter, drückte ihm Geld in die Hand und verabschiedete sich. Sie hatte noch zu tun.

Als ich einstieg, warf ich einen neugierigen Blick auf den vollen Rücksitz. Dort lagen stapelweise Mehl- und Zuckertüten, Kakaodosen und Päckchen mit bunter Kuchendekoration in Form von Herzen, Blumen und Sternen.

»Nicht wundern. Das Zeug ist von meinem letzten Fahrgast«, erklärte der Fahrer.

»Hat er vergessen, das alles mitzunehmen?«, fragte ich neugierig.

»Nee. Das ist mein Lohn für die letzte Tour.«

Wir fuhren los und sogleich startete auch das Taxameter. Die Anzeige unter dem Rückspiegel leuchtete rot, und mit jedem gefahrenen Kilometer stieg der Preis in kleinen, schnellen Hüpfern nach oben. Ich zeigte darauf und sagte: »Aber Sie bekommen doch normalerweise Geld als Lohn, oder?«

»In der Regel schon«, sagte der Fahrer. »Aber der Kunde von eben hatte viel Pech im Leben. Erst hat er seine Bäckerei verloren, dann ist ihm die Frau davongelaufen. Und jetzt musste er sein Auto verkaufen, weil es einfach zu teuer ist. Deshalb bezahlt er mit dem, was er noch hat.«

»Was machen Sie mit den Sachen? Backen Sie denn gerne Kuchen?«

Er klopfte sich auf den Bauch: »Nee, aber ich esse gerne welchen.« Anschließend lachte er dröhnend über seinen eigenen Witz.

»Das verstehe ich nicht. Wieso haben Sie denn die Backzutaten angenommen?« Die Frage war mir einfach so herausgerutscht. Normalerweise fragte ich Erwachsene nicht immer alles, was ich gerade dachte.

Der Taxifahrer zögerte mit seiner Antwort einen Moment, als müsste er überlegen, ob er einem fremden Jungen die Wahrheit sagen sollte oder nicht. Dann lächelte er: »Weil er ein sehr alter Freund ist. Und Freunde lässt man nicht im Stich.«

Kurze Zeit später waren wir am Ziel. Allerdings hatte ich überhaupt keine Lust, nach Hause zu gehen. Einen guten Freund, den konnte ich jetzt auch gebrauchen. Mir fiel aber niemand anderes ein als Filine. Also schrieb ich ihr eine Nachricht und bekam auch prompt eine Antwort mit einem Smiley und ihrer Adresse.

Von mir aus waren es nur ein paar Straßen weiter in Richtung Innenstadt. Trotzdem sah es dort ganz anders aus. Das liebte ich am Ostviertel. Es war wie ein Puzzle aus Teilen, die überhaupt nicht zueinanderpassten, aber ein schönes Bild ergaben. Es hatte alles: ein Villenviertel, Fabrikhallen am Fluss, alte Stadthäuser wie unseres entlang der Hauptstraße, dahinter Siedlungen mit modernen Einfamilienhäusern, und hier in der Eckgasse standen links und rechts je drei Mehrfamilienhäuser, die alle gleich aussahen: drei Stockwerke, kleiner Vorgartenstreifen und Minibalkone an den Seiten. Filine wohnte in Nummer sechs im zweiten Stock.

»Du kommst genau richtig. Ich hab gerade frischen Eistee gebrüht«, sagte sie, als sie mich an der Wohnungstür in Empfang nahm.

Heute hatte sie mal keine Mütze auf dem Kopf und trug ihre rotbraunen Haare offen. Das sah sehr ungewohnt aus.

Ich folgte Filine in einen Flur, der noch chaotischer aussah als unserer. Der Boden war mit Spielsachen übersät. Zwischen Kuscheltieren und Legos schlängelte sich eine Bahnstrecke aus Holz. Überall standen Loks und Waggons herum, dazwischen einzelne Schuhe ohne ihr Gegenstück.

»Jetzt versteh ich gar nix mehr«, sagte ich. »So viel Mühe, um mein Schaf zu bekommen. Wieso verkaufst du denn nicht die Spielsachen?«

»Tja, würde ich gerne, aber die hier gehören nicht mir«, antwortete Filine. Wie aufs Stichwort kamen aus einem der Zimmer zwei Kinder gestürmt. Sie waren ungefähr vier Jahre alt, hatten zu meiner Überraschung ganz hellblonde Locken und sahen absolut gleich aus.

»Toni und Estella, nicht so laut. Meine Ohren fallen ab.«

Mit ihren großen blauen Augen erinnerten sie mich an süße Babywelpen. Filine bemerkte es sofort. »Lass dich nicht von ihren netten Gesichtern täuschen. Sie sehen zwar aus wie Engel. Aber sie sind oft auch kleine Teufel.«

Daraufhin streckte Estella ihre Zunge raus und Toni trat Filine ans Bein. Lärmend liefen sie zurück in das Zimmer, aus dem sie gekommen waren. Wir folgten ihnen. Filine hatte einen roten Kopf vor Ärger.

»Runter da, sofort. Das ist mein Bett«, meckerte sie. Ihre Geschwister aber hüpften auf der Matratze, als wäre sie ein Trampolin.

»Das könnt ihr auf eurem Bett tun«, sagte sie und zeigte auf ein ausgeklapptes Sofa. Für viel mehr war in diesem Zimmer auch schon kein Platz mehr. Es gab nicht mal einen Schreibtisch, nur noch einen Schrank, ein Regal mit Büchern und ein paar Kisten mit Spielsachen.

Toni und Estella interessierten sich überhaupt nicht für die Ansage ihrer großen Schwester. Sie hüpften einfach weiter.

»Dann macht doch, was ihr wollt. Macht ihr ja sowieso«, knirschte Filine und stampfte dann ärgerlich mit dem Fuß auf den Boden. Aber auch das überhörten die Zwillinge und lärmten weiter.

Niedergeschlagen wirkte sie und müde, als sie mich in den Raum gegenüber führte. Dieser war zugleich Wohnzimmer und

Küche. Nur ein Bücherregal trennte die beiden Bereiche voneinander.

Auf dem Küchentisch lagen Strickzeug, ein paar Schulhefte und ein Notizblock. Filine lernte wohl gerade und strickte dabei. Beeindruckend.

»Ich komme zu gar nichts mit dieser Rasselbande. Manchmal wünsch ich mir einfach nur Ruhe«, sagte sie und ging zum Spülbecken. Dort befreite sie zwei Gläser aus einem Berg von ungewaschenem Geschirr und säuberte sie.

»Die Spülmaschine ist kaputt«, erklärte Filine bedauernd. »Jetzt muss ich alles von Hand spülen. Falls du mal was auf Magic Kleinanzeigen siehst, das von alleine spült, bügelt oder aufräumt, sag Bescheid. Ich hab leider noch nichts gefunden.«

Dann brachte sie die Gläser und eine Teekanne zum Tisch.

»Du siehst irgendwie bedröppelt aus. Ist alles klar?«

Ja, das hatte sie gut erkannt. Wir passten heute wirklich prima zusammen. Zwei Bedröppelte waren auf jeden Fall besser als einer. Also begann ich, von meinem Horrortag zu erzählen, kam aber nicht weit, denn die Engel-Teufel kamen angelaufen und riefen: »Liane, Liane.« Sie hatten wohl genug gehüpft.

»Okay. Dann geben sie wenigstens mal für eine halbe Stunde Ruhe«, seufzte Filine und sah auf die Küchenuhr an der Wand. »Ihr wisst, was ihr tun müsst?«

Die Zwillinge nickten und riefen wie aus einem Mund: »Wir verstecken uns in unserem Zimmer und kommen erst, wenn du pfeifst.«

»Genau. Sonst gibt es nie wieder Lianen. Ist das klar?«

Jubelnd liefen die Geschwister davon.

»Sorry, Tobi, komme gleich wieder«, sagte Filine und verschwand kurz. Als sie zurückkam, hatte sie eine Gießkanne in der Hand. Sie ging in den Wohnbereich, nahm eine kleine, unscheinbare Pflanze vom Fensterbrett und stellte sie mitten auf dem Boden ab. Dann goss sie sie mit Bedacht und ging einen großen Schritt zurück.

Was passierte hier?

Gebannt blickte ich auf die Pflanze.

Plötzlich kamen Wurzeln aus ihr heraus, die wie Schlangen über den Boden krochen und sich um Tischbeine und Sesselstempel wanden. Währenddessen wuchs der Baumstamm. Zweige mit Blättern und Lianen schossen aus ihm hervor. Er breitete sich über das ganze Zimmer aus, nur die Decke hinderte den Baum daran, in den Himmel zu wuchern.

»Was ist das?«, fragte ich staunend.

»Ein echter Lianenbaum«, antwortete Filine stolz. »Hab ich für nur zehn M-Coin gekauft. Man muss nur ein paar Tropfen Trolltränen ins Gießwasser tun und schon explodiert er. Geil, oder?«

Ein Pfiff durch Daumen und Zeigefinger folgte, dann kamen die Zwillinge angedüst und stürzten sich ins Baumvergnügen. Sofort kletterten sie den Stamm hinauf wie zwei Äffchen und sprangen aufs Sofa.

»Hast du eigentlich keine Angst zu explodieren, wenn du hier zauberst?«, fragte ich leise.

Filine schüttelte den Kopf: »Nee. Die Kids schicke ich immer vorher raus. Und meine Mutter kommt frühestens in zwei Stunden. Dann ist der Zauber längst vorbei. Sobald der Baum zu blühen beginnt, dauert es nur ein paar Minuten, und alles ist wieder, als wäre nichts gewesen.«

»Und wenn deine Mutter mal früher nach Hause kommt?«

»Das passiert nie. Sie ist Musiklehrerin und hat nachmittags

112

feste Zeiten für ihre Kurse. Außerdem hab ich so auch mal ein bisschen Zeit zum Lernen und sie lieben es.«

Das stimmte wohl. Juchzend schwangen sich Toni und Estella gerade mit den Lianen von Ast zu Ast.

»Und was ist mit deinem Vater?«

Filine schenkte mir Eistee ein. »Mein Vater war schon monatelang nicht mehr hier. Er ist Musiker und immer in der Welt unterwegs.«

»Will er euch denn gar nicht sehen?«

»Schon ab und zu. Dann taucht er unerwartet auf, bleibt ein paar Tage, bevor er einfach wieder verschwindet. Meine Eltern sind schon lange getrennt. Aber meine Mama hat inzwischen auch einen neuen Freund. Ben.«

Ich hob das Glas unter meine Nase und roch daran. Es duftete süß und blumig. Vorsichtig nahm ich einen Schluck.

»Hm, lecker. Was ist es für ein Tee?«

»Eigenkreation. Ich experimentiere gerade mit Herzwurz und Löwenblumen. Ich denke, beide sind nicht giftig.«

Für einen kurzen Moment hatte ich den Drang, den zweiten Schluck auszuspucken, aber ich riss mich zusammen.

Filine schlug ihr Notizbuch auf, das auf dem Tisch lag, und zeigte es mir: »Ich schreibe alles auf. Die Wissenschaft der Zauberpflanzen und wie sie auf Menschen wirken. Das interessiert mich. Magische Botanik eben. Sag mir morgen unbedingt, wie es dir gegangen ist, wie du dich gefühlt hast. Dann kommt das Ergebnis hier in meine Forschungsunterlagen. So, und jetzt erzähl doch mal, was los war?«

Also trank ich weiter kalten Tee, während ich vom Dichterdebakel und dem Praktikumsproblem berichtete.

»Ich bin völlig am Ende. Meine Mutter wird mich hassen,

wenn sie ihrer Chefin sagen muss, was für ein Versager ich bin«, schloss ich meinen Bericht.

»Das mit dem Stift tut mir leid. Es sind eben gebrauchte Gegenstände. Man weiß nie, was etwas taugt und was nicht. Du solltest aber in Zukunft auf jeden Fall das Kleingedruckte lesen. Da stehen manchmal Hinweise auf die Mängel oder Besonderheiten.«

»Logo. Das passiert mir kein zweites Mal.«

Filine lachte: »Ich hätte so gerne dein Gesicht gesehen, als er das Gedicht vom Grottenolm aufgeschrieben hat. Witzig ist es schon.«

Jetzt konnte ich zum ersten Mal selbst darüber lachen: »Es war auch gar nicht so schlecht. Ich behalte den Stift auf jeden Fall mal für Deutsch.«

Zu viel Glammer

Wie auf Wolken schwebte ich nach Hause. Ich fühlte mich auf einmal federleicht. Darüber zu reden, hatte geholfen. Schon lange war ich nicht mehr so glücklich gewesen. Statt mir weiter Sorgen zu machen, würde ich mir jetzt erst mal die Zeit mit Onlineshopping vertreiben.

Da außer mir noch niemand zu Hause war, nutzte ich die Gelegenheit und schlich ins Arbeitszimmer meiner Mutter. Der Bildschirm war so groß, dass ich hier locker die meisten meiner Plüschtiere hineinbekommen würde. Einen Testlauf unternahm ich gleich mit Schildkröte Jolanda. Und es funktionierte ganz wunderbar. Ich war überglücklich, auf eine seltsame Weise. So sehr, dass es fast ein bisschen wehtat.

Während ich noch schnell die Anzeige freischaltete, nahm ich die Werbung wahr, die von links und rechts auf dem Bildschirm auftauchte. Gezeigt wurden Produkte, die meine Mutter wohl mal gegoogelt hatte. Zwischen Joggingoutfits und Rezepten für gesunde Ernährung las ich auch Werbung von Linneberger Anwaltskanzleien. Als im Hintergrund das Bild von Jolanda mit ihrem Preis auftauchte, erschienen vorne Werbeslogans aus dem echten Leben wie »Sie haben ein Problem, wir haben die Lösung« oder »Ihr Partner nervt. Wir werden ihn los«. Als dann »Scheidung ist viel günstiger, als Sie denken« erschien, schnürte es mir den Hals zu.

Ein unangenehmer Schluckauf überfiel mich.

Scheidung?

Das konnte doch nicht wahr sein?

Ja. Sie stritten in letzter Zeit sehr viel. Aber das war doch kein

Grund, sich gleich zu trennen. Außerdem hatten sie ein Haus gekauft und wir waren gerade erst umgezogen. Auf der anderen Seite benahm sie sich wirklich sehr merkwürdig. Meine Ohren klingelten, und ich hörte noch mal all die seltsamen Sätze, die die neue Ändy in letzter Zeit so gesagt hatte:

»Manchmal muss man sich einfach von altem Ballast befreien, um neue Wege gehen zu können.«

Das klang im Nachhinein gar nicht gut. Neue Wege? Ohne Papa und mich?

»Hab ich die Schnauze voll«, hatte sie auch gesagt. Das war ebenfalls kein gutes Zeichen.

Und der schlimmste Satz: »Er wird selbstständig und braucht uns immer weniger.« Da irrte sie sich aber gewaltig. Ich brauchte sie. So was von.

Plötzlich sah ich mich in einem Gerichtssaal. Die Richterin schrie mich mit einer verzerrten Fratze an: »Wo willst du wohnen? Bei Mama oder Papa? Entscheide dich jetzt endlich!« Und dann saßen da meine Eltern und beide sahen mich mit so traurigen Augen an. Mama oder Papa? Das war wie ein Herz in zwei Stücke reißen. Man würde sterben, so oder so. Wer konnte schon mit einem halben Herzen weiterleben?

Niemand!

Das durfte nicht passieren.

Auf keinen Fall.

Das Problem mit meinem Eignungstest kam mir plötzlich ganz klein und lächerlich vor. Das neue Scheidungsproblem lag jetzt wie eine große schwarze Wolke über mir und überschattete alles.

Plötzlich musste ich aufstoßen. Der süßliche Teegeschmack kam dabei zurück in meinen Mund. Herzwurz und Löwenblumen. Ekelig, so im Nachhinein!

Die nächste Anzeige, die aufpoppte, hatte sich nicht über den Internetbrowser aufs Display geschummelt, sie gehörte zu Magic Kleinanzeigen.

»Alles wie neu mit dem Glammer!«, stand dort und: »Kaufen Sie den Hammer, der Glamour in ihr Leben bringt. Unser Supersonderangebot: Nur noch zehn M-Coin! Und es gibt die Glange, eine Glamour-Zange, kostenlos dazu.«

Es war wie Schicksal. Ich hatte nach dem Stiftkauf genau noch zehn M-Coin übrig.

Und klar, wenn ich wollte, dass meine Eltern sich nicht trennten, dann mussten sie zuerst mal weniger streiten. Also gab es nur eine Lösung: Ich würde einfach die Dinge aus der Welt schaffen, die den Streit auslösten.

Ich war fest entschlossen. Ich musste handeln.

Jetzt.

Ein Klick und schon gehörten Glammer und Glange mir.

Aufgeregt fuhr ich den Rechner runter und beseitigte alle Spuren. Dann marschierte ich entschlossen in den Keller, um das Eiswasserproblem zu beheben.

In der Waschküche über Waschmaschine und Trockner befand sich der Boiler, der sich zurzeit weigerte, das Wasser zu erhitzen. Handwerklich hatte ich gar keine Ahnung, aber ich hoffte, dass die magischen Werkzeuge hielten, was die Werbung versprach. Sie waren golden und sahen ganz edel aus.

Dummerweise hatte ich mir nicht die Bedienungsanleitung durchgelesen. In der Not versuchte ich einfach irgendwas. Ich berührte mit beiden Teilen den Boiler und sagte: »Alles wie neu!«

Tatsächlich lösten sich der Hammer und die Zange aus meinen Händen und begannen ganz von alleine mit der Arbeit. Ich war sehr zufrieden. Dieses tolle Gefühl von Glückseligsein war plötzlich wieder da und zerstörte die Angst in meinen Adern. Jetzt würde alles wieder gut werden.

Wer warm duschte, fühlte sich wohl und geborgen in seinem Heim und wollte nicht woanders sein. Und wer warm duschte, fing auch keinen Streit über kaltes Wasser an.

Während meine beiden Retter fleißig hämmerten und schraubten, lief ich in den Heizungskeller und stibitzte dort Timur, den weißen Plüschtiger. Er war als Nächster an der Reihe. Ich brauchte dringend mehr Zahlungsmittel.

Dann ging ich zurück in die Waschküche.

Und sah die Katastrophe.

Der Hammer flog gerade hinter der Zange her, die Haken schlug wie ein Hase auf dem Feld. Auf ihrer Verfolgungsjagd hatten sie die ganze Wäsche, die hier zum Trocknen hing, mit Farbe versaut. Goldene Streifen auf Mamas Hose, ein Hammer-Abdruck auf Papas Hemd, Sprenkel auf einem schwarzen T-Shirt und die blauen Handtücher sahen jetzt aus wie ein Nachthimmel mit Sternen.

Ich musste mich mehrmals ducken, damit sie mir nicht gegen den Kopf ballerten. Jetzt hatte der Hammer die Zange eingeholt, drückte sie auf den Boden und vermöbelte sie, aber so richtig. Anscheinend hatten die beiden einen handfesten Streit. Ohne ihre goldene Farbe zeigten sie ihr wahres Gesicht. Da hatte wohl jemand einen alten Hammer und eine krumme Zange golden angemalt, um sie besser aussehen zu lassen. Und ich war mal wieder der einzige Depp gewesen, der darauf hereingefallen war.

»Schluss jetzt«, schrie ich.

Und die beiden ließen wirklich voneinander ab und blieben reglos auf dem Boden liegen.

Gerade noch rechtzeitig, denn in dem Tohuwabohu hatte ich nicht gehört, dass jemand nach Hause gekommen war.

»Was ist denn hier los?«

Es war mein Vater. Er stand in der Kellertür und sah mich mit müden Augen an.

»Was machst du denn da? Ist das mein Hemd?«, rief er und lief zu den Wäscheleinen, die von Wand zu Wand gespannt waren. Mit meinem Fuß schob ich Glammer und Glange aus dem Sichtfeld neben einen Wäschekorb.

»Kunst«, stammelte ich nur. »Es ist für Kunst. Experimentelles Gestalten mit Farbe und Gegenständen.«

»Sag mal, spinnst du? Das sind meine besten Klamotten. Alles neu«, krakeelte meine Mutter, die jetzt ebenfalls aufgetaucht war. Wild fuchtelnd lief sie zwischen den Wäschestücken hin und her und schimpfte wie ein Rohrspatz. Dann passierte das, was ich doch unbedingt hatte verhindern wollen. Meine Eltern begannen zu streiten. Und ich konnte nicht anders und musste lachen. Nicht ein bisschen, sondern wie ein Geisteskranker.

»Und du konntest nicht mehr aufhören zu lachen?«, fragte Filine gebannt, als ich am nächsten Morgen von dem Desaster berichtete. Wir hatten uns im Kunstunterricht extra an einen Tisch zusammengesetzt, weil es hier bei der Arbeit erlaubt war, leise miteinander zu quatschen. Während ich einen dreidimensionalen Würfel zu zeichnen versuchte, erzählte ich auch von meinen krassen Stimmungsschwankungen zwischen himmelhoch jauchzend und zu Tode betrübt. Filine notierte meinen Bericht heimlich unter der Bank in ihr Notizbuch für magische Botanik.

Was ich nicht erzählte, war, dass meine Eltern mich zur Strafe ohne Abendessen in mein Zimmer geschickt hatten. Sie hatten mein Gelächter als »so was von respektlos« bezeichnet und waren wirklich stinksauer gewesen.

»Tut mir leid, Tobi«, sagte sie. »Löwenblumen sollen einen mutiger machen und Herzwurz glücklicher. Anscheinend haben sie ungünstige Wechselwirkungen. Man sollte sie vielleicht nicht beide zusammen benutzen. Beim nächsten Tee mache ich es besser, versprochen.«

Sie glaubte doch nicht ernsthaft, dass ich jemals wieder einen Tee von ihr trinken würde? Ich spürte Wut in mir aufsteigen und funkelte sie mit meinem bösesten Blick an. Aber Filine nahm es nicht wahr.

»Möglicherweise lag es auch an der Dosierung«, überlegte sie laut. »Da fehlen mir noch das richtige Gefühl und die Erfahrung. Wie letztens bei Leon. Glaub ja nicht, dass ich wollte, dass es ihm so schlecht geht.«

Vor Schreck rutschte mir jetzt der Stift vom Lineal ab und ich versaute mit einem Wisch meinen ersten Entwurf.

»Du warst das? Du hast ihn vergiftet?«, knurrte ich mit geschlossenen Zähnen.

»Na ja, jetzt mal nicht übertreiben. Ich hab ihm ein bisschen Sud vom Silberdorn in seine Trinkflasche getan. Das war alles. Normalerweise hilft das ganz prima gegen Verstopfung und legt einen nicht gleich länger flach.«

Gleichzeitig sahen wir zu Leon hinüber, der heute sogar sehr gesund aussah. Rot leuchteten seine Wangen. Wahrscheinlich weil er am digitalen Zeichenbrett arbeiten durfte, das mit dem Smartboard verbunden war. So konnten wir alle auf dem großen Bildschirm an der Wand mitverfolgen, wie er ein dreidimensionales Rennauto zeichnete.

Das war sehr beeindruckend.

»Wieso hast du das gemacht? Du hättest ihn umbringen können.«

»Ich hatte keine Wahl. Es war unmöglich, an dich heranzukommen. Ihr wart ja so untrennbar wie siamesische Zwillinge.«

Durch meine Wut über Leons Verhalten kämpfte sich für einen kurzen Moment dieses wunderbare Gefühl nach oben, wie es war, einen besten Freund zu haben, einen, mit dem man am liebsten zusammen war, einen, dem man blind vertraute, der über dieselben Witze lachte und den man garantiert noch dreißig Jahre später mit dem Taxi mitnehmen würde, auch wenn er keinen Cent besaß. So ein Freund war Leon gewesen. Schade, dass alles so gekommen war. In diesem Moment vermisste ich ihn ganz schrecklich. Ich sah ihm an, wie glücklich er heute war, dass er vor allen zeigen durfte, wie gut er zeichnen konnte. Und als dann auch noch Herr Richter, unser Kunstlehrer, seinen Rennwagen vor aller Augen mit dem 3-D-Drucker ausdruckte, da platzte Leon fast vor Stolz.

Ich konnte nicht anders und freute mich von Herzen für ihn. Seine Mama war Ingenieurin und hatte sogar zu Hause einen solchen Drucker. Einmal hatte er ihn mir gezeigt. Das war so krass.

»Nachricht von Mastermind im Gruppenchat«, sagte Filine am Ende der Stunde, nachdem sie heimlich auf ihr Handy geschaut hatte. »Heute Nachmittag treffen wir uns bei ihm daheim. Seine Alten sind ausgeflogen. Sturmfreie Bude. Er will kein Aufsehen erregen, wenn eine ganze Bande sein Haus stürmt. Wegen der Piraten. Du sollst um Punkt 16.50 Uhr da sein. Wir anderen kommen dann nach und nach. Verstanden?« Dann flüsterte sie mir seine Adresse zu: »Viktoriastraße 10.«

EISKALTES VERGNÜGEN

Das Villenviertel an der Linne war der Wahnsinn. Nie hätte ich gedacht, dass ich jemals jemanden besuchen würde, der dort wohnte. Die altehrwürdigen Häuser waren alle so beeindruckend, mit kunstvollen Fassaden, tiefen Fenstern, verzierten Erkern, Türmen oder Säulen. Vor hundertfünfzig Jahren waren hier Kutschen durch die Straßen gefahren, um die Herrschaften zum Ball im Schloss abzuholen. Ich hörte Pferdegetrappel und stellte mir gerade Menschen in vornehmen Kleidern vor, als meine Zeitreise durch einen laut knatternden Roller gestört wurde. Es war das rosa Knallbonbon, das an mir vorbeidüste. Ich sah Hanna oft in den Straßen des Ostviertels. Sie war viel on tour. Ich winkte und sie winkte zurück. Der Gedanke, dass sie Leon erzählen würde, dass ich Freunde in der Viktoriastraße besuchte, gefiel mir. Vielleicht würde er dann merken, was er verloren hatte.

Pünktlich klingelte ich bei Familie Malek. Nicht an der Haustür, denn bis dahin kam ich erst gar nicht, sondern vorne am großen Tor. Durch die Sprechanlage begrüßte mich Momo, dann öffneten sich die Eisenflügel von alleine und ich konnte den Kiesweg zum Haus hochlaufen. Beeindruckt betrachtete ich den Vorgarten mit Büschen, perfekt geschnittenen Bäumchen und blühenden roten Rosen. Auch drinnen kam ich aus dem Staunen nicht heraus. Hier war alles alt und zugleich neu. In der Eingangshalle führte zum Beispiel eine antike Holztreppe nach oben, daneben gab es aber auch einen Fahrstuhl. Im Wohnzimmer hing an der stuckverzierten Decke ein Kronleuchter, der sich aber mit einem Klatschen an- oder ausschalten ließ.

»Wow« und »Was für ein tolles Haus« sagte ich immer wieder, während Momo mir alles zeigte.

»Wo sind eigentlich deine Eltern?«, fragte ich, als wir auf dem Weg in den ersten Stock waren.

»Irgendein Geschäftstreffen. Sie kommen erst morgen Abend zurück. Eigentlich sind sie ständig irgendwo anders. Manchmal machen sie auch einfach einen Kurztrip in ein stinklangweiliges Wellnesshotel. Ach, keine Ahnung.«

Irgendwie spürte ich, dass ich einen wunden Punkt getroffen hatte. Momo fühlte sich nicht wohl bei dem Thema, deshalb sagte ich: »Meine Eltern sind in letzter Zeit auch ständig weg. Find ich auch doof.«

»Man gewöhnt sich dran«, sagte er achselzuckend. »Als ich kleiner war, fand ich es richtig blöd, aber inzwischen ist es mir egal. Endlich ist auch das bescheuerte Kindermädchen weg. Und ich bin alt genug, um alleine zu Hause zu bleiben. So kann ich alles machen, worauf ich gerade Lust habe. Lauter verrückte Dinge.« Mit den letzten Worten war die leise Traurigkeit aus seiner Stimme verschwunden und er grinste breit.

»Hast du keine Angst, dass sie dich mal erwischen?«

Momo schüttelte den Kopf: »Keine Sorge. Selbst wenn sie hier sind, sind sie viel zu beschäftigt.«

Dann erreichten wir Momos Zimmer. Der Oberhammer! Es hatte sogar eine eigene Terrasse, von der aus man, wenn man wollte, direkt in den Pool im Garten springen konnte.

»Beim nächsten Mal gehen wir baden. Heute hab ich was Besseres vor«, kündigte er geheimnisvoll an. »Du wirst begeistert sein.«

Dann sprintete Momo ein Stockwerk höher und bat mich, doch bitte den Aufzug zu nehmen. Ich verstand zwar nicht, warum, aber ich tat es mit Vergnügen, denn ich liebte Fahrstühle wie jedes normale Kind.

Als ich oben ankam und aus der Tür in den Flur trat, sah ich, wie Momo gerade etwas in einer Kommodenschublade verschwinden ließ. Es glänzte weißsilbern, aber was es war, konnte ich nicht erkennen. Auf jeden Fall wollte er nicht, dass es jemand sah. Oder besser gesagt: Er wollte nicht, dass ich es sah. Tja, ich war noch in der Probezeit und wahrscheinlich vertraute er mir noch nicht hundertprozentig.

Plötzlich hörte ich ein seltsames Knacken und kam ins Schlingern. Als ich auf den Boden sah, entdeckte ich eine zarte Eisschicht unter meinen Schuhen. Schlitternd folgte ich der Eisspur ein Stück, dann sah ich es: Momo hatte die gesamte Treppe von oben bis unten in eine Bobbahn verwandelt.

»Ich glaube, es hat geklingelt«, sagte Momo grinsend. »Bis gleich, ich werde mal aufmachen gehen.« Er lachte, nahm Anlauf und warf sich todesmutig mit dem Kopf nach vorne auf die Bahn. Der Kerl war vollkommen lebensmüde.

Ich entschied mich erst mal für eine Rutschpartie auf dem Hosenboden. Das war schon schnell genug. Mit einem Affenzahn düste ich die Rinne herunter. Es war ein Riesenspaß.

Unten stand Chan, der gerade angekommen war, und begrüßte mich mit offenem Mund.

Momo strahlte daneben vor Stolz.

»Wie hast du das gemacht, Alter?«, fragte Chan.

»Einwegzauber. Eispulver. Hab ich extra für uns gekauft, von meinen letzten M-Coins. Just for fun.«

Die beiden klatschten ab.

»Und was passiert, wenn es taut? Ist dann hier Wellenreiten angesagt?«, fragte Chan.

»Quatsch. Das Eis verschwindet einfach, wenn der Zauber nachlässt. Alles vorher gecheckt. Bin Profi.«

Während Momo noch auf den Rest der Chaos-Crew wartete, drehten Chan und ich schon mal ein paar Runden. Mit dem Fahrstuhl ging es nach oben, auf der Eisrutsche nach unten. Mega!

Als die Mädels endlich da waren, bildeten wir auch Zweier- und Dreierbobs. So ausgelassen hatte ich schon lange nicht mehr gelacht.

Dann plötzlich, als ich gerade zusammen mit Ariana und Filine mitten auf der Strecke war, verschwand das Eis unter unseren Hintern. Wir polterten die nächsten Stufen hinunter und landeten übereinander an der Wand.

Zum Glück war nichts Schlimmeres passiert. Wir entwirrten unsere Arme und Beine und schüttelten uns noch einmal kräftig, um den Schreck aus den Gliedern zu bekommen.

Witzigerweise war wirklich der ganze Zauber verschwunden. Auch unsere Klamotten, die eben noch klamm und nass gewesen waren, waren jetzt wieder trocken.

»So. Der Spaß ist vorbei. Dann kommen wir jetzt zur Arbeit«, sagte Momo und lotste uns alle in die Bibliothek, die auch sehr beeindruckend war. Der Raum war nicht nur mit Bücherregalen gefüllt, sondern mit Gemälden, Skulpturen und Wandteppichen dekoriert. Wie Momo mir kurz erklärte, handelte es sich dabei um Kunst, die seine Eltern von ihren vielen Reisen in die ganze Welt mitgebracht hatten.

Wir verteilten uns auf die verschiedenen Sitzmöglichkeiten. Ich ergatterte einen riesigen braunen Ledersessel. Momo nahm ganz chefmäßig an einem antiken Schreibtisch aus dunklem Holz Platz. Und die anderen setzten sich auf ein Sofa aus dunkelgrünem Samt.

»Das Thema unserer Zusammenkunft ist ernst«, sagte Momo. »Seit Tagen habe ich das Gefühl, beschattet zu werden. Ich denke, die Piraten sind uns weiter auf den Fersen und warten nur auf eine gute Gelegenheit, uns auszurauben.«

»Hab ich's doch gewusst. Diese Schweinebacken«, jaulte Chan auf. »Man müsste ihnen in den Hintern treten.« Sein rechter Fuß schnellte ein Stück nach oben. Dabei sah er nicht nach Karate Kid, sondern nach Kung-Fu-Panda aus.

»Das ist eine gute Idee, aber erstens wissen wir noch nicht, wer sie sind, und zweitens sind wir ihnen magisch völlig unterlegen«, bemerkte Momo.

»Und was sollen wir jetzt tun?«, fragte Filine.

»Erstens, wir müssen herausfinden, wer sie sind, und zweitens, wir müssen endlich Level Alpha erreichen. Das dürfte ja jetzt kein Problem mehr sein. Schließlich haben wir wieder einen fünften Mann.«

Chan reckte den Arm nach oben, um seine Zustimmung zu signalisieren: »Ich bin dafür. Auf Level Gamma gibt es eh fast nur Schrott. Ich hab keinen Bock mehr auf Dinge, die nicht funktionieren. Wie mein Hut. Der war so ein Fehlkauf.«

»Genau«, sagte Momo. »Und deshalb müssen wir ab sofort wieder viel mehr verkaufen und Levelpunkte sammeln. Bis Level Beta fehlt uns nicht mehr viel. Tobi, das ist deine Aufgabe. Stell so viele Plüschtiere ein, wie du nur kannst. Wir kommen nur höher im Ranking, wenn unser fünfter Mann auch mindestens drei Zauberstäbe vorweisen kann.«

Bis zu diesem Zeitpunkt hatte ich nicht gewusst, dass es verschiedene Level auf Magic Kleinanzeigen gab.

Ariana öffnete das Portal auf ihrem Handy und zeigte mir die Levelanzeige.

Ganz klein wurden bei ihr oben fünf goldene Zauberstäbe angezeigt.

»Wir sammeln sie als Clan. Je mehr Zauberstäbe wir alle zusammen haben, desto höher kommen wir im Ranking«, erklärte sie. »Zurzeit sind wir auf Level Gamma. Das ist die unterste Stufe. Dann kommt Beta und das höchste Level ist Alpha.«

»Nur da bekommt man die richtig geilen Zaubersachen zu kaufen«, sagte Momo, und seine Augen glänzten. »Die Klassiker eben. Zauberumhänge, Zauberstäbe, Zauberbücher und nicht nur einzelne Pergamentrollen mit halb garem Zauberwissen, das dann doch nicht funktioniert, oder Cremes, die Schönheit versprechen, aber nur Bärte wachsen lassen.«

Ariana sah verschämt nach unten.

»Royal, die Creme für königliche Schönheit«, trällerte Chan und lachte. »Könnte mich jetzt noch wegschmeißen vor Lachen.«

»Ihr seid so doof. Ich konnte doch nicht wissen, dass die mit ›königlich‹ nur Könige meinen und nicht Königinnen.«

»Ich fand, der Vollbart stand dir gut«, feixte Chan weiter, und Ariana trat ihm gegen das Bein. Sein Lachen kippte in ein leises, verärgertes Wimmern.

Um Ariana zur Seite zu stehen und die Aufmerksamkeit von ihrer Bartgeschichte zu lenken, erzählte ich schnell von Glammer und Glange. Und schon lachten alle über mich.

Natürlich wollten sie wissen, warum ich den Boiler hatte selbst reparieren wollen. Also erzählte ich kurz und knapp auch vom Problem mit meinen Eltern.

»Ich befürchte, sie wollen sich scheiden lassen. Na, zumindest meine Mum denkt darüber nach. Aber ich kann das nicht glauben. Ich denke, es ist noch nicht zu spät. Woran merkt man eigentlich, ob Eltern sich noch lieben?«

Die Mitglieder der Chaos-Crew sahen mich alle mit großen Augen an. Ich spürte, dass ihnen das Thema Liebe irgendwie unangenehm war. Mir ja eigentlich auch. Für einen Moment herrschte seltsames, unangenehmes Schweigen, dann wechselte Momo zum Glück das Thema und kam zurück zum Geschäftlichen. Er entschuldigte sich, verließ kurz den Raum und brachte einen Karton mit in die Bibliothek.

»Ich konnte noch Ware von meinen Eltern abzweigen«, sagte er stolz und nahm einen Brieföffner vom Schreibtisch.

»Schnäppchenparadies« stand ganz groß auf dem Paket. Das war der Name des Onlinehandels, den Momos Eltern sehr erfolgreich deutschlandweit betrieben. Ich kannte das Verkaufsportal, denn selbst meine Mutter stöberte dort manchmal nach günstigen Produkten.

»Na ja, es bleibt dann immer Zeug übrig, das wirklich keiner mehr will. Das bringe ich in Sicherheit, bevor es auf dem Müll landet. Hier ist eine neue Fuhre, aber ich brauche eure Hilfe.«

Mit dem Brieföffner zerschnitt er das Klebeband und klappte die Kartondeckel auseinander.

Beim Anblick des Inhaltes schrie Filine kurz auf, Chan hielt sich beide Hände vor die Augen, nur Ariana zuckte gelassen mit den Schultern. Es war eine schreckliche Auswahl an BHs für Omas über neunzig, in Beige.

»Ihr müsst die Dinger nur ein, zwei Tage tragen, dann sind sie gebraucht genug fürs Portal, denke ich.«

»Bist du irre? So was zieh ich nicht an. Never!«, kreischte Filine.

Chan war immer noch ganz blass. »Kein Wunder, dass die keiner gekauft hat. Die sind wirklich hässlich.«

»Ist doch nur für ein, zwei Tage«, versuchte Momo, alle zu beruhigen, »außerdem sind sie viel bequemer, als sie aussehen.«

Dann hob er sein Shirt hoch und demonstrierte uns das Modell, das er bereits trug.

»Steht dir«, sagte Ariana und lachte laut auf. Damit löste sie eine Welle an Lachern aus, die die Lage entspannte.

Chan setzte sich gleich mal einen BH auf den Kopf.

»Und wie steht er mir?«

Ich zögerte noch, aber wenn ich wirklich zur Chaos-Crew dazugehören wollte, und zwar so, dass Momo mich anerkannte, dann würde ich wohl mitmachen müssen.

»Aber nur zu Hause, nicht in der Öffentlichkeit«, sagte ich.

»Wenn ihr wollt, könnt ihr sie gleich mal richtig anprobieren«, schlug Momo vor. »Ist ein bisschen tricky mit dem Verschluss hinten.«

Wir machten uns auf den Weg in Momos Zimmer. Dort sollten die Mädchen Momos angrenzendes Bad benutzen, Chan und ich das Zimmer.

Bis auf Filine, die immer noch ein bisschen skeptisch wirkte, fanden wir es inzwischen alle lustig. Wir bewarfen uns mit den BHs und redeten jede Menge Unsinn.

Als Momo die Tür zu seinem Zimmer öffnete, verstummte jedoch das aufgedrehte Gequatsche mit einem Paukenschlag.

Alles war durchwühlt, die Terrassentür stand weit offen. Und an seiner Wand hingen die Schatten zweier gekreuzter Säbel. Die Piraten waren hier gewesen.

»Es reicht«, sagte jetzt auch Filine entschlossen und griff sich gleich mehrere der BHs aus der Kiste. »Wir müssen Level Alpha erreichen. Und dann legen wir diesen Piraten endgültig das Handwerk.«

Zum Glück fehlte nur Royal, die Creme für königliche Schönheit, die Ariana Momo geschenkt hatte. Mehr hatte der Dieb nicht finden können, denn Momo hatte ja alles andere sicher verwahrt, wie er betonte. Trotzdem bedauerte er den Verlust: »Schade, der Bart war so praktisch. Ohne ihn sehe ich einfach zu jung aus fürs Autofahren.«

»Aber wie sind sie nur hier reingekommen?«, regte sich Filine auf und spähte vom Balkon in den Garten, als ob sie dort noch jemanden entdecken könnte. »Hier kann doch keiner hochklettern.«

»Level Alpha. Da gibt es Besen, wenn man Glück hat«, sagte Momo.

»Und die Tür?«

»Das ist ja das geringste Problem. Zauberschlüssel gibt es auch in allen Varianten.«

»Woher weißt du das denn alles?«, hakte Chan nach.

Momo grinste: »Du musst nur mal nett mit dem schlecht gelaunten Zwerg reden.«

»Gregorius, der Admin?« Filine war fassungslos.

Momo nickte.

»Wenn ich ihn mal etwas frage, was nichts mit seiner Aufgabe als Admin zu tun hat, verweist er mich immer auf die Schweigepflicht. Kein Kommentar, bla, bla, bla. Jetzt kann ich ihn noch weniger leiden.«

Nach diesem Schock fiel die Büstenhalter-Anprobe aus. Jeder hatte das Gefühl, schnell nach Hause zu müssen, um sein magisches Hab und Gut in Sicherheit zu bringen. Selbst mir ging es so, obwohl es bei meinen Fehlkäufen nun wirklich egal war, ob jemand den Schrott klauen würde. Zu Hause holte ich erst mal Glammer und Glange aus dem Keller und versteckte sie zusammen mit meinem Dichterstift in einem Schuhkarton. Zur Tarnung legte ich alte Comichefte darauf, sogar ein paar, die ich mit Leon selbst gemacht hatte, und beschriftete das Ganze noch als »Sammlung Kinder-Comics«. Dann schob ich den Karton unter mein Bett. Was Besseres fiel mir in diesem Moment nicht ein, obwohl wahrscheinlich jeder Dieb als Erstes dort nachsehen würde. Trotz der Hitze an diesem Juniabend schlief ich bei geschlossenem Fenster. Sicher war sicher!

Am nächsten Tag läuteten wir die erste Stufe der Piratenjagd ein und begannen alle damit, unsere Mitschüler zu beobachten. Vielleicht würden sich die Piraten ja irgendwie verraten. Nach der Schule, die freitags immer schon um zwölf Uhr zu Ende war, chatteten wir über unsere Ergebnisse. Chan fand eine Gruppe von Elftklässlern verdächtig. Sie trugen schwarze Lederjacken mit einem Totenkopf darauf und waren Rocker oder so was. Momo hatte eine Clique von superschlauen Nerds aus der neunten Klasse auf dem Kieker. Ariana regte sich mega darüber auf, warum es ausgerechnet Jungs sein sollten. Piraten könnten schließlich auch Mädchen sein. Sie schlug ein paar Einzelverdächtige aus der »Ich bin so schön, aber auch so gemein«-Fraktion vor. Filine war immer noch für Mike als Anführer der Piraten und suchte die Mitstreiter unter den Taxioten. Ich hatte Vincent im Verdacht. Stille Wasser waren tief, sagte man doch.

Nach dem Chat nutzte ich die Zeit und stellte über den Rechner im Arbeitszimmer so viele Kuscheltiere wie möglich ein.

Schweren Herzens trennte ich mich unter anderem von Bär Willi, Elch Ole, Stern Stella und einer grünen Maus. An mir lag es jetzt, dass wir zumindest Level Beta erreichten.

Als ich Kolumbus draußen bellen hörte, brach ich hastig die Zelte ab. So ein Wachhund war wirklich praktisch. Aber ich war zufrieden mit meiner Leistung. Mit Jolanda und Timur waren jetzt neun Tiere online zu haben. Ich floh in die Küche, holte Milch und Kakaopulver und rührte mir zur Tarnung einen kalten Kakao zusammen, als meine Mutter hereinkam.

»Er hasst mich«, sagte sie und stellte die Einkäufe auf den Küchentisch ab. »Wie er mich ansieht mit seinen kleinen Augen.« Mein Herz blieb kurz stehen. Jetzt redete sie schon vor mir ganz offen über ihre Gefühle für meinen Vater.

»Wenn er könnte, würde er mich beißen. Ich weiß es genau.«

Hä?

»So hat Edgar auch immer geguckt. Und kaum war ich alleine mit ihm, hat er mich gebissen. Hier ist immer noch die Narbe.«

Sie zeigte unter ihr Kinn.

»Du bist seltsam«, sagte ich lachend, nicht, weil die Situation so lustig war, sondern weil die Anspannung von mir abfiel. Sie sprach gar nicht von meinem Vater, sondern von Kolumbus. »Wieso bist du eigentlich Biologin geworden, wenn du keine Tiere magst?«

»Ich mag Tiere«, verteidigte sie sich sofort. »Nur eben keine Hunde. Außerdem gibt es tausend verschiedene Fachrichtungen. Das muss jeder für sich selbst wissen. Du kannst ja Zoologe werden und zum Beispiel Affen erforschen, wenn dir das gefällt. Ich bevorzuge die kleinen Organismen unterm Mikroskop: Viren und Bakterien.«

Irgendwie hatte ich das Gefühl, für Kolumbus ein gutes Wort einlegen zu müssen: »Ich glaube nicht, dass er dich beißen würde. Ich denke, er würde dich vor Freude von oben bis unten abschlabbern.«

Meine Mutter verzog das Gesicht. »Igitt, das ist ja noch schlimmer.«

Das Wochenende begann richtig super. Magic Kleinanzeigen beglückwünschte mich schon am frühen Samstagmorgen zu meinem ersten »Zauberstab«. Über Nacht hatte ich Jolanda und die grüne Maus verkauft und war nun um hundertfünfzig M-Coin und eine Clan-Levelstufe reicher. Und mir war nicht nur das im Schlaf gelungen. Ich hatte auch den Oma-BH getragen und war so auf unglaubliche zehn Stunden Tragezeit gekommen.

Selbstzufrieden begab ich mich zum Frühstück nach unten. Und zu meiner Überraschung waren mal alle Familienmitglieder gleichzeitig anwesend.

»Erst wenn man mal kein warmes Wasser hat, dann weiß man es zu schätzen. Die Dusche eben war das Beste seit Langem«, sagte mein Vater und nahm einen Schluck von seinem dampfenden Kaffee.

»Seltsam, dass der Boiler einfach so wieder geht«, bemerkte meine Mutter.

Auch ich konnte es kaum fassen, dass die beiden alten Werkzeuge das geschafft hatten. Auch wenn sie die Klamotten versaut hatten, war jetzt immerhin ein Streitthema aus der Welt.

Mein Handy vibrierte und ich zog es aus meiner Hosentasche.

»Muss das sein? Wir frühstücken«, murrte meine Mutter.

»Könnte wichtig sein. Nur kurz«, entschuldigte ich mich und las die Nachricht. Es war keine neue Verkaufsmeldung, sondern

Filine hatte Folgendes geschrieben: »Wenn sie sich mit Liebe in den Augen ansehen.«

Erst war ich etwas perplex, aber dann verstand ich, dass sie meine Frage vom Vortag – woran man erkannte, ob Eltern sich noch liebten – beantwortet hatte.

Während des gesamten Frühstücks beobachtete ich nun die Blicke meiner Eltern. Sie schauten auf ihre Teller, während sie ihre Brote schmierten, und auf ihre Tassen, bevor sie sie zum Trinken anhoben. Sie blickten ab und zu auf mich, wenn ich etwas sagte. Ansonsten hatten sie nicht viel Blickkontakt. Selbst ein »Gibst du mir mal die Butter« führte nicht dazu, dass sie sich ansahen.

Das war total doof. So konnte ich nicht wirklich sagen, ob sie sich mit Liebe in den Augen ansehen würden. Denn sie sahen sich ja gar nicht an. Aber vielleicht war es auch einfach der falsche Moment, kurz nach dem Aufstehen.

Also beschloss ich, heute heimlich eine Elternstudie zu starten, ganz wissenschaftlich. Um sie aber gemeinsam beobachten zu können, mussten wir auch alle etwas gemeinsam unternehmen.

»Wie wäre es, wenn wir heute mal einen Ausflug machen?«, fragte ich daher.

Die Blicke der beiden trafen sich jetzt kurz, allerdings nicht mit Liebe in den Augen, sondern mit Verwunderung.

»Hast du das gehört?«, erwiderte mein Vater. »Unser Kind will etwas mit uns unternehmen.«

Meine Mutter guckte auch etwas verdattert, meinte dann aber: »Wieso nicht. Was willst du denn machen?«

»Wie wäre es mit Zoo?«

»Ah«, sagte meine Mutter. »Der zukünftige Zoologe will schon mal die Affen beobachten.«

»Genau«, antwortete ich und grinste in mich hinein.

Auf der Fahrt in den Zoo vibrierte ständig mein Handy. Als guter Geschäftsmann musste ich natürlich immer mal nachsehen, was meiner Mutter aber gar nicht gefiel. Ihre bösen Blicke trafen mich durch den Rückspiegel. So guckte sie auch immer, wenn mein Vater zu Hause ständig noch was Geschäftliches zu erledigen hatte.

Aber was sollte ich tun? Ich war jetzt ein Player im Big Business. Meine Kuscheltiere verkauften sich wie verrückt. Es war erst früher Nachmittag und ich hatte bereits den zweiten Level-Zauberstab. Zwischen den Pop-up-Nachrichten entdeckte ich plötzlich auch eine Zeile von Chan. Dass er mir persönlich schrieb, war sehr ungewöhnlich.

»Wenn sie miteinander lachen können«, stand da geschrieben. Sonst nichts. Ich setzte den Punkt auf meine Liste und würde ihn in die Untersuchung mit einfließen lassen. Es freute mich, dass er sich auch ein paar Gedanken zu meiner Frage gemacht hatte.

Ich liebte den Zoo. Hier waren wir früher ständig am Wochenende gewesen. Irgendwie war die Tradition im Laufe der Zeit eingeschlafen. Umso schöner, dass wir jetzt wieder zu dritt die hügeligen Wege zwischen den Gehegen und Tierhäusern entlangschlenderten. Ich ging zwischen meinen Eltern und sehnte mich heimlich nach einem Engelchen-Flieger. Aber dafür war ich nun wirklich zu alt und vor allem auch zu schwer.

Wir besuchten die Tapire im Südamerikahaus, langweilten uns bei den Hochlandrindern, suchten im Grün verzweifelt den Puma, der sich einfach nicht blicken lassen wollte. Mir zuliebe ließen wir das Reptilienhaus links liegen. Das hasste ich. Schlangen, Leguane, Echsen und Geckos waren einfach zu nah mit Amphibien verwandt.

Leider gab es auf der ganzen Tour nicht sehr viel zu lachen.

Doch das änderte sich am Affengehege. Dort herrschte gerade Hochbetrieb. Irgendetwas Besonderes war im Gange, es war sogar die Presse da. Ich sah mehrere Zeitungsjournalisten mit Block und Kamera und sogar ein Filmteam vom Fernsehen.

Der Zoodirektor verkündete stolz, dass die Auszubildenden zwei Wochen an einer tollen Futterbox für die Schimpansen gebaut hatten, und demonstrierte die vielen Hebel und Löcher, deren Funktionsweise die Tiere wie ein Rätsel lösen sollten. Das Ziel war es, den besten Weg für die Erdnüsse auszutüfteln und sie so durch das Labyrinth im Inneren zu führen, dass sie am Ende wie bei einem Süßigkeiten-Automaten aus einer der Öffnungen herausfallen würden.

Dann kam der große Moment. Die Futterbox wurde ins Außengehege gestellt und der Oberschimpanse herausgelassen. Gebannt verfolgten die Zuschauer das Schauspiel. Würde der Affe das Rätsel lösen? Würden die Erdnüsse den richtigen Weg finden? War der Affe schlau genug, das System zu verstehen?

Neugierig untersuchte er die Box von allen Seiten. Die Zuschauer hielten den Atem an.

Der Schimpanse hatte eine Entscheidung gefällt. Anstatt den ersten Hebel zu bewegen, wie es eigentlich vorgesehen war, hämmerte er die Box einfach so lange auf den Boden, bis sie komplett auseinanderbrach.

Mein Vater und ich lachten uns schlapp, vor allem über das entsetzte Gesicht des Direktors und das des zufrieden kauenden Affen, der jetzt alle Erdnüsse auf einmal verspeiste.

Was für ein schlaues Kerlchen!

Nur meine Mutter, die lachte leider nicht. Sie litt mit den armen Azubis, die sich so viel Mühe völlig umsonst gemacht hatten.

Wieder vibrierte mein Handy.

Es war wirklich seltsam. Als ich die anderen gestern danach gefragt hatte, hatte mir niemand eine Antwort geben wollen, doch jetzt hatte sogar Ariana etwas zum Thema beizutragen. »Wenn sie miteinander tanzen«, schrieb sie mit einem Herzchen dahinter.

Ich dachte nach. Meine Mutter tanzte gerne für sich in der Küche, wenn im Radio ein Song aus ihrer Jugend gespielt wurde. Aber mein Vater? Den hatte ich noch nie tanzen gesehen.

Ich überlegte noch fieberhaft, wie ich das Thema unauffällig in meine Untersuchung einbauen konnte, da hörte ich plötzlich Musik. Sie kam von der kleinen Festwiese neben dem Zoocafé, an der wir auf dem Weg zum Ausgang vorbeispazierten.

»Linneberger Vereine sammeln für neue Seehundeanlage«, stand auf einem großen Banner über der Bühne. Gerade hatte die Tanzschule Kollmann einen Auftritt. Eine Gruppe Teenager hüpfte auf die Bühne und der Moderator forderte die Zuschauer auf mitzutanzen. »Es ist ganz einfach«, rief er, und die Kids zeigten einmal langsam die Schrittfolge.

»Das ist der Tanz zum aktuellen Sommerhit«, jubelte meine Mutter. »Los. Lasst uns mitmachen.«

»Niemals«, wehrte mein Vater sofort ab. »Ich tanze grundsätzlich nicht. Das hab ich mir mit dreizehn geschworen und daran halte ich mich bis heute.«

»Schade«, sprach meine Mutter aus, was ich in diesem Moment dachte.

Auf der Rückfahrt beschäftigte ich mich wieder intensiv mit meinen Onlinegeschäften, obwohl ich schon bemerkt hatte, dass meine Mutter inzwischen wirklich genervt war von meinem Handyverhalten. Da kam die ungewöhnlichste Message des Tages hereingeflattert, von jemandem, von dem ich nie erwartet hätte, dass er mir so etwas Persönliches schreiben würde.

»Wenn sie sich Komplimente machen«, lautete Momos Botschaft zum Thema Liebe.

»Tobi, ernsthaft. Mach jetzt das Handy aus. Wie oft soll ich das denn noch sagen?« Oh, sie meinte es ernst.

»Lass ihn doch. Das ist so als Teenager. Da muss man eben ständig mit seinen Kumpels kommunizieren. Das gehört dazu.«

»Klar, dass du das sagst. Du musstest ihm ja auch ein eigenes Tablet schenken. Ist dir mal aufgefallen, wie viel Zeit das Kind in virtuellen Welten verbringt?«

»Wenn du willst, dass er was Analoges macht, dann musst du dich eben mehr um ihn kümmern und weniger ausgehen.«

Das war ein Volltreffer.

»Ich?«, schrie meine Mutter. »Dann ist die Erziehung also nur meine Aufgabe, oder was? Das ist ja wieder typisch. Ich arbeite, ich kümmere mich um den Haushalt und seit zwölf Jahren um dieses Kind. Und jetzt geh ich mal öfter aus als sonst und schon bin ich eine Rabenmutter?«

Schweigend lauschte ich der weiteren Diskussion, aber Komplimente konnte ich beim besten Willen nicht heraushören.

Zu Hause notierte ich das Ergebnis meiner Studie.

»Woran erkennt man, dass Eltern sich nicht mehr lieben?
Erstens: Sie sehen sich nicht mit Liebe in den Augen an.
Zweitens: Sie lachen nur getrennt voneinander.
Drittens: Sie tanzen nicht miteinander.
Viertens: Sie streiten, statt sich Komplimente zu machen.«

Ich war traurig, selbst als ich am Abend noch den dritten Level-Zauberstab bekam und wir dank meiner Geschäftstüchtigkeit in nur einem Tag zu Level Beta aufgestiegen waren.

Der Clan-Chat war voller digitaler Jubelschreie, Herzchen und Daumen hoch. Ich war der Held des Tages. Leider fühlte ich mich überhaupt nicht so. Aber so war es wohl, wenn man reich war – ich besaß über siebenhundert M-Coin –, aber trotzdem unglücklich.

Deprimiert scrollte ich auf dem Tablet durch das neue Angebot. Nichts wollte mich begeistern, denn nichts von alledem würde verhindern, dass ich bald ein Scheidungskind war. Zum Trost hielt ich Hoppel fest in meinem Arm. Er saugte ein bisschen was von meinen Sorgen in sich auf. Das tat gut.

Doch dann entdeckte ich etwas, das alles noch zum Guten wenden konnte: »Love-Liquid – flüssige Liebe auf den ersten Blick«.

Der Liebestrunk

Über Nacht hatte ich mir den perfekten Plan ausgedacht. Da ich sowieso sonntags immer früher als meine Eltern wach war, kochte ich ihnen Kaffee, einen ganz besonderen, mit dem ich sie überraschen würde. Dieses Mal hatte ich mir alles genau durchgelesen. Ein Tropfen Love-Liquid im Getränk würde genügen. Die erste Person, die man nach einem Schluck Liebestrank ansah, in die verliebte man sich unsterblich. Also stellte ich die beiden präparierten Kaffeetassen, eine mit Milch und Zucker für meinen Vater und eine schwarz für meine Mutter, auf ein Tablett und brachte es nach oben. Sie sollten ihr magisches Heißgetränk ganz romantisch im Bett genießen.

Doch bevor ich die Tür zu ihrem Schlafzimmer öffnen konnte, kam mir bereits meine Mutter im Joggingoutfit entgegen.

»Oh, Tobi«, flötete sie fröhlich. »Das ist aber nett.« Dann griff sie sich im Vorbeigehen einfach den schwarzen Kaffee und tänzelte damit nach unten.

»Warte, Mama«, rief ich ihr noch hinterher, als einen Moment später mein Vater schlaftrunken an mir vorbeischlurfte. Ohne ein Wort griff er die zweite Tasse und verschwand damit im Bad.

Alarm!

Das lief gerade alles völlig aus dem Ruder!

In Panik folgte ich meiner Mutter nach unten, hörte aber bereits auf halber Treppe die Haustür ins Schloss fallen. Sie war weg, nur die leere Tasse stand noch auf der Kommode im Flur. Barfuß und im Schlafanzug lief ich nach draußen. Ich musste sie aufhalten. Irgendwie. Weiß Gott, wem sie beim Joggen als Erstes begegnen würde.

Aber es war zu spät.

Die Liebe hatte bereits eingeschlagen wie ein Blitz.

Eng umschlungen stand sie mit ihrem Neuen am Gartenzaun. Er hatte seine Pfoten auf ihre Schultern gelegt und schleckte liebevoll ihr Gesicht ab. Und sie, die Hundehasserin, fand es kein bisschen ekelig. Im Gegenteil!

»Alles klar, Mama?«, rief ich voller Sorge.

»Ist er nicht entzückend? So ein toller Kerl«, erwiderte sie, und Kolumbus bellte kurz auf. »Komm, wir beide laufen jetzt zusammen ein Stück.«

Dann stieg sie über den Zaun, nahm Kolumbus' Leine von einem Haken an der Hundehütte und machte ihren neuen Lieblingshund daran fest.

»Mama, bleib hier«, rief ich, aber sie winkte mir nur breit grinsend zu und joggte mit Kolumbus an ihrer Seite davon.

Fassungslos blieb ich zurück. Nirgends in dieser Scheißanleitung hatte gestanden, dass man sich auch in Haustiere verlieben konnte.

Siedend heiß fiel mir mein Vater ein. Am besten war es, wenn ihm niemand begegnete, auch ich nicht!

Zuerst brauchte ich einen Plan, und zwar schnell. Also lief ich nach oben, verschanzte mich in meinem Zimmer und zog mich erst mal an.

In meiner Verzweiflung rief ich Filine an. Leider ging nur die Mailbox ran. Aufgeregt fasste ich zusammen, was passiert war. Ich laberte immer noch, als es unten klingelte.

Wer konnte das sein?

Der Paketbote?

Mamas beste Freundin Heike?

An einem Sonntag?

Nein! Das war unwahrscheinlich.

Aber wer dann?

Ehe ich reagieren konnte, hörte ich bereits die knarzenden Treppenstufen.

Oh nein.

Mein Vater war auf dem Weg nach unten.

Ich beendete meine Nachricht und düste hinterher. Aber ich sah nur noch, wie seine Hand die Türklinke herunterdrückte, und dann war es auch schon zu spät.

»Entschuldigung«, hörte ich eine aufgeregte, dunkle Stimme. »Haben Sie zufällig Kolumbus gesehen? Er ist wohl ausgebüxt.«

»Oh, Herr Bohnenberger«, trällerte mein Vater. »Kommen Sie doch rein. So schön, dass wir uns jetzt mal persönlich kennenlernen.«

»Ach du heiliges Kanonenfutter«, rutschte es mir heraus, da drehte sich mein Vater um, sah mich und sagte: »Tobi, guck mal, wer uns besucht. Der Herr Bohnenberger. Ist das nicht super?«

Seine Augen leuchteten vor Glück.

»Ich hoffe, Sie haben Zeit mitgebracht. Kaffee oder Tee? Sind Sie eigentlich wirklich zur See gefahren? Ich will alles wissen, jedes Detail über Ihr Leben als Kapitän. Das muss so aufregend gewesen sein. Wussten Sie, dass ich als Kind auch immer Matrose werden wollte?« Dann schob er unseren völlig überforderten Nachbarn vor sich her in die Küche.

»Eigentlich müsste ich jetzt erst mal meinen Hund suchen«, stammelte der. »Aber ein Kaffee kann ja nicht schaden.«

Wie versteinert stand ich da. Meine Mutter hatte sich in einen

Leonberger verliebt und mein Vater in einen Bohnenberger! Ich musste schnellstens etwas unternehmen. Nur was?

Das Brummen meines Handys riss mich aus meiner Starre. Es war Filine mit einer Textnachricht: »Bin gerade bei Ariana. Komm zu uns rüber. Hügelstraße 28.«

Zum Glück war es kein weiter Weg. Schräg gegenüber, ein Stück die Straße hinauf, befand sich das Bistro Russo. Und direkt im Haus daneben wohnte Ariana.

»*Miércoles*«, begrüßte mich Filine kopfschüttelnd. »Mal wieder nicht das Kleingedruckte gelesen, was?«

»Mier… was?«

»Mittwoch, ich meine: Mittwoch«, korrigierte sich Filine.

»Was soll das überhaupt bedeuten, wenn ihr das sagt?«, fragte ich.

»Oh, *miércoles*, das ist Spanisch«, erklärte Ariana, »und meine Mutter sagt es ständig, wenn sie sich ärgert. Statt *mierda*. Das ist das Wort für Schei…«

»So wie wir Scheibenkleister sagen statt Schei…« Filine zögerte ebenfalls, es auszusprechen.

»Ihr sagt Mittwoch, wenn ihr eigentlich Scheiße sagen wollt?«, hakte ich nach.

Die Mädels nickten.

»Dann bin ich eurer Meinung: Mittwoch!«

Zur genauen Besprechung der Lage zogen wir uns in Arianas Zimmer zurück. Es war viel weniger rosa, als ich es mir ausgemalt hatte. Wo waren nur die Pferdeposter?

Stattdessen hatte sie Bilder von düsteren Mangahelden an den Wänden hängen. Wie meistens in den japanischen Comics sahen die Jungs im Gesicht auch immer irgendwie aus wie Mädchen, aber der Unterschied war, dass Jungs in lange schwarze Mäntel gehüllt und mit Schwertern ausgerüstet waren. Zumindest die an Arianas Wänden.

»Tobi, fertige Liebeszauber, die man kaufen kann, taugen meistens nicht viel«, sagte Ariana und begann, einen Berg scheinbar achtlos hingeworfener Klamotten zur Seite zu räumen. Nach und nach kam darunter eine Holztruhe zum Vorschein.

»Gute Tarnung«, lobte Filine. »Unter deiner dreckigen Wäsche suchen die Piraten bestimmt nicht.«

»Es war eigentlich kein richtiger Plan dahinter, es hat sich eher zufällig so ergeben«, gestand Ariana.

Ich war neugierig, was Ariana bis jetzt alles bei Magic Kleinanzeigen gekauft hatte. Ich stellte mir Schmuckstücke vor und Zaubersteine. Doch als sie die Truhe öffnete, war diese überwiegend mit alten Schriftrollen gefüllt.

»Rezepte für Liebeszauber«, raunte mir Filine zu und verdrehte leicht die Augen.

»Nicht nur«, berichtigte Ariana und durchwühlte alles. »Hier zum Beispiel ist etwas ganz Besonderes. Auf Level Gamma bekommt man so was nur ganz selten«, sagte sie und drückte es mir in die Hand. Das kleine Buch hatte den Titel »Abrakanngarnix – Die zehn besten Zauber für Anfänger«.

Ich blätterte kurz darin, dann aber hielt Ariana triumphierend eine Schriftrolle aus wunderschönem, handgeschöpftem hellbraunem Papier in die Höhe: »Hier ist das, was ihr braucht. Ein Heilzauber für Liebeskranke. Der müsste die Wirkung des Love-Liquids wieder aufheben.«

Vorsichtig öffnete sie das schwarze Samtband, entrollte das Papier und hielt es Filine unter die Nase, die es genau studierte.

»Ich denke, ich habe alles, was wir brauchen«, sagte sie nach einer Weile und nickte selbstzufrieden.

»Das ist dein Glückstag, Tobi. Für die meisten Zauber in meiner Sammlung fehlt nämlich immer etwas Entscheidendes, das man nur auf Level Alpha bekommt.«

Ariana zuppelte an ihrem T-Shirt, und ich erkannte am beigen Träger, der an ihrer Schulter sichtbar wurde, dass sie einen von Momos BHs trug. »Die Dinger sind so riesig und unbequem, aber ich würde alles tun, um endlich Einhornhaar oder Nachtelfentränen kaufen zu können.«

»Das heißt, du hast noch nie einen der Liebeszauber anwenden können?«, fragte ich.

»Richtig.« Sie seufzte sehnsuchtsvoll.

»Ehrlich gesagt, verstehe ich gar nicht, wozu du Magie brauchst. Dich finden doch sowieso alle toll«, sagte Filine und zeigte ihrer Cousine einen Vogel.

Ariana seufzte wieder, dieses Mal klang es eher mutlos. »Aber immer die Falschen.«

Sofort erinnerte ich mich an die Szene auf dem Schulhof, an ihren verstohlenen Blick zu Mike. Mein Bauchgefühl hatte sich nicht geirrt. Sie war verknallt in ihn. Er kam den Jungs auf den Postern auch schon sehr nahe, in seinen schwarzen Klamotten und mit der Kapuze überm Kopf. Doch Mike schenkte ihr keine Beachtung. Allerdings schenkte er niemandem Beachtung. Der war wirklich eine harte Nuss.

»Ich hör nur Liebe, Liebe, Liebe. Jetzt geht es darum, dass wir die Scheißliebe erst mal wieder loswerden müssen.«

Kurze Zeit später passierten Filine und ich den Spielplatz am Koppelwäldchen. Ariana musste im Bistro bei den Vorbereitungen helfen. In der ganzen Hektik hatte ich mich gar nicht gefragt, wohin wir überhaupt unterwegs waren. Ganz Tobi-mäßig trottete ich mal wieder einfach Filine hinterher. Ich war davon ausgegangen, dass wir direkt zu ihr nach Hause marschieren würden, aber wir bewegten uns in die komplett falsche Richtung und jetzt auch noch immer weiter hinein in den kleinen Stadtwald.

»Wo gehen wir hin?«, fragte ich vorsichtig nach.

»Lass dich überraschen«, antwortete Filine geheimnisvoll und sah sich immer wieder um. Sie litt wohl auch schon unter Verfolgungswahn. Ich hatte bisher in meiner Nähe noch keinen verdächtigen Piraten entdeckt, auch keinen Schatten oder eine Flagge als Warnung.

Nach einer Weile zweigten wir vom Hauptweg ab und schlugen uns ins Dickicht. Mit jedem Meter wurde es schwieriger, sich durch das Gebüsch zu kämpfen.

Vor einer dichten Brombeerhecke war dann endgültig Schluss. Die Ranken bedrohten uns mit ihren spitzen Dornen wie Ritter, die eine Burg verteidigten.

»Hier ist jetzt wohl Ende Gelände«, bemerkte ich.

»Nicht ganz«, sagte Filine und hob direkt vor ihren Füßen ein paar lose Tannenzweige zur Seite. Darunter kam ein Loch im Boden zum Vorschein, der Eingang zu einem Tunnel.

»Alles, was ich dir gleich zeige, ist ein großes Geheimnis«, flüsterte sie. »Niemand weiß davon, außer Ariana und mir. Und jetzt eben du. Kein Wort zu Momo und Chan. Okay?«

Ich nickte.

»Du musst es schwören.«

»Ich schwöre es.«

Zuerst kroch Filine ins Dunkle. Tapfer rutschte ich hinterher. Am Anfang ging es tief nach unten, anschließend ein gutes Stück geradeaus, dann wieder nach oben.

Den ganzen Weg über war ich so froh, dass ich nicht viel sehen konnte, denn die Vorstellung von Maden und Würmern in der Erde neben, unter und über mir, die mir auf den Kopf fallen oder in die Schuhe kriechen konnten, ekelte mich entsetzlich. Doch diesen Preis musste ich wohl zahlen, wenn Filine mir schon ein großes Geheimnis anvertrauen wollte. Ich war sehr gespannt. Was konnte es so Wertvolles geben, dass sie es nicht mal Momo und Chan anvertrauen wollte?

Als ich auf der anderen Seite den Kopf aus dem Tunnel streckte wie ein Fuchs aus seinem Bau, verstand ich es.

Vor Erstaunen blieb mir der Mund offen stehen.

»Willkommen in meinem Garten«, sagte Filine und grinste stolz. Ich stierte und staunte. Auf dem Waldboden zwischen anmutigen Buchen und majestätischen Eichen wuchsen unzählige Pflanzen, die ich noch nie zuvor gesehen hatte. Überall glitzerte und leuchtete es in den unterschiedlichsten Farben. Mit jedem Atemzug roch ich etwas anderes: Moos und Blaubeermuffins, Tannennadeln in Orangenöl oder Baumharz mit Kokosnussnote.

»Hörst du das?«, fragte Filine.

Ich versuchte, mich zu konzentrieren, aber ich wusste nicht, was sie meinte.

»Was denn?«, fragte ich daher.

»Nichts«, sagte sie ehrfurchtsvoll. »Es ist so schön still hier. Keine kleinen Kinder, kein Gejammer und Geschrei. Nur ein bisschen Wind hier und da und manchmal Vogelgezwitscher. Das hier ist der schönste Ort der Welt.«

Da musste ich ihr recht geben. Der Garten war wundervoll. Ich kletterte aus dem Loch und sah mich begeistert um. Filine hatte kleine Pfade zwischen den Beeten angelegt, sodass wir problemlos herumspazieren konnten. Manche Pflanzen waren Miniaturausgaben wie der Lianenbaum, den ich sofort wiedererkannte. Andere waren so groß wie Topfpflanzen auf einer Fensterbank und natürlich gab es auch ein paar buschige, große wie die Hortensien in unserem neuen Vorgarten. An manchen wuchsen bunte Blätter oder exotische Blüten, andere hatten gefährliche Stacheln oder pilzige Schwämmchen.

Filine musste schon länger Pflanzen über Magic Kleinanzeigen gekauft und hier gezüchtet haben. Da hatte sie ganze Arbeit geleistet! Sie war wirklich talentiert.

»Sind das Löwenblumen?«, fragte ich, als wir an gelben Blüten vorbeigingen, die wie Löwenmähnen aussahen.

»Hey, sehr gut, du Meisterbiologe. Vielleicht hast du doch mehr Talent, als du denkst.«

»Und das hier«, sie zeigte auf ein kleines Beet mit roten Blumen, deren Blütenblätter wunderschön silbern gemasert waren, »das sind Herzwurze. Davon brauchen wir einen!«

Aus ihrem Rucksack holte Filine ein Hackebeil und Handschuhe, die sie anzog. Entschlossen packte sie dann den Stängel und zog mit voller Kraft daran. Statt Wurzeln zog sie jedoch ein rotbraunes Herz aus dem Boden, das wild pochte. Es sah so lebendig aus, dass ich kurz die Luft anhielt und automatisch einen Schritt zurückwich.

»Keine Sorge«, beruhigte mich Filine. »Es ist nur eine Knolle, aber sie mag kein Licht. Sobald sie aus der dunklen Erde kommt, setzt sie all ihre magischen Kräfte frei. Deshalb muss man Herzwurze auch gleich nach der Ernte verarbeiten, denn dann haben sie ihre größte Wirkung. Für den Eistee hab ich nur die Blütenblätter verwendet, aber für einen echten Liebeszauber braucht man schon eine frische Wurzel.«

»Aber wir brauchen keinen Liebeszauber«, entgegnete ich entsetzt.

»Ja. Schon klar. Bleib ruhig.«

Mit einem Messer trennte Filine die Knolle vom Stängel und erklärte, dass die Stiele sehr giftig wären. Dann legte sie das Herz auf einen Baumstumpf, nahm das Beil und zerhackte es. Nach jedem Hieb zuckten die Einzelteile noch ein bisschen weiter. Es war gruselig.

Danach sammelte sie die Stücke ein und führte mich zu einem etwas abgelegenen Teil des wundersamen Waldgartens. Dort stoppten wir vor einer Pflanze, die so groß war, dass wir ihr direkt in ihr riesiges Blütengesicht sehen konnten. Ihr gelb-lila gefärbter Kelch sah wirklich wie ein Mund mit einem Augenpaar darüber aus und verströmte einen Duft so süß wie Popcorn. Dieser unwiderstehliche Geruch lockte mich näher an sie heran.

»Stopp«, warnte mich Filine und hielt mich am Arm fest. »Die Contrarium Magia ist eine allesfressende Pflanze und nicht ungefährlich, wenn sie Hunger hat. Wir müssen warten, bis sie satt ist.«

Als wären wir bei der Robbenfütterung im Zoo, nahm Filine ein Stück Herzwurz und warf es ihr zu. Der Kelch öffnete sich wie ein hungriges Maul und verschlang den Brocken mit einem Happs.

»Das ist fein, nicht wahr? So ein Leckerli«, sagte Filine. Dann reichte sie mir ein paar der immer noch zuckenden Stücke und ich fütterte mutig das Ungetüm weiter. In der Zwischenzeit besorgte Filine eine Phiole aus ihrem Rucksack. Nachdem die Pflanze brav alles aufgegessen hatte, wagte sich Filine näher heran und fing mit dem Glasfläschchen eine rote Flüssigkeit auf, die plötzlich wie blutige Tränen über die Wangen der Blüte rannen.

»Flüssiger Liebeskummer«, erklärte sie. »Der entsteht, wenn

die Liebe zerkaut wird. Damit können wir die Wirkung des Love-Liquids aufheben.«

Sie checkte das Rezept und nickte zufrieden. Dann pflückte sie hier und da noch ein paar Blätter. »Und daraus brauen wir deinen Eltern jetzt einen heilsamen Tee.«

JAKOB

Auf dem Weg zurück versuchte ich mir auszumalen, was wohl zu Hause los war. Aber die Realität war noch viel schlimmer. Schon von Weitem sah ich meinen Vater im Vorgarten von Alfred Bohnenberger stehen. Er war gerade dabei, eine Regenbogenfahne zu hissen, während der Kapitän Schifferklavier spielte. Beide sangen aus vollem Halse »Eine Seefahrt, die ist lustig«.

Vor der Hundehütte lag meine Mutter im Gras mit dem Hinterkopf auf Kolumbus' Bauch, als wäre er ein Kissen, und sang ebenfalls kräftig mit. Auf dem Gehweg hatten bereits ein paar Passanten angehalten und schunkelten im Takt.

Filine lachte: »Tut mir leid, Tobi. Aber es ist auch irgendwie saukomisch.«

Ich lachte nicht. Wenn der Tee misslang, dann war das dort vor unseren Augen nicht nur irgendein Schauspiel, sondern mein neues Leben. Und es sah nicht danach aus, als gäbe es dort auch einen Platz für mich. Davon abgesehen, dass ich auf keinen Fall den ganzen Tag in aller Öffentlichkeit Seemannslieder singen würde.

Meine Kopfhaut begann zu jucken. Der Stress hatte sich dazu entschieden, heute meine Arme in Ruhe zu lassen und an einer anderen Stelle auszubrechen. Aber besser war das auch nicht. Ich versuchte, mich unauffällig zu kratzen. Nicht dass es nach einem Läusebefall aussah.

Als wir an ihnen vorbeigingen, bemerkten meine Eltern uns noch nicht mal, so sehr waren sie im Liebestaumel. Das machte mich noch trauriger.

In der Küche kümmerte sich Filine sofort um den magischen Tee. Sie kochte Wasser und brühte die Blätter auf. Dann träufelte sie ein paar Tropfen Liebeskummer hinein. Solange bereitete ich einen Kaffee für Herrn Bohnenberger zu. Anschließend brachten wir die dampfenden Tassen nach draußen.

»Tobi, wo kommst du denn her? Und da ist ja auch deine kleine Freundin«, rief mein Vater überschwänglich. Dass er Filine als meine Freundin bezeichnete, war wirklich peinlich. Ich wurde rot.

»Du umsorgst uns heute ja so. Erst Kaffee, jetzt Tee«, freute sich mein Vater. »Alfred, komm, wir trinken noch einen Tee zusammen. Und dann erzählst du mir noch mal die Geschichte von dem Tornado vor Florida, als euer Schiff beinahe gekentert wäre.«

Er hakte sich beim Kapitän ein und gemeinsam kamen sie zum Gartenzaun. Damit auch nichts schiefging, reichte ich zuerst Herrn Bohnenberger seine Tasse. Dann gab ich meinem Vater den Zaubertee.

»Tee? Es ist viel zu warm für Tee«, fand meine Mutter und pustete Kolumbus liebevoll ins Bauchfell. Der hob nur kurz den Kopf, und als er sah, dass es nichts für ihn gab, ließ er ihn wieder träge sinken.

»Doch, Frau Hoppe«, merkte Filine an. »Sie müssen den Tee probieren. Er ist aus Kräutern, die ich extra für eine biologische Studie angebaut habe. Da brauche ich schon die Meinung einer Expertin.«

Meine Mutter horchte auf.

»Interessant«, sagte sie nur und erhob sich. Der Biologinneninstinkt war geweckt. Während sie noch auf dem Weg zu ihrer Tasse war, trank mein Vater bereits. Mit jedem Schluck wurde er ein bisschen blasser, auch das Leuchten in seinen Augen erlosch immer mehr.

»Wusstest du, Tobi, dass deine Mutter und Alfred am selben Tag Geburtstag haben? Sie werden in zwei Wochen zusammen hundertzehn Jahre alt«, sagte er und rieb sich die Schläfen. »Er hat uns schon vor Tagen zu seiner Party eingeladen. Er hat gesagt, du hättest den Brief von ihm bekommen. Was hast du damit gemacht?«

Kurz hielt er sich am Zaun fest. »Irgendwie ist mir ganz schummrig.«

Meine Mutter sah nach den ersten Schlucken ebenfalls aus, als hätte sie eine schwere Grippe. Sie begann zu schwitzen und schrie auf, als Kolumbus ihre nackten Füße leckte.

»Meine Güte, bin ich müde. Wir gehen jetzt besser, Alfred, ähm, Herr Bohnenberger«, sagte mein Vater und stieg über den Zaun. Meine Mutter nickte verstört und folgte ihm wankend.

»Und vergesst nicht die Geburtstagsparty«, rief der Kapitän ihnen hinterher. »Ist jetzt abgemacht. Wir feiern zusammen.«

Gemeinsam wankten meine Eltern ins Haus. Meine Mutter schaffte es nur noch bis auf den Boden im Flur, mein Vater erreichte gerade so einen Sessel im Wohnzimmer. Dann schnarchten sie alle beide um die Wette.

»Ist das normal?«, fragte ich besorgt.

Aber Filine war zuversichtlich. »Sie atmen. Das ist ein gutes Zeichen. Ich denke, sie werden jetzt ihren Liebesrausch ausschlafen und dann ist alles wieder gut. Wirst schon sehen.«

Das klang ja nicht gerade beruhigend. Trotzdem bedankte ich mich bei ihr. »Du hast einen guten Job gemacht. Danke für die spontane Rettungsaktion.«

Filine sah mich eindringlich an: »Als Nächstes kümmern wir uns um deinen Eignungstest. Ich hab da gerade eine geniale Idee.«

Kurz darauf stand ich vor Haus Nummer 86 in der Kaiserstraße und klingelte bei Familie Beyer. Die Sprechanlage war kaputt, aber der Summer erklang und ich konnte die Tür aufstoßen.

»Hey, was machst du denn hier?«, rief Chan, der in der offenen Wohnungstür stand, als ich hechelnd den vierten Stock erreicht hatte. Er trug eine Schürze und war überall mit Mehl bestäubt. Ich war erleichtert, dass er sich freute, mich zu sehen. Manchmal war ich mir nicht ganz sicher, ob Chan und Momo mich wirklich gerne in den Clan aufgenommen hatten oder ob es ihnen nur um meine Kuscheltiere ging.

»Ich wollte dich fragen, ob du mir deinen Hut leihen kannst.«

»Meinen Hut? Du weißt aber schon, dass der kaputt ist, oder? Ist gefährlich, das Ding.«

»Ja, aber ich bräuchte ihn trotzdem.«

»Auf deine Verantwortung«, sagte Chan und ließ mich eintreten. Im Flur hingen überall Poster mit Karatekämpfern an den Wänden, ein Rudergerät stand mittendrin und am Ende baumelte sogar ein Boxsack von der Decke.

»Ist das ein Fitnessflur?«, fragte ich lachend.

»Ja, hier stehen alle auf Kampfsport«, antwortete Chan. »Mein Vater und ich ziehen uns die ganzen Filme rein und mein Bruder trainiert in echt. Ich versuche es auch zwischendurch, aber es ist wirklich anstrengend.«

»Warte hier. Ich hol ihn schnell«, sagte er und schob mich in eine kleine, gemütliche Küche, in der es herrlich nach frisch gebackenem Kuchen duftete. Auf dem Tisch entdeckte ich fertige Muffins, die noch die Wärme des Ofens ausdünsteten. Daneben wartete Teig in einer Schüssel darauf, in weitere leere Förmchen gefüllt zu werden. Dass Chan backen konnte, überraschte mich. Das hätte ich nie gedacht.

»Hat jemand Geburtstag?«, fragte ich, als er zurückkam und mir den Filzhut mit der Feder überreichte.

Chan schüttelte den Kopf. »Nein, aber ich hab nix anderes mehr zum Hochladen. Da dachte ich, ich versuch's mal mit Kuchen. Die Zutaten krieg ich nämlich umsonst.«

Er beugte sich unter den Tisch und zog einen Wäschekorb hervor. Darin lagen jede Menge Mehl- und Zuckertüten, Kakaodosen und Päckchen mit bunter Kuchendekoration in vielen verschiedenen Formen. Das alles kam mir doch sehr bekannt vor.

»Mein Vater bringt das immer von der Arbeit mit, dabei kann hier keiner backen. Außer ich! Also, na ja, ich versuche es zumindest.«

Dann fiel es mir ein. Was für ein verrückter Zufall! Seit unserer Fahrt hatte ich oft an den netten Taxifahrer denken müssen. Zu sehen, dass die Lebensmittel, die er als Bezahlung von seinem alten Freund akzeptiert hatte, jetzt zu Kuchen verarbeitet wurden, machte mich irgendwie glücklich. Das würde den alten Bäcker bestimmt freuen.

»Ist dein Vater zufällig Taxifahrer?«, fragte ich, um ganz sicherzugehen.

Chans Gesicht verfinsterte sich. Sofort griff er den Rührlöffel und bedrohte mich damit. »Sag jetzt bloß nicht Taxiot zu mir, sonst setzt es was.«

»Nein, nein«, wehrte ich ab. »Das wollte ich gar nicht sagen. Ich und die Backzutaten da sind vor Kurzem bei deinem Vater mitgefahren. Hab gleich die Blumen und Herzen wiedererkannt.«

Chan ließ den Löffel sinken.

»Ach so«, murmelte er. »Ich dachte, du machst dich lustig über mich. Aber dann kennst du ja wirklich meinen Vater.«

Vor lauter Verlegenheit setzte ich mir spontan den Hut auf den Kopf. Chan grinste.

»Finger«, sagte er augenrollend.

Ich blickte an mir herab und tatsächlich waren mein rechter Daumen und mein Zeigefinger noch sichtbar. Alles andere aber war verschwunden.

»Ich hab's dir gesagt, es ist zu riskant.«

»Hey, mit wem redest du da?«, hörte ich eine Stimme und drehte mich zur Tür. »Wenn du weiter Selbstgespräche führst, lasse ich dich einweisen. Ist das klar?« Eine große Hand an einem Muskelpaket von Jungen verpasste Chan einen schallenden Nackenklatscher.

»Is' klar, Arnold«, sagte Chan kleinlaut.

Ich bewegte mich nicht und hoffte, dass der Kerl nicht weiter in meine Richtung kommen würde. Er war bestimmt schon siebzehn oder achtzehn und ein Koloss im Vergleich zu uns. Vorsichtig streckte ich meine Hand hinter den Küchenvorhang, um meine Finger zu verstecken, und betete, dass nicht noch mehr von mir sichtbar werden würde. Dann hielt ich den Atem an.

»Hey, Stinkmorchel. Was soll das hier werden? Das große Backen oder was? Ich hab's dir schon tausend Mal gesagt. Hör auf mit diesem ganzen Mädchenkram. BHs und Backen. Das ist das Letzte. Gleich kommen mich meine Kumpels abholen. Was sollen die denn von mir denken? Dass ich hier in einer Tussi-WG wohne oder was?«

Chans Mehlgesicht wurde noch bleicher.

»Haben wir uns verstanden?«

Chan nickte. Trotzdem schnappte sich das Ekel den armen Kerl und drehte ihm den Arm im Polizeigriff auf den Rücken.

Das musste sehr wehtun.

Plötzlich erinnerte ich mich an meine Entführungsfahrt. Dort hatte Ariana ihn nach seinen Verletzungen am Arm gefragt. »Hab mir wehgetan beim Training«, hatte er gesagt. Aber es war nicht die Wahrheit gewesen. Das war mir jetzt klar.

»Haben wir uns verstanden?«, fragte der Fiesling noch mal, und seine Augen funkelten voller Bosheit durch den Raum. Ich erschrak, als sein Blick mich für einen Moment fixierte. Hoffentlich hingen nicht meine Nase oder eine Augenbraue vor ihm in der Luft. Zu meinem Glück und zu Chans Unglück wandte er sich wieder ihm zu.

»Haben wir uns verstanden?«

»Ja«, hauchte Chan.

»Wie heißt das?« Der Junge namens Arnold verstärkte den Griff nochmals. Chans Gesicht verzerrte sich vor Schmerz.

»Ja, Meister«, keuchte er.

Verächtlich lachte Arnold und ließ Chan endlich los. Dann ging er um den Tisch, griff sich einen Muffin nach dem anderen und biss je einmal hinein.

»Nein«, rief Chan, und ich sah, dass Tränen in seine Augen stiegen. »Tu das nicht, Arnold.«

»Einen Freund lässt man nicht im Stich«, das hatte sein Vater gesagt. Aber was konnte ich tun? Ich war gefangen unter dem Filzhut-Zauber. Sollte ich eine Explosion riskieren, um Chan zu helfen?

Als ob er meine Gedanken erraten hätte, sah er zu mir herüber und schüttelte unmerklich, aber bestimmt den Kopf.

»Schmeckt gar nicht schlecht«, urteilte Arnold, als er den letzten Muffin angebissen hatte. Dann klingelte es zum Glück.

Als Arnold endlich verschwunden war, nahm ich den Hut ab.

Chan sah mich mit großen Augen an. Es war ihm unangenehm, dass ich das alles mitbekommen hatte. Er sah so traurig aus und in sich geschrumpft wie ein eingelaufener Pullover. Nichts war übrig von dem mutigen Jungen, der sich mir eben noch entgegengestellt hatte, um seinen Vater zu verteidigen.

»Das war mein Bruder«, sagte Chan. »Du erzählst das doch niemandem, oder?«

»Nein. Mach ich nicht«, versprach ich. »Ist er immer so zu dir?«

»Nicht immer. Er hat auch gute Tage, aber man weiß leider nie, ob ein Tag gut oder schlecht ist.«

Ich betrachtete den Hut in meiner Hand. Jetzt verstand ich, warum Chan ihn gekauft hatte und wie dringend er etwas brauchte, um an Arnolds schlechten Tagen unsichtbar zu sein.

Ich musste schlucken, so ein großer Kloß saß mir plötzlich im Hals. Ich hatte das Gefühl, dass ich Chan irgendwie trösten musste. Doch bevor ich noch etwas dazu sagen konnte, wechselte er schnell das Thema. »Wusstest du, dass für den größten Kirschkuchen der Welt neunhundert Eier verbraucht wurden? Neunhundert. Das sind so viele. Die Menge kann ich mir nicht mal richtig vorstellen.«

Unglücklich betrachtete er die Muffins von allen Seiten. »Oh Manno. Die ganze Arbeit war umsonst.«

»Aber wieso?«, warf ich ein. »Dass sie angebissen sind, ist doch gut, oder?«

Er sah mich fragend an.

»Ich dachte, das Portal akzeptiert sowieso nur gebrauchte Gegenstände.«

Als er verstand, worauf ich hinauswollte, lachte er zum ersten Mal wieder. »Du hast recht. Du bist so clever, Tobi.«

Seine Augen leuchteten. »Ich glaube, ich hab gerade eine super Idee.«

Als ich mich verabschiedete, musste ich noch mal versprechen, dass ich kein Sterbenswörtchen über den Vorfall fallen lassen würde. Dann gab Chan mir die Hand wie unter Erwachsenen und sagte: »Übrigens, mein Name ist Jakob.«

DER BLATTLÄUSEPLAN

Ich war mit Filine im Geheimversteck verabredet und hastete gerade über den Elseplatz, als ich ausgerechnet Leon und Hanna in die Arme lief.

Leider sah ich sie zu spät, um noch unauffällig zu verschwinden. Leons Gesichtsausdruck sah ich an, dass es ihm auch sehr unangenehm war, mich zu treffen. Schließlich hatten wir schon seit Tagen kein Wort mehr miteinander gewechselt. Aber Hanna freute sich wie immer überschwänglich.

»Tobi, so was. Wie schön«, begrüßte sie mich und verwuschelte meine Haare. »Wir sind gerade auf dem Weg ins Eiscafé. Lust mitzukommen?«

Leon hatte ihr anscheinend nichts erzählt. Sein verkrampftes Lächeln verwandelte sich immer wieder in den Gesichtsausdruck »saure Zitrone«.

Kurz war ich neidisch. Wie schön musste es sein, eine Schwester zu haben, die mit einem Eis essen ging.

»Vielleicht ein anderes Mal«, wehrte ich ab.

»Hey. Was ist das denn für ein witziger Hut? Voll Jägerstyle. Gefällt mir«, sagte Hanna und schnappte sich einfach Chans Hut aus meiner Hand. Sie interessierte sich für Mode und würde ihn garantiert anprobieren.

Alarm!

Im letzten Moment, bevor sie sich den Hut auf den Kopf setzen konnte und den Zauber auslösen würde, griff ich zu.

»Sorry, aber der gehört meinem Opa. Ist ein Erbstück. Ich krieg Ärger, wenn da was drankommt.«

Es war so eine bescheuerte Erklärung, aber Hanna nickte verständnisvoll.

»Oh, sorry«, sagte sie. »Na dann, bis bald, Kleiner.«

Auch Leon quetschte ein »Tschau« durch seine Lippen, das ich mit einem albernen »Tschüssi« erwiderte.

Ich fühlte mich hundeelend. Waren wir jetzt wirklich keine Freunde mehr? Es kam mir so falsch vor. Aber ich wusste auch nicht, wie ich es ändern sollte. Er hatte es ja so gewollt, nicht ich!

Im Geheimversteck wartete nicht nur Filine auf mich. Momo war wohl kurz vor mir angekommen. Er war gerade dabei, den Computer hochzufahren. Als er mich sah, wandte er sich mir zu: »Hey, Tobi. Da ist ja unser Superheld. Drei Levelzauberstäbe an nur einem Tag. Mega. Aber jetzt müssen wir weiter Gas geben, um schnell Level Alpha zu erreichen. Hast du noch Kuscheltiere oder ist schon alles draufgegangen?«

»Nee. Hab noch welche«, sagte ich. »Und ich war gerade bei Chan. Der backt fleißig fürs nächste Level.«

In Gedanken sah ich wieder die Szene mit Arnold vor mir und mir wurde heiß und kalt. Wie schrecklich musste es sein, wenn man jeden Tag in Angst vor seinem Bruder leben musste. Gerne hätte ich mit jemandem darüber gesprochen, aber natürlich sagte ich nichts. Versprochen war versprochen!

»Er macht was?« Momo grinste.

Auch Filine war erstaunt. »Chan kann backen?«

»Es roch auf jeden Fall sehr lecker«, beteuerte ich.

Momo seufzte. »Das wird nie was. Das kauft doch keiner. Never. Manchmal hat er echt bescheuerte Ideen.«

»Genau wie du«, sagte Filine, öffnete ihren Rucksack und reichte Momo zwei der Oma-BHs.

»Aber du wirst sehen, dass die sich ganz hervorragend verkaufen werden. Ich hab ein Näschen für so was«, sagte Momo selbstsicher.

Ich musste gestehen, dass ich mein Exemplar nicht dabeihatte, versprach aber, es in den nächsten Tagen abzuliefern. Filine zog sich die Mütze vom Kopf. »Die ist auch reif, denke ich«, sagte sie und übergab das gute Stück dem Clan-Chef.

Während Momo die neuen alten Produkte hochlud, legte Filine mir einen Block und einen Stift vor die Nase.

»So, Herr Hoppe, dann legen wir mal los.«

Ich raffte mal wieder nix.

»Frage eins: Nenne mindestens vier Merkmale von Schwanzlurchen.«

Sie sah mich erwartungsvoll an.

»Was soll ich?«, stammelte ich.

»Na, wir schreiben jetzt den Test neu. Und zwar richtig.«

Tapfer schrieb ich alles auf, was Filine mir diktierte. Und das ganz ohne magische Hilfsmittel.

Anschließend machten wir uns auf den Weg ins Musikerviertel mitten in der Stadt. An einem Altbau in der Amadeusgasse hielten wir an. Dort drückte Filine einfach alle Klingeln, bis auf eine.

»Er wimmelt uns sonst ab. Ist besser, wenn wir direkt vor seiner Wohnungstür stehen«, sagte sie.

Mehrere Sprechanlagen gingen an, manche Türöffner summten. Filine stieß die Haustür auf und entschuldigte sich für das Versehen. So schummelten wir uns hinein.

In der dritten Etage dann klingelten wir bei unserer Zielperson. Also Filine klingelte, ich stand hinter ihr. Dank Chans Hut war ich beinahe unsichtbar. Nur mein rechter Schuh war dieses Mal zu sehen. »Kalkulierbares Risiko«, nannte Filine das. Unglaublich, wie cool sie war. Sie fürchtete sich wirklich vor nichts. Ich dagegen hatte wieder einen beißenden Juckreiz, den ich krampfhaft unterdrückte.

»So was? Filine! Was machst du denn hier?«, fragte der Weberknecht erstaunt. »Das passt mir aber gerade überhaupt nicht. Ich erwarte noch Besuch. Komm doch morgen in der ersten großen Pause im Lehrerzimmer vorbei. Dann nehme ich mir Zeit. Jetzt geht es wirklich nicht.«

Doch statt aufzugeben, legte Filine erst richtig los: »Ich will Sie gar nicht lange stören. Aber es ist ein Notfall. Meine Pflanzen sind befallen und ich brauche ganz schnell einen Rat von einem erfahrenen Biologen. Selbst das Internet war ratlos. Sie sind der Einzige, der mir helfen kann. Bitte. Sie müssen sich die leuchtenden Blattläuse wenigstens ganz kurz mal ansehen.«

Filine war genial. Sie packte ihn an seiner Biologenehre und es funktionierte.

»Leuchtende Blattläuse?«

»Sie leuchten blau im Dunkeln. Ich schwöre es.«

»Na gut. Dann komm rein. Aber es muss schnell gehen.«

Ganz dicht folgte ich Filine und schaffte es mit ihr durch die Wohnungstür, bevor der Weberknecht sie hinter uns ins Schloss fallen ließ. Er hatte nicht gelogen. Durch die offene Küchentür konnte ich sehen, dass der Tisch gedeckt war, und es duftete nach Pizza. Er war wirklich ein schräger Typ, so groß und schlaksig mit seinen langen fusseligen Haaren und der spitzen Nase. Wer darauf wohl stand?

»Ist das Ihr Arbeitszimmer? Wir brauchen nämlich ein Mikroskop«, sagte Filine forsch und steuerte auf eine geschlossene Tür zu. »Ich hab ein paar befallene Blätter eingepackt, aber die

163

Läuse sind wirklich klein. Wir sollten sie uns von Nahem ansehen.«

Flink spurtete der Weberknecht zur Tür und verstellte Filine den Weg.

»Ja, das ist mein Arbeitszimmer. Richtig. Aber es ist auch tabu für Schüler. Ich korrigiere dort gerade wichtige Arbeiten. Da kann ich dich nicht reinlassen.«

Oje, er war bereits dabei, die Tests zu korrigieren. Hoffentlich hatte er noch keine Bekanntschaft mit meinem Grottenolm gemacht. Dann war unsere ganze Aktion völlig umsonst. Ängstlich schaute ich auf meinen Schuh, der mitten im Flur zu sehen war, als hätte ihn jemand dort vergessen. Hoffentlich blickte der Weberknecht jetzt nicht auf den Boden. Aber Filines Problem hatte ihn so entflammt, dass seine Aufmerksamkeit vollkommen den Läusen gehörte. Aufgeregt schickte er Filine ins Wohnzimmer. Sie solle dort warten, er würde das Mikroskop besorgen.

Von da an war es ein Kinderspiel. Ich schummelte mich hinter ihm ins Arbeitszimmer und wartete, bis er mit dem Mikroskop wieder verschwunden war.

Filine hatte sich nicht getäuscht. Tatsächlich lagen auf seinem Schreibtisch die Eignungstests der gesamten sechsten Klassen, rechts die bereits benoteten Arbeiten der Klasse 6a, in der Mitte die der 6b, an denen er gerade arbeitete, und links der Stapel der 6c, noch unangetastet. Ich atmete erleichtert auf und suchte vorsichtig den Grottenolm. Schon an zweiter Stelle lachten mir die Zeilen des Dichters entgegen. Schnell zog ich meinen neuen Test unter meinem Shirt hervor und tauschte die beiden aus.

Geschafft!

Befreit setzte ich mich auf den Schreibtischstuhl und sah mich um. In der Ecke standen Regale mit unzähligen CDs und Schallplatten und davor drei Akustikgitarren. Ich vergaß immer wieder, dass er ja auch die Oberstufe in Musik unterrichtete und angeblich sogar in mehreren Bands spielte. Auf der Bühne konnte ich mir den Weberknecht überhaupt nicht vorstellen. Obwohl es bestimmt witzig aussah, wenn seine langen Spinnenbeine zu einem Beat tanzten. Nein. Wahrscheinlich stand er nur in einer Ecke und spielte reglos Gitarre.

Verdammt!

Beim Blick nach unten sah ich, dass mein zweiter Schuh jetzt auch sichtbar war. Dieser blöde Wackelkontakt. Es war höchste Zeit, von hier zu verschwinden.

Kaum hatte ich mich in den Flur geschlichen, um einfach schon mal abzuhauen, klingelte es.

»So, lass mir die Tiere einfach da. Ich recherchiere noch weiter und sage dir dann morgen Bescheid, wenn ich etwas herausfinden konnte. Aber jetzt musst du gehen«, hörte ich den Weberknecht aus dem Wohnzimmer. Zwei Schuhe, die mitten im Flur standen, würde er garantiert nicht übersehen. Fieberhaft suchte ich nach einer Möglichkeit, meine Füße verschwinden zu lassen. Spontan stellte ich mich neben die Schuhe, die unter der Garderobe fein säuberlich aufgereiht waren. Jetzt war ich einfach nur ein Paar Sneakers neben anderen Schuhen. Perfekt.

Und auch nicht zu spät, denn der Weberknecht scheuchte Filine aus dem Wohnzimmer und durch den Flur zur Tür. Er wollte wohl auf keinen Fall, dass sein Besuch sie hier sah.

Vielleicht war es ein erstes Date oder so was.

Filine schaute sich suchend um, übersah aber wohl auch meine Schuhe, so gut hatte ich sie getarnt.

»Ich geh dann schon mal«, sagte sie laut und meinte natürlich mich. »Ich komme nach«, hätte ich beinahe gerufen, unterdrückte aber meinen Reflex. Ich musste jetzt einen guten Moment abpassen, um auch noch schnell nach draußen zu gelangen. Doch das war unmöglich. Der Weberknecht bediente den Türöffner, verabschiedete Filine nochmals und wartete an der offenen Wohnungstür. Nur kurz ging er einen Schritt zurück und betrachtete sich prüfend im Spiegel. Es gab keine Möglichkeit, an ihm vorbeizukommen. Ich musste abwarten und die Nerven behalten.

Als er wieder zur Tür ging, gab er den Blick frei auf mein eigenes Spiegelbild. Zu meinem Entsetzen hing inzwischen auch mein gesamtes Shirt sichtbar in der Luft.

Ich hörte Schritte auf der Treppe, dann ein leichtes Keuchen.

Schnell versteckte ich mich mitten zwischen den Jacken an der Garderobe.

»Hi«, hörte ich eine Frauenstimme. Danach schmatzte es ein Küsschen rechts, ein Küsschen links.

»Du siehst müde aus«, sagte der Weberknecht.

»Keine Ahnung, was heute los war. Ich hab den ganzen Nachmittag verpennt. Zum Glück hatte ich unsere Verabredung als Termin gespeichert, da hat mein Handy mich noch rechtzeitig wach geklingelt. Aber ich hab auch so schlecht geträumt. Ich war auf einem Schiff, es stürmte, und die Mannschaft bestand aus Hunden, die sprechen konnten. So ein verrückter Traum.«

»Jetzt kommst du erst mal rein, Ändy. Ich hab uns was Schönes gekocht.«

Ändy?

Das konnte doch jetzt nicht wahr sein.

Der Besuch war meine eigene Mutter!

»Ich freue mich, hier zu sein«, sagte sie. »Auch wenn diese Heimlichtuerei ganz schön anstrengend ist.«

»Wieso sagst du es deinem Mann nicht einfach?«

»Stefan? Nee. Der ist in letzter Zeit wie ein Zombie. Wenn er nicht gerade im Büro ist, dann läuft er wie ein Untoter durch unser Haus oder schläft. Er würde es nicht verstehen.«

Ich fühlte mich, als hätte mir der Glammer eins auf den Kopf gehauen, während die Glange langsam mein Herz zerquetschte.

»Hast du eigentlich schon die Eignungstests korrigiert?«, fragte sie, während die beiden an mir vorbei in Richtung Küche gingen.

»Hatten wir nicht eine Abmachung?«, meinte der Weberknecht. »Wenn wir uns treffen, dann bin ich nicht Tobis Lehrer, sondern der Peter.«

»Ja, schon gut. Ich frage nicht mehr.«

Dann verschwanden sie in der Küche.

Kurze Zeit später saß ich zum zweiten Mal an diesem Tag in Arianas Zimmer. Die Mädels versuchten, mich zu beruhigen. Wie Medizin verabreichten sie mir Kakao-Guanábana-Tiramisu, eine Kreation aus einer südamerikanischen Beere und italienischem Kinder-Tiramisu. Es war so cremig und süß.

»Sie will sich scheiden lassen, um den Weberknecht zu heiraten«, jaulte ich immer wieder. »Der kann niemals mein neuer Papa werden. Niemals.«

»Aus Erfahrung kann ich dir verraten: Man gewöhnt sich dran«, sagte Filine. »Ich fand Ben am Anfang auch total doof, aber jetzt geht's. Eigentlich ist er ein netter Kerl. Und sowieso wird Herr Weber nicht dein neuer Papa, sondern höchstens der neue Mann deiner Mutter. Dein Papa ist und bleibt dein Papa.«

»Nein«, protestierte ich lautstark. »Ich will das alles nicht.«

Dann löffelte ich weiter das Tiramisu. Irgendwie half es ein bisschen.

»Ich muss ihn loswerden«, sagte ich entschlossen. »Ich engagiere euch. Ja. Lasst euch was einfallen. Jetzt.«

Zuerst sahen sich die Cousinen etwas befremdet an, dann aber entwickelten sie ganz interessante Ideen.

»Wie wäre es mit ganz schlimmem Mundgeruch? Das kann keine Frau aushalten«, schlug Ariana vor.

»Und dazu glitschige Finger, damit er sie nicht anfassen kann«, sagte Filine.

»Oder wir laden ihn ins Portal hoch, und er verschwindet für immer in einer anderen Welt«, fantasierte Ariana.

»Ich weiß was Besseres«, rief Filine mit teuflischer Freude in der Stimme. »Wir verwandeln ihn in eine Spinne. Herr Weber wird zum Weberknecht. Und dann verfüttern wir ihn an meine alles fressende Pflanze.«

Ich war begeistert, alle Ideen klangen in meinen Ohren wie Musik. Egal wie, Hauptsache, weg mit dem Kerl.

Doch leider gab es einen großen Haken an der Sache. Zu all diesen genialen Vorschlägen fehlte immer der passende Zauber. Magisch gesehen, waren wir alle drei wirklich noch totale Anfänger.

Niedergeschlagen von dieser Erkenntnis, saßen wir eine Weile schweigend da, hörten Musik und dachten nach.

Plötzlich sprang Ariana auf und legte in Windeseile ihr piratensicheres Geheimversteck frei. Dann kramte sie in ihrer Liebeszauberkiste und zog das kleine Buch hervor, das sie mir heute Morgen schon mal gezeigt hatte.

Aufgeregt blätterte sie darin und tippte auf eine Seite.

»Ich hab die Lösung«, triumphierte sie. »Es ist ganz einfach. Du verpasst beiden einen Vergessenszauber. Dann erinnern sie sich nicht mehr an den jeweils anderen. Und ihre Liebe hat ein

Ende.« Sie zögerte kurz. »Allerdings gibt es auch hier wieder ein kleines, jedoch lösbares Problem.«

Ich stöhnte innerlich auf. »Welches?«

»Du brauchst einen Zauberstab und den gibt es nur auf Level Alpha.«

In den kommenden Tagen arbeiteten wir alle hart, um Level Alpha zu erreichen. Momo war begeistert. Er dachte, dass wir endlich verstanden hätten, wie wichtig es war, den Piraten auf Augenhöhe entgegentreten zu können. Aber das war nicht die ganze Wahrheit.

Was er nicht wusste: Die Mädels waren von Sehnsucht getrieben. Ariana sehnte sich nach Mike, Filine nach Stille.

Chan und ich dagegen waren auf der Flucht. Er vor seinem Bruder und ich vor der Zukunft als Scheidungskind. Chan backte daher wie verrückt Muffins. Ich verkaufte unter Tränen Fritz, das Einhorn, und die restlichen Kuscheltiere, bis auf Hoppel, um meine Familie zu retten. Filine vertickte ihre Stricksachen. Ariana und Momo kümmerten sich tapfer um eine weitere Ladung Oma-BHs, dieses Mal in Veilchenlila.

Obwohl Momo so von seiner Idee überzeugt gewesen war, lief der Verkauf der BHs eher schleppend. Meine Kuscheltiere und Filines Strickwaren gingen gut. Aber womit niemand gerechnet hatte: Chans Muffins wurden zum totalen Onlinehit. Aus den angebissenen kleinen Kuchen hatte er mit viel Kreativität lustige Monster gestaltet. Die Bissstelle war jetzt ein aufgerissener Mund mit Zähnen, dazu kamen noch ein blutunterlaufenes Auge und bunte Haare, alles aus Zuckerpaste selbst gefertigt. Kaum hatte er eine Ladung eingestellt, war sie auch schon verkauft. So kamen wir unserem Levelziel jeden Tag ein Stück näher.

Trotzdem fühlte ich mich oft miserabel, vor allem, wenn meine Mutter abends ausging und ich wusste, wohin. Am schlimmsten war es dann, meinen Vater zu treffen, der von den Verabredungen hinter seinem Rücken nichts mitbekam. Das war der Horror.

So verbrachte ich meine Zeit am liebsten alleine in meinem Zimmer oder zusammen mit der Chaos-Crew, wie auch am Samstagnachmittag, als uns Momo zum Sturmfrei-Baden eingeladen hatte. Es war der bisher heißeste Tag des Jahres. Über fünfunddreißig Grad im Schatten zeigte die Wetterapp an und drohte auch noch mit ein paar Gewittern am Abend.

Die meiste Zeit lagen wir wie gelähmt vor Hitze am Pool, zwischendurch kühlten wir uns im Wasser ab, dann chillten wir wieder und redeten viel Unsinn dabei.

»Will vielleicht jemand ein Eis?«, fragte Momo, als plötzlich Fanfaren erschallten. Das Verrückte: Der Sound, der so klang, als hätte ein mittelalterlicher König eine wichtige Mitteilung zu verkünden, kam gleichzeitig aus all unseren Handys. Erst sahen wir uns irritiert an, dann griffen wir alle hektisch nach den Smartphones.

Kaum hatte ich mein Display entsperrt, da sprühte mir bereits ein wunderschönes Minifeuerwerk entgegen. Auch die anderen Handys spuckten kleine silberne Fontänen, goldene Vulkane oder bunten Sternenregen aus.

Die Nachricht löste Jubelschreie aus.

»Herzlichen Glückwunsch« stand da und »Willkommen auf Level Alpha«.

Nach und nach hüpften wir alle vor Freude in den Pool. Die bleierne Schwere der schwülen Luft machte uns plötzlich gar nichts mehr aus. Wir freuten uns wie bekloppt und benahmen uns auch so.

Die Auswahl an neu freigeschalteten Gegenständen war gigantisch. Alles, was das Zaubererherz begehrte. Momo ermahnte uns, dass wir beim Kauf auf jeden Fall darauf achten sollten, dass das Produkt dem Kampf gegen die Piraten dienen konnte.

Zu Hause machte ich es mir mit Hoppel und meinem Tablet im Bett gemütlich. Klar, die Piraten zu bekämpfen war wichtig. Aber in allererster Linie musste ich den lästigen Weberknecht aus dem Kopf meiner Mutter verbannen. Und dazu brauchte ich einen Zauberstab. Die Auswahl war groß. Da ich aber keine Ahnung von Zauberstäben hatte, wusste ich überhaupt nicht, wonach ich aussuchen sollte. Finanziell war ich ein bisschen eingeschränkt. Ein einfacher Zauberstab aus Holz kostete bereits tausend M-Coin. Gerade so viel hatte ich auf meinem Konto. Die mit Goldlasur oder Edelsteinen waren unbezahlbar. Letztendlich entschied ich mich für einen dunkelbraunen aus Andiraholz mit weißen Sprenkeln darin. Er hatte wohl einer Hexe gehört, die kürzlich verstorben war und keine Nachkommen hatte. Der Zustand wurde mit »gut erhalten« und »wenige Gebrauchsspuren« beschrieben.

Worauf sollte ich noch warten?

Also tat ich es einfach und klickte auf den »Kaufen«-Button. Das Display öffnete sich und ich griff hinein.

Es war ein erhabenes Gefühl, als ich dann tatsächlich einen echten Zauberstab in den Händen hielt.

Meinen Zauberstab.

Unglaublich!

Cool!

Großartig!

Jetzt würde ich dem Weberknecht meine Mutter endgültig austreiben. Und umgekehrt. Am Ende würden sie sich überhaupt nicht mehr daran erinnern, einander schon mal begegnet zu sein. Dafür würde ich sorgen.

Aus meiner Comic-Sammlung-Tarnungskiste unter dem Bett kramte ich das Zauberbuch für Anfänger hervor, das mir Ariana geliehen hatte. Neben Glammer, Glange und dem Dichterstift lag auch noch Chans Hut darin, den ich ihm immer noch nicht zurückgegeben hatte. Das stellte sich jetzt als gut heraus, denn ich würde ihn gleich am Montag noch mal brauchen. Dann würde ich mir heimlich ein paar von Weberknechts Fusselhaaren besorgen. Von meiner Mutter hatte ich bereits rote Haare aus der Bürste geklaut. Wie in der Beschreibung des Vergessenszaubers in »Abrakanngarnix« stand, brauchte der Stab nämlich Kontakt zu etwas von dem Menschen, der vergessen werden sollte.

Stolz betrachtete ich den Zauberstab und streichelte über seine glatte Oberfläche. Dann legte ich ihn aus der Hand und übte erst mal nur den passenden Zauberspruch »Obliviscaris omnia«. Ich wiederholte ihn ein paar Mal und verhaspelte mich ständig. Oje, das war ja ein Zungenbrecher. Den würde ich noch oft aufsagen müssen, bis er flüssig über meine Lippen kommen würde.

Ich war gespannt, was die anderen sich gekauft hatten. Gleich morgen wollten wir uns treffen und uns unsere neuen magischen Anschaffungen vorführen.

An diesem Abend nahm ich nicht nur Hoppel mit ins Bett, sondern auch meinen Zauberstab. Er war schließlich das Wertvollste in meinem Besitz, das die Piraten stehlen konnten.

Als ich die Augen schloss, begann es draußen zu regnen. Mit dem sanften Prasseln der Tropfen im Ohr schlief ich ein.

Mit einem Paukenschlag aus Donnergrollen erwachte ich wieder. Das angekündigte Gewitter zog gerade über die Stadt. Durch mein Fenster beobachtete ich fasziniert die Blitze am Himmel und zählte den Abstand zum nächsten Donner. Als das Gewitter direkt über unserem Haus war, beruhigte ich Hoppel. Er fürchtete sich davor wie jeder normale Hase. Und er konnte auch lange danach nicht mehr einschlafen, genau wie ich.

Endlich spürte ich die Müdigkeit wieder in meine Glieder zurückkriechen, da hörte ich ein unheimliches Klopfen.

Vorsichtig öffnete ich die Augen.

Ein Schatten.

Ein riesiger Schatten mit einem Schwert in der Hand stand direkt an meiner Zimmerwand und bedrohte mich.

Mein Herz blieb stehen. Ich wagte kaum zu atmen.

Ein Pirat, schoss es mir durch den Kopf.

Wie, um Himmels willen, war er nur hier hereingekommen?

Ganz fest drückte ich Hoppel an mich, während der Schatten regungslos dastand und mich anstarrte.

Wollte er mich töten?

Oder einfach nur ausrauben?

Worauf wartete er?

Ich umklammerte meinen Zauberstab. Aber was nützte er mir? Ich kannte nur einen einzigen Zauberspruch.

»Ich geb dir alles, was du willst«, flüsterte ich daher ängstlich.

Doch der Schatten antwortete nicht.

Stattdessen hörte ich erneut ein Klopfen und linste zum Fenster.

Dort war noch jemand.

Hinter der schwarzen Gestalt flogen dicke Wolkenfetzen über den Nachthimmel. Immer wenn sie den Mond für einen kurzen Moment aufblitzen ließen, sah ich sie ganz deutlich: die Silhouette eines Jungen.

Wie war er vom Garten aus hier hochgekommen? Mein Zimmer lag im ersten Stock. Es gab keinen Balkon davor.

Dann hörte ich seine Stimme.

»Tobi, Manno. Mach endlich das Fenster auf.«

Mutig setzte ich mich auf.

Jetzt erkannte ich ihn. Das da draußen vor dem Fenster, das war Momo. Und der Pirat in meinem Zimmer war kein Pirat, sondern Momos Schatten. Er hatte auch kein Schwert in der Hand, sondern saß auf einem Besen.

Erleichtert sprang ich auf und öffnete das Fenster.

»Mensch, hast du mich erschreckt«, sagte ich. »Ich dachte, du wärst einer der Piraten.«

»Denkst du etwa, dass Piraten anklopfen?« Momo verdrehte kurz die Augen, dann lächelte er.

»Oh, was sehe ich denn da?«, sagte er und zeigte auf meinen Zauberstab, den ich immer noch verkrampft in der Hand hielt.

»Dein Besen ist aber auch nicht schlecht«, antwortete ich.

»Na los, steig auf. Die anderen warten schon.«

»Ich dachte, wir treffen uns morgen.«

»Kleine Planänderung.«

»Aber es ist mitten in der Nacht«, wunderte ich mich.

»Ist das nicht der beste Zeitpunkt für eine Level-Alpha-Party?«

Ich zog mir die Schuhe an, steckte den Zauberstab in einen kleinen Rucksack und trat ans Fenster. Ich blickte kurz nach unten. Nachtschwarz und schweigend lag dort unser Garten. Es sah ganz schön tief aus von hier oben.

Todesmutig kletterte ich auf den Fenstersims, stieg zittrig hinter Momo auf seinen Besen und klammerte mich sofort und ungefragt an ihn.

»Hast du auch die anderen Sachen gut versteckt?«, fragte Momo.

»Ich hab alles in einem Schuhkarton unterm Bett«, gab ich zu.

»Ist nicht sehr originell, aber da ist eh nur Schrott drin. Wenn sie das klauen wollen, bitte.«

»Okay, gut festhalten«, sagte Momo und stieß sich mit den Füßen von der Hauswand ab. Dann flogen wir los, aber nicht gemütlich geradeaus, sondern direkt steil nach oben in die Wolkenfetzen hinein, die das Gewitter völlig zerrissen zurückgelassen hatte.

»Hast du eigentlich vor gar nichts Angst?«, rief ich ihm von hinten ins Ohr.

»Doch. Vor zu viel Langeweile«, antwortete er und beschleunigte.

Unglaublich, wie sicher Momo steuerte, so als ob er nie etwas anderes getan hätte, als auf einem Besen zu fliegen. Aber er war ja auch eine Sportskanone, mehrfacher Landesmeister mit der Rudermannschaft unserer Schule. Allerdings war das Fliegen nicht unser einziges Risiko. Im Grunde musste ja nur ein Mensch nach oben in den Himmel schauen und uns entdecken. Dabei war ein »explodiertes« Gedächtnis unser kleinstes Problem, wenn der Besen in dieser Höhe zu Staub zerfallen würde.

Damit das nicht passieren konnte, navigierte Momo ganz am unteren Rande der Wolkengrenze, immer gerade so, dass der Wasserdunst uns wie ein Schutzschild umgab, wir aber trotzdem noch unter uns alles gut erkennen konnten.

Der Anblick der vielen Straßenlaternen war einfach wunderschön. Außerdem spiegelte sich der Halbmond in der Linne und erhellte das Schloss Burg Linneberg, das im Wald über der Stadt thronte.

Es war unser touristisches Highlight und auch gerne genommenes Ziel für verhasste Schulwanderungen. Zu Fuß dauerte der Weg bis dahin nämlich elende vierzig Minuten vom Wanderparkplatz aus, von der Schule aus waren es sogar anderthalb Stunden. Auf dem Besen war es dagegen ein Katzensprung.

Im Anflug auf den Burgturm konnte ich schon den Rest der Chaos-Crew erkennen, die uns winkend begrüßten.

Mit dem Schloss hatte Momo den perfekten Partyort ausgewählt. Nachts war hier nämlich niemand, denn es wurde schon seit Jahrzehnten nur noch als Museum genutzt.

Und oben auf dem Wehrturm in der Mitte der Anlage, da konnte uns nur der Mond sehen.

»Du kannst aufhören, nach den Piraten zu suchen, Momo«, begrüßte uns Chan, nachdem wir sicher gelandet waren. »Wir haben die Anführerin gefunden.« Kichernd zeigte er auf Arianas Schlafanzug. Das schwarze Oberteil war von weißen Totenköpfen übersät.

»Sehr witzig«, erwiderte Ariana, aber sie musste selbst ein bisschen schmunzeln. »Ich hatte ja keine Zeit, mir was anderes anzuziehen.«

Bis auf Momo trugen alle ihre Schlafanzüge. Unter Filines bodenlangem Blumennachthemd lugten sogar ihre nackten Füße hervor. Auf dem Kopf trug sie aber wie immer eine Mütze. Das sah so falsch zusammen aus. Chan hatte immer noch das T-Shirt der letzten vier Tage mit der Aufschrift »Achtung! Ich bin schlauer, als ich aussehe« an. Ich tippte, dass er sich gar nicht erst umgezogen hatte, als er ins Bett gegangen war. Dafür roch er aber noch ganz gut. Wahrscheinlich hatte die Pubertät bei ihm noch nicht eingesetzt. Der Glückliche.

Ich schämte mich jetzt doch ein bisschen. Erst gestern Abend hatte ich mir noch einen frischen mintgrünen Sommerschlafanzug angezogen, in dem ich aussah wie ein Hustenbonbon mit Mentholgeschmack. Ich war ja nicht davon ausgegangen, dass mich jemand so sehen würde. Und dummerweise hatte das Oberteil auch noch kurze Ärmel, sodass meine Wunden sichtbar waren. Ariana entdeckte sie natürlich sofort.

»Oh, Tobi. Das sieht aber gar nicht gut aus. Was ist denn da passiert?«

»Allergie«, log ich. »Es juckt und dann muss ich kratzen.«

»Komm mal bei mir zu Hause vorbei. Ich hab da noch eine Creme, die hilft.«

Chan schüttelte den Kopf: »Tu's nicht. Sonst wachsen dir wahrscheinlich noch zwei weitere Arme. Ihre Cremes sind brandgefährlich.«

Alle lachten außer Ariana, die vehement widersprach: »Die Creme ist aus der Apotheke, du Depp.«

Jetzt lachte auch sie.

Dann eröffnete Momo offiziell die Level-Alpha-Party. Es gab Limo und Chans Monstermuffins. Die schmeckten vielleicht lecker. Auch wenn es ein bisschen eklig war, ein blutunterlaufenes Auge zu essen.

»Meinen Besen kennt ihr ja schon«, sagte Momo stolz. »Damit bin ich auf jeden Fall schon mal den Piraten ebenbürtig. Jetzt bin ich sehr gespannt, was ihr gekauft habt.«

Er hatte seinen Satz noch nicht ganz beendet, da war Chan bereits verschwunden.

Im nächsten Moment fehlte ein Stück aus Filines Muffin, in den sie gerade hineinbeißen wollte. Ihr Gesichtsausdruck war zum Schießen. Wir hielten uns die Bäuche vor Lachen. Dann verschwand zuerst Momos Besen und kurz danach sogar Momo.

»Was geht ab?«, hörten wir ihn.

»Cool, oder?«, antwortete Chans Stimme. »Wenn ich was anfasse, verschwindet es auch. Das konnte der Hut nicht. Aber klar, ist ja jetzt auch Alphaqualität. Anderes Level.«

Plötzlich waren beide wieder sichtbar. Mit leuchtenden Augen präsentierte er uns seinen Kauf, einen silbernen Ring mit einem kleinen schwarzen Stein darin.

»Man muss ihn nur einmal nach rechts ganz um den Finger drehen«, sagte er, führte es vor, und dann hörten wir nur noch seine Stimme sagen: »Und zurück.« Im nächsten Moment war er wieder sichtbar. »Das Beste ist aber: Es gibt keinen Wackelkontakt.«

Wir applaudierten ihm und er verneigte sich. Anschließend gab er den Ring weiter, damit wir ihn alle einmal ausprobieren konnten. »Damit kann ich jetzt endlich die Totenkopfrocker ausspionieren. Ich bin mir immer noch sicher, dass sie die Piraten sind«, erklärte Chan.

Momo klopfte ihm anerkennend auf die Schulter. Aber ich wusste, dass das nicht der Grund für den Kauf des Rings gewesen war.

Danach war Ariana an der Reihe. Sie hatte eine große Umhängetasche dabei und zog eine längliche Schachtel aus schwarzem Samt heraus. Gespannt schauten wir ihr zu, wie sie andächtig den Deckel öffnete. Darin lag eine Strähne weißen leuchtenden Haars.

»Was ist das denn?«, fragte Momo naserümpfend.

»Einhornmähne«, erwiderte Ariana.

»Okay. Und was nützt uns Einhornmähne gegen die Piraten?«

Ariana biss sich verlegen auf die Unterlippe, aber dann zischte sie: »Hast du eigentlich irgendeine Ahnung von Zaubertränken? Es gibt kaum einen ohne Einhornhaar, der etwas taugt.«

Das gilt vor allem für Liebeszauber, dachte ich. Aber ich sagte natürlich nichts.

»Okay. Vielleicht brauchen wir irgendwann mal was Gutes aus der Zauberküche«, lenkte Momo ein. »Und du Filine?«

Filine zog ihre Mütze vom Kopf. Sie hatte tatsächlich die ganze Zeit ihren Zaubergegenstand auf dem Kopf getragen.

Wir mussten alle lachen. Was für ein Versteck!

»Es ist ein Slüssel«, sagte sie, als würde sie lispeln.

»Du meinst Schlüssel«, korrigierte sie Momo.

»Ja und nein. Es ist ein Sehnsuchtsschlüssel, genannt Slüssel.«

Um seine Kunst vorzuführen, brauchte Filine eine Tür. Die einzige, die wir vom luftigen Wehrturm aus erreichen konnten, lag einige Stufen eine schmale Treppe hinab. Es war der Zugang zum obersten Geschoss des Turmes. Filine steckte den Slüssel in das Schloss, und er passte exakt hinein, als gehörte er zu der schweren Holztür.

»Egal, welche Tür ihr benutzen wollt, er macht sich passend«, erklärte sie. »Dahinter befinden sich jetzt nicht mehr die kalten Schlossmauern, sondern euer größter Sehnsuchtsort. Ihr müsst es euch so vorstellen, als ob ihr euren schönsten Traum besuchen dürft.«

»Na los, mach auf. Bin schon sehr gespannt«, feixte Momo.

Reflexartig zog Filine den Slüssel wieder aus dem Schloss.

»Das kannst du vergessen. Sehnsuchtsorte sind etwas sehr Privates. Meiner gehört nur mir. Aber wenn ihr wollt, dürft ihr gerne euren eigenen besuchen. Ich verleihe den Slüssel, allerdings nur ab und zu, damit das gleich klar ist.«

Dann streckte sie ihn Momo entgegen. Doch er lehnte dankend ab. »Mein Sehnsuchtsort ist der Himmel. Und den kann ich jetzt in echt auf meinem Besen erleben.«

Chan dagegen wollte es auf jeden Fall ausprobieren. Als er wieder herauskam, lächelte er ganz entspannt. Ganz gleich, wo er gewesen war, garantiert hatte es dort keine großen Brüder gegeben.

Ariana kam mit roten Wangen zurück. Oje. Ich ahnte, wo oder besser mit wem sie hinter der Tür gewesen war.

Dann war ich dran. Als ich den Schlüssel ins Schloss steckte, hatte ich gar keine Ahnung, was mich erwarten würde. Ich träumte mich eigentlich selten irgendwo anders hin. Vielleicht würde mich ein Strand erwarten oder ein Freizeitpark.

Umso überraschter war ich, als ich hinter der Tür das Schlafzimmer meiner Eltern vorfand. Es war ein Sonntagmorgen, beide lagen noch im Bett, waren aber schon wach. Ich hatte gerade mit einem gefüllten Frühstückstablett den Raum betreten.

»Tobi, guten Morgen«, sagte meine Mutter und lächelte. Sie hatte wieder ihre langen blonden Haare und sah aus wie früher. Mein Vater freute sich: »Das sieht aber lecker aus.«

Bei diesem Anblick spürte ich große Sehnsucht in mir. Wie gerne hätte ich mich zwischen die beiden gekuschelt, ihre Wärme gespürt und die Kissen vollgekrümelt. Aber ich konnte mich gerade noch so davon abhalten, dem Gefühl nachzugeben. Denn mein Verstand wusste eines nur zu gut: Das hier war nicht echt. In Wahrheit waren wir keine glückliche Familie mehr, die am Wochenende zusammen im Bett frühstückte.

Als ich wieder draußen war, ließ ich mir meine Verunsicherung nicht anmerken.

Auch wenn es mir schwerfiel, versuchte ich, so zu lächeln wie Ariana.

Zum Glück lenkten mich die anderen schnell ab, denn alle warteten bereits gespannt auf meinen Einkauf. Ehrfurchtsvoll reichten sie meinen Zauberstab im Kreis herum.

»Das ist das Nächste, auf das ich sparen werde«, sagte Chan.

»Cooles Teil«, lobte auch Momo meine Wahl. »Kannst du überhaupt schon einen Zauberspruch?«

»Nicht wirklich«, gab ich zu. »Aber ich werde viel üben.«

»Gute Sache«, meinte Momo und verteilte noch eine Runde Limo, dieses Mal eine grüne Brause mit Waldmeistergeschmack.

»Lasst uns anstoßen«, sagte er festlich. »Ich denke, wir sind bereit. Die Piratenjagd kann beginnen.«

DER FLUCH DES FÜNFTEN MANNES

Als ich am nächsten Tag erwachte, war es schon fast Mittag. Wie ein Stein hatte ich geschlafen. Mit geschlossenen Augen fühlte ich, ob Hoppel in der Nähe war. Meine Hand fand ihn neben mir an der Wand. Zum Kuscheln zog ich ihn in meinen Arm. Die vergangene Nacht kam mir wie ein Traum vor. Ich war auf einem Besen geflogen. Das war einfach unglaublich. Immer noch fühlte ich den Wind in den Wolken und sah den beeindruckenden Anblick von Schloss Burg Linneberg in Gedanken vor mir. Fliegen hatte so großen Spaß gemacht. Vielleicht würde Momo mir seinen Besen ja mal ausleihen, bis ich mir selbst einen leisten konnte. Chans Ring hatte mir auch gut gefallen. Der kam ebenfalls auf meinen Wunschzettel, der Slüssel und das Einhornhaar eher nicht. Aber jetzt musste ich erst mal Zaubersprüche üben, um diese Sache zwischen meiner Mutter und dem Weberknecht zu beenden.

Mit meinen Fingerspitzen tastete ich unter meinem Kissen nach dem Zauberstab, aber irgendwie war er nicht da. Ich setzte mich auf, hob das Kissen hoch, schüttelte es und suchte das Kopfende meines Bettes ab. Nichts.

Überrascht bemerkte ich, dass das Fenster offen stand. Ich hatte es letzte Nacht wohl nicht zugemacht. Verschwommen erinnerte ich mich, dass Momo mich hier abgesetzt hatte und ich todmüde ins Bett gefallen war. Ich hatte meine Augen kaum noch offen halten können. Vielleicht hatte ich den Zauberstab einfach irgendwo anders abgelegt.

Ich sprang auf und durchsuchte alles, den Boden, meinen

Schreibtisch, sogar meinen Schrank, den Wäscheberg daneben, alle Ecken und Ritzen meines Bettes. Auch darunter sah ich nach. Aber er war unauffindbar.

Ein ungutes Gefühl beschlich mich. Mit klopfendem Herzen checkte ich den Schuhkarton. Die Werkzeuge lagen darin und der Stift auch. Sogar die letzten Tropfen des Love-Liquids waren noch da. Aber Chans Hut, der war weg. Und das »Abrakanngarnix«.

»Mittwoch!«, sagte ich laut.

Es ratterte in meinem Kopf. Aber egal, welche Gedanken sich kreuzten. Am Ende kam immer nur eine Erklärung heraus:

Konnte es sein? Waren die Piraten tatsächlich hier eingestiegen, während ich geschlafen hatte?

Noch einmal begab ich mich auf die Suche. Dieses Mal nach einem Zeichen. Ein Schatten zweier gekreuzter Säbel oder eine Flagge mit Totenkopf. Aber nein. Nichts von alledem konnte ich finden. Doch was war das?

Unter der Heizung vor dem Fenster lag etwas. Ich bückte mich und fischte es hervor. Eine Feder lag dort, aber nicht irgendeine, sondern die von Chans Hut. Die Diebe mussten sie in der Eile verloren haben.

Plötzlich fröstelte ich. Mit Schrecken musste ich daran denken, dass fremde Menschen heute Nacht um mich herum gewesen waren, ohne dass ich es bemerkt hatte. Sie hatten mich beim Schlafen betrachtet, unter mein Kissen gegriffen und unter meinem Bett gekramt. Das erschreckte mich zutiefst. Plötzlich hatte ich das Bedürfnis, meine Eltern zu rufen oder noch besser die Polizei. Aber das war ja vollkommen sinnlos. Schließlich durfte ich ihnen nichts von alledem erzählen.

Ganz langsam kam Wut in mir auf. Diese blöden Piraten. Was dachten sie sich dabei? Es waren doch nicht nur irgendwelche

Gegenstände, die sie anderen klauten. Sie zerstörten so viel mehr. Meine ganzen schönen Kuscheltiere hatte ich völlig umsonst verkauft. Das war so ärgerlich. Aber was noch viel schlimmer war: Ohne den Zauberstab und das Buch war mein Familienrettungsplan im Eimer. Auch hatte ich weder weitere Kuscheltiere zum Verkaufen, außer Hoppel, der natürlich nicht infrage kam, noch genug M-Coins auf dem Konto für einen neuen Zauberstab.

Was bildeten diese Idioten sich ein? Einfach in das Leben anderer zu spazieren und es mit Füßen zu treten.

Ich musste dringend meinen Clan informieren, sie warnen.

Also schaltete ich mein Handy an. Die Nachrichten überschlugen sich. Fassungslos las ich den Chatverlauf:

5.45 Uhr

Momo: »Schon jemand wach? Hab Geräusche gehört. Irgendwas stimmt nicht.«

5.56 Uhr

Momo: »Die Schweine. Mein Besen ist weg. Hallo? Jemand wach? Bei mir wurde eingebrochen.«

7:11 Uhr

Filine: »(Schock-Emoji!) Hier können sie nicht gewesen sein. Das hätte ich doch bemerkt. Gucke gleich mal nach.«

7.13 Uhr

Filine: »Kann es nicht glauben. Slüssel ist weg. Von meinem Kopf geklaut.«

7.21 Uhr

Momo: »Oh nein. Dann waren sie auch bei dir? Irgendwelche Zeichen?«

7.22 Uhr

Filine: »Suche danach.«

7.34 Uhr

Filine: »Zeichen gefunden. Aber das musst du dir live ansehen. Unfassbar.«

Momo: »Wollen wir uns treffen?«

Filine: »(Foto der Zwillinge, die ihr rechts und links an je einem Bein hängen) Muss mich heute Morgen noch um meine Geschwister kümmern. Mama hat gleich noch Musikgarten. Ab zwölf Uhr geht es aber.«

9.30 Uhr

Ariana: »Flippe völlig aus. Alles weg. Diese A…
(Foto von der leeren Truhe.)«

Filine: »Schock-Emoji.«

Ariana: »Kann ich zu dir kommen? (Weinender Emoji.)«

Filine: »Klar. Koche uns Tee.«

11 Uhr

Chan: »Mittwoch! Ich drehe allen einzeln den Hals um, wenn ich sie finde.«

11.20 Uhr

Chan: »Tobi? Aufwachen! Tobi?«

11.30 Uhr

Momo: »Treffen: 13 Uhr im Versteck?«
Drei Mal Daumen hoch.

Von wegen Piratenjagd! Sie waren uns zuvorgekommen. Wie hatte das nur passieren können?

Sie mussten uns die ganze Zeit heimlich beobachtet haben, und dann, als wir alle schliefen, hatten sie zugeschlagen, diese Barbaren. So ein Ärger: In nur vierundzwanzig Stunden hatten wir alles gewonnen und wieder verloren.

Ich checkte die Uhrzeit. Es war schon gleich halb eins. Schnell schrieb ich auch noch eine Nachricht: »Gerade erst aufgewacht. Komme gleich.«

Dann zog ich mich an und schlich mich aus dem Haus. Was ich jetzt nicht ertragen konnte, war Ändys Anblick. Ich hörte sie in der Küche singen und trommeln. Kurz überlegte ich, ob ich ihr Bescheid sagen sollte, entschied mich aber dagegen. Sie sagte schließlich auch nie, wohin sie ging.

Als ich das Geheimversteck betrat, waren die anderen schon da. Die Plätze auf dem Sofa waren bereits besetzt, also blieb für mich nur noch der Sessel. Das stresste mich. Nicht nur, dass ich keine guten Erinnerungen an ihn hatte, er war auch auf eine seltsame Weise unbequem. Überall zwickte und drückte es, egal, wie man sich setzte.

Nach einem kurzen aufgeregten »Hallo« erzählte jeder noch mal seine Einbruchsstory mit Schreckmoment. Nicht alle hatte es gleich hart getroffen. Momo war nur der Besen abhandengekommen. Alles andere hatte er ja in seinem mysteriösen Safe versteckt. Filine hatte immerhin noch ihre Feder, trauerte aber sehr um ihren Slüssel und schimpfte über die bösen Piraten: »Stellt euch mal vor, Toni und Estella wären aufgewacht? Dann hätten sie die beiden vielleicht sogar entführt. Und ich verstehe auch nicht, wie ich das nicht merken konnte. Also wenn jemand einem die Mütze auszieht, davon müsste man doch wach werden, oder?«

Ich fragte mich insgeheim, ob ihre Pflanzen auch weg waren. Aber über den Garten sagte sie kein Wort. Und ich wagte nicht zu fragen. Es war ja ein Geheimgarten.

Ariana wirkte eigentlich ganz gechillt, als sie von ihrer leeren Truhe berichtete. Doch an ihren dicken Augenlidern sah ich, dass sie geweint hatte. Missmutig legte sie einen kleinen Knochen auf den Tisch, den ihr die Piraten dagelassen hatten. Momo zog eine Miniflagge aus seiner Hosentasche, Chan setzte sich eine Augenklappe auf und Filine stülpte sich einen gestrickten Piratenhaken über wie einen Handschuh. Damit der Haken aus silberner Wolle auch schön gerade stand, musste sie diesen über ihren Mittelfinger ziehen. Das war eine sehr eindeutige Nachricht. Aber auch witzig, wie ich fand. Ich unterdrückte ein Lachen.

»Bei mir haben sie kein Zeichen hinterlassen«, sagte ich verwundert. »Das ist seltsam.«

»Ja, das ist seltsam«, wiederholte Momo.

Filine kratzte sich durch die Mütze am Kopf: »Ist es nicht auch seltsam, dass die Piraten wussten, wo wir unsere Sachen versteckt hatten? Dass mein Slüssel unter der Mütze war, das wusstet doch nur ihr!«

Momo schnaufte: »Die schlaue Filine. Genau das habe ich auch schon gedacht. Und nach langem Grübeln fällt mir nur eine Erklärung ein: Jemand hat uns verraten.«

Ein Raunen ging durch die Garage.

»Was?«, rief Chan.

»Wie kommst du denn darauf?«, fragte Ariana.

»Unsinn«, krähte Filine.

Momo klickte auf seinem Computer herum. Dann erschien auf allen drei Bildschirmen ein Foto.

Riesengroß!

Es zeigte Hanna.

Und mich!

Es war ein Schnappschuss von dem Moment, als ich ihr auf dem Elseplatz Chans Hut aus der Hand gerissen hatte.

»Ich beobachte sie schon länger. Sie ist die Chefin der Piraten. Da bin ich mir inzwischen sicher«, sagte Momo.

Bestürztes Schweigen erfüllte den Raum.

Hanna sollte die Piratenchefin sein? Das konnte ich mir nicht vorstellen. Gut. Sie war irgendwie auch wild und ein Freigeist. Aber eine Freibeuterin? Eine Einbrecherin? Eine Kriminelle? Dann fiel mir jedoch ein, dass sie mir am Tag der Eisrutschpartie in der Viktoriastraße begegnet war. Auf dem Roller war sie an mir vorbeigefahren. Vielleicht hatte sie in der Nähe geparkt, war dann in die Villa Malek eingebrochen und hatte die Schatten-säbel in Momos Zimmer gezaubert.

Möglich war es. Aber dass ich sie gesehen hatte, bedeutete im Grunde ja nur, dass sie in der Nähe gewesen war. Weiter nichts. Es war kein Beweis. Deshalb hielt ich lieber den Mund.

»Ich hab sie ein paar Tage lang beschattet, mir aber erst nichts dabei gedacht, dass sie mit Tobi geredet hat. Aber jetzt, nach letz-ter Nacht, sehe ich die Szene auf dem Foto in einem ganz ande-ren Licht. Schließlich zeigt er ihr gerade Chans Hut. Ich dachte, ihr solltet das wissen.«

Alle sahen mich mit weit aufgerissenen Augen an.

»Tobi«, hauchte Ariana. »Warum hast du das gemacht?«

»Das kann doch nicht wahr sein«, jammerte Filine.

»Du Oberarsch«, schrie Chan und wollte sich auf mich stür-zen, aber Momo hielt ihn zurück.

»Aber … aber«, stammelte ich. »Das war ganz anders. Ich bin ihr zufällig begegnet, als ich gerade den Hut abgeholt hatte. Sie wollte ihn unbedingt aufsetzen. Das konnte ich gerade so verhin-dern. Ich hab nichts verraten. Kein Wort.«

»So sieht es aber gar nicht aus«, sagte Momo.

Ich musste zugeben, dass die Szene auf dem Foto nicht eindeu-tig war. Es hätte auch eine verschwörerische Unterhaltung über einen magischen Hut sein können. Aber so war es nicht gewesen.

»Wir können Leon fragen. Er war dabei«, schlug ich vor.

»Klar. Der sagt uns ja auch die Wahrheit. Hallo? Er ist Hannas Bruder und ihr seid doch die besten Freunde. Da ist es logisch, dass er für dich lügen wird, oder?«

»Wir waren mal Freunde. Ich hab schon seit Wochen nicht mehr mit ihm geredet«, verteidigte ich mich.

Mit einem Klick erschien das nächste Foto, auf dem dann auch Leon neben mir und Hanna zu sehen war. Selber Ort, selbe Szene.

»So sieht es hier aber nicht gerade aus«, urteilte Momo.

Ich war sprachlos. Wie konnten sie nur denken, dass ich sie verraten würde? Ich, Tobias Hoppe, der harmloseste Junge auf dem Erdball. Ich bemühte mich, immer nett zu sein, niemandem etwas Böses zu wollen, alle gerecht zu behandeln und keinen zu verletzen. Und ausgerechnet ich sollte so etwas Hinterhältiges getan haben?

Momos Gesicht war eisenhart. Auch die Mienen der anderen versteinerten immer mehr. Wie auf der Anklagebank saß ich jetzt auf dem Sessel, auf dem alles angefangen hatte. Und anscheinend lautete das Urteil »schuldig«. Jetzt fehlte nur noch, dass sie mir das Sackgesicht wieder über den Kopf stülpten.

»Filine«, piepste ich verzweifelt. Doch Filine winkte nur ab.

»Jakob«, versuchte ich es bei Chan. Aber der blickte starr auf den Boden und auch Ariana schüttelte nur den Kopf.

»Du gehst jetzt besser«, sagte Momo. »Die Probezeit ist vorbei und du hast sie nicht bestanden.«

Völlig gelähmt vor Schock taumelte ich aus der Garage. Draußen auf der Straße lief ich beinahe in einen Jungen, der mich mit glasigem Blick anstarrte.

»Ich verstehe das nicht«, sagte er. »Immer wieder stehe ich

plötzlich vor dieser Garage. Dabei kenne ich gar keinen, der ein Auto hat. Ist das nicht seltsam?«

Jetzt erkannte ich ihn. Es war Farid, mein Vorgänger. Ohne ihm zu antworten, ging ich an ihm vorbei und hörte nur noch hinter mir, wie er gegen die Tür der Garage hämmerte und mehrmals »Hallo? Hallo?« rief.

Ich hielt mir die Ohren zu und lief davon. Mein Kopf brummte, meine Arme juckten. Ich wusste nicht, was ich denken oder tun sollte. Ich hoffte nur, niemandem zu begegnen.

Dummerweise traf ich zu Hause meine Mutter im Flur. Sie hatte ihre Tasche um und den Autoschlüssel in der Hand. Wahrscheinlich war sie auf dem Weg zu ihm. Ihr fiel nichts Besseres ein, als mich anzuraunzen: »Tobi, wo kommst du denn her? Ständig bist du weg, ohne Bescheid zu sagen. Das geht so nicht. Du bist erst zwölf.«

»*Ständig bist du weg, ohne Bescheid zu sagen*«, äffte ich sie nach.

»Nicht in diesem Ton, junger Mann.«

»Bäbäbä«, antwortete ich, als wäre ich ein Kleinkind. Mein Gehirn war völlig außer Kontrolle.

»Was ist denn in dich gefahren? In letzter Zeit bist du gar nicht mehr der Tobi, den ich kenne.«

»Ha«, rief ich. »Das geht mir genauso, Ändy. Und was ich schon immer mal sagen wollte: Ich hasse rote Haare!«

Ab da hörte ich nicht mehr, was sie krakeelte. Die Tränen waren nicht mehr aufzuhalten, deshalb drängte ich mich einfach an ihr vorbei und lief ganz schnell nach oben in mein Zimmer. Lautstark knallte ich die Tür zu und sank dahinter schluchzend zu Boden.

Ich war unendlich traurig und wollte nur noch meine Ruhe. Deshalb ignorierte ich auch zuerst das brummende Handy in meiner Hosentasche, aber dann keimte ein Funken Hoffnung in mir auf. Vielleicht war es Filine, die zu dem Schluss gekommen war, dass Momo sich irrte. Doch die Nachricht war nicht von ihr, sondern von Admin Gregorius, und da stand geschrieben: »Merlins Po wurde aus dem Clan Chaos-Crew entfernt.«

STATUSVAKUUM

Den ganzen Montag verbrachte ich im Bett. Ich brauchte die Magenschmerzen nicht einmal vorzutäuschen. Ich hatte wirklich welche. Dass die Chaos-Crew nichts mehr mit mir zu tun haben wollte, tat weh. Dabei war ich gar nicht mal wütend über den Rausschmiss, es war viel schlimmer. Ich vermisste sie. Irgendwie hatte ich jeden Einzelnen von ihnen auf seine ganz besondere verrückte Weise ins Herz geschlossen. Und jetzt musste ich damit leben, dass sie mich hassten. In ihren Augen war ich ein mieser Verräter und schuld daran, dass sich ihre Wünsche und Hoffnungen nicht erfüllten. Ich stellte mir Chan vor, wie er von seinem Bruder in die Mangel genommen wurde und mir dafür die Knochen verfluchte. Auch Ariana gab bestimmt mir die Schuld, dass sie wieder ewig auf einen funktionierenden Liebeszauber sparen musste. Bei Filine war ich mir zudem sicher, dass sie es zutiefst bereute, ausgerechnet mir ihren geheimen Garten gezeigt zu haben. Und Momo? Der würde den nächsten fünften Mann garantiert selbst auswählen.

Als ich am Dienstag immer noch nicht mein Bett verlassen wollte, drohte meine Mutter mit einem Arztbesuch. Deshalb ging ich am Mittwoch freiwillig, aber weiterhin mit Bauchweh zur Schule.

Bereits die Fahrt in der Straßenbahn war ein Albtraum. Seit unserem Streit stieg Leon immer ganz hinten ein. Filine und Ariana hatten sich für vorne entschieden. Ich entdeckte eine neue leuchtend pinke Wollmütze auf dem Platz direkt hinter dem Fahrer.

Auch in der Schule gingen mir die Mädels aus dem Weg. Chan und Momo würdigten mich ebenfalls keines Blickes. Vor allem in den Pausen wusste ich überhaupt nicht, was ich tun sollte. Fußball fiel aus, weil Leon immer mitspielte und ich unmöglich mit, aber auch nicht gegen ihn spielen konnte. Alleine in einer Ecke zu stehen, kam auch nicht infrage, weil es so aussah, als hätte ich keine Freunde. Also blieb mir nichts anders übrig, als mich wieder in einer der Klokabinen zu verstecken.

Auf dem Weg dorthin begegnete ich Mike, der mir die »Wir waren zusammen auf dem Klo«-Sache wohl immer noch übel nahm. Statt mich wie sonst nur mit seinen kalten Augen und ohne die kleinste Regung im Gesicht anzustieren, rempelte er mich dieses Mal im Vorbeigehen sogar heftig an. Aber es war mir egal. Ich fühlte nichts außer dem Wunsch, mich in Luft aufzulösen. Selbst die Tatsache, dass ich den Eignungstest mit Bestnote und einer Empfehlung für den naturwissenschaftlichen Zweig zurückbekam, änderte nichts an meiner gedrückten Stimmung.

Zu Hause traf ich meine Eltern. Beide waren zur selben Zeit da. Das hatte Seltenheitswert. Allerdings stritten sie schon wieder. Darüber, wer vergessen hatte, den gelben Sack vor die Tür zu stellen.

Mit einem megaschlechten Gewissen zeigte ich ihnen meinen Test. Nicht mal die Freudentänze, die jetzt folgten, entzündeten auch nur das kleinste Flämmchen Glück. Im Gegenteil: Ich fühlte mich wie der gemeinste Betrüger der Welt.

An diesem Nachmittag meldete ich mich zum ersten Mal seit Tagen bei Magic Kleinanzeigen an. Gleich nach dem Einloggen fand ich mehrere Nachrichten vom Administratorenteam, die als »Wichtig«, »Sehr wichtig« und »Dringend« eingestuft waren.

Als ich eine anklickte, öffnete sich sofort ein Videochatfenster.

Dieses Mal war keine geschlossene rote Blüte darin zu sehen, sondern die Tür einer gemütlichen Holzhütte. Durch diese kam ein grimmig dreinblickender Zwerg herausgestiefelt, der missmutig grummelnd auf einem Holzschemel Platz nahm. Das musste Gregorius sein. Statt eines freundlichen Hallos sagte er nur: »Das wurde aber auch Zeit.«

»Was ist denn los?«, fragte ich kleinlaut.

»Ha! Er fragt, was los ist. Ist das denn zu glauben? Statusvakuum ist los. Das ist kein Zustand, den wir dulden können. Du musst eine Entscheidung fällen, sonst müssen wir dich leider löschen.«

»Was? Statusvakuum?« Ich hatte keine Ahnung, was das sein sollte.

Der Zwerg blies unter seinem Vollbart die Wangen auf und prustete wütend hervor: »Du liest deine Nachrichten nicht, was? Schön, dass ich mir so viel Mühe gebe.«

Als ich dazu nichts sagte, knurrte er mir entgegen: »Also. Du musst dich entscheiden: Möchtest du …

A: … einem anderen Clan beitreten,

B: … einen neuen Clan gründen,

C: … als Einzelbenutzer fortfahren?«

Da ich keinen anderen Clan kannte und auch niemanden hatte, mit dem ich einen neuen gründen konnte, kam nur ein Status infrage. Also wählte ich C. Und so wurde Merlins Po zum Einzelbenutzer. Genauso fühlte ich mich auch: wie das einsame Hinterteil eines Zauberers.

»Einzelkämpfer werden oft unterschätzt«, sagte Gregorius, als er sich erhob: »Denn niemand rechnet mit ihnen.«

Dann verschwand er in seiner Hütte.

Ich war ein bisschen baff. Hatte der Zwerg gerade etwas Nettes gesagt? Ja, er hatte mich wohl aufmuntern wollen, und tatsächlich spürte ich so etwas wie einen Funken Zuversicht. Vielleicht sollte ich nicht so schwarzsehen. Trotz des Rausschmisses war ich immerhin noch auf Level Alpha. Zwar hatte ich nur noch fünfzehn M-Coin übrig und gar nichts mehr, was ich verkaufen konnte, aber die Diebe hatten ja nicht alles mitgenommen. Ich holte mir die Comic-Tarnungskiste unter dem Bett hervor, schüttete alles auf den Boden und sah mir meine Einkäufe noch mal an. Klar, sie waren nicht perfekt, aber wer war das schon. Mit einem Grinsen im Gesicht musste ich an die Verfolgungsjagd von Glammer und Glange denken. Das war witzig gewesen. Außerdem hatten sie den Boiler ja repariert. Also waren sie nicht völlig unfähig. Das Love-Liquid hatte auch funktioniert. Es war eben Pech gewesen, dass die Liebe auf den ersten Blick die Falschen getroffen hatte. Und wer konnte schon sagen, dass er ein Gedicht über einen Grottenolm besaß, das ein magischer Stift verfasst hatte?

Chans Hut fiel mir ein. Schade, dass der weg war. Ich holte die Feder aus der Kiste. Ob sie auch ohne Hut Zauberkräfte besaß? Sie glitzerte nicht, keinerlei Funkeln oder Leuchten kam aus ihrem Inneren. Aber Probieren ging über Studieren, wie man so schön sagte.

Deshalb kramte ich zum Testen eine Kappe aus meinem Schrank und steckte die Feder hinten an den Klett-Verschluss. Leider hielt sie nicht und fiel immer wieder ab. Dann hatte ich eine spontane Eingebung. Ich gab der Glange den Auftrag »Repariere den Zauberhut«. Die fackelte nicht lange, ihre Zangenscheren griffen die Feder und im Nullkommanichts klemmte diese wie festgetackert hinten an meiner Kappe. Das war jetzt weniger Jägerstil, sondern mehr amerikanischer Ureinwohner, aber die Optik war mir egal. Angespannt setzte ich mir die Kappe auf den Kopf und sah nach unten.

Die Glange ließ ihre Zangen aufeinanderklappern, und es sah ein bisschen so aus, als würde sie applaudieren. Ich applaudierte zurück, denn ich war tatsächlich unsichtbar.

»Es war gar nicht der Hut. Die Feder ist das Magische daran«, jubelte ich und freute mich wie ein Zauberlehrling, dem zum ersten Mal ein Zauber ohne riesiges Missgeschick gelungen war.

Die Glange flog immer noch aufgeregt um mich herum. Plötzlich spürte ich, wie sie mir in den Hintern kniff.

»Hey. Was soll das?«, beschwerte ich mich. Da sah ich, dass sie einen Zettel im Metallschnabel hielt. Sie hatte ihn aus meiner hinteren Hosentasche gezogen.

Wie war der denn dort hineingekommen? Ich entfaltete ihn.

»Nimm dich in Acht«, hatte jemand darauf gekritzelt.

Ich verstand immer weniger, was hier gerade abging.

War das eine Nachricht der Piraten oder drohte mir die Chaos-Crew? Aber warum?

Langsam wurde ich doch wütend. Nicht nur ein bisschen. In mir flammte echter heißer Zorn auf.

Was sollte das?

Reichte es denn nicht, dass ich meinen Clan verloren hatte? Musste mir jetzt noch jemand drohen?

Hoppel sah mich mit weit aufgerissenen Augen an. Natürlich hatte er recht. Was ich gerade dachte, war unmöglich. Ich war allein und nur von magischen Mängelexemplaren umgeben. Aber was hatte Gregorius eben noch gesagt? »Einzelkämpfer werden oft unterschätzt, denn niemand rechnet mit ihnen.«

Am nächsten Tag änderte ich meine Pausentaktik. Statt mich im Klo zu verstecken, zog ich die Tarnkappe auf. Ich hatte beschlossen, die Wahrheit herauszufinden. Und irgendwo musste ich ja anfangen. Also beobachtete und belauschte ich erst einmal die Chaos-Crew. Das war allerdings nicht sehr ergiebig. Momo und Chan redeten grundsätzlich nie über Zauberthemen in der Schule. Auch verloren sie kein Wort über mich. Ariana und Filine hatten immerhin ein interessantes Thema, nämlich Hanna. Ariana glaubte fest daran, dass sie die Piratenchefin war, und fand diese Vorstellung auch irgendwie frauenpowermäßig cool. Filine dagegen verurteilte die Piraten als gemeine Diebe ohne Gewissen, war sich aber nicht sicher, ob ein Foto als Beweis ausreichte. Ich fragte mich auch ständig, ob Hanna wirklich etwas mit der Sache zu tun hatte.

Deshalb heftete ich mich am Freitag an ihre Fersen. Doch das war nicht so einfach, denn sie war ständig von Freundinnen umgeben. Nahe heran kam ich nur, als sie alleine mit einem großen, gut aussehenden Jungen aus der Zwölf redete. Aber es war nur unnötiges Flirt-Blabla. Dann versuchte ich, ihr in die Stadt zu folgen. Das war aufregend, denn nur die Oberstufenschüler durften das Gelände in der großen Pause verlassen. Ich hatte das noch nie getan. Es fühlte sich abenteuerlich an. Allerdings war es ein großer Pulk an Menschen, der aus dem Gebäude drängte. Als ich dann endlich vor dem Schulportal stand, waren Hanna und ihre Freundinnen längst in den Gassen des Musikerviertels verschwunden. So ein Pech!

Am Nachmittag startete ich den nächsten Versuch und beobachtete das Haus der Familie Ludwig. Hannas Roller stand davor. Sie ging nie zu Fuß, also musste sie da sein.

Plan A war es, dass ein Familienmitglied zufällig gerade die Tür öffnete und ich unsichtbar mit hineinschlüpfen konnte. Plan B war Klingeln und es wie einen Klingelstreich aussehen lassen. Aber beides wurde überflüssig, als mir Plan C in den Kopf kam: die Kellertür.

Sie war tagsüber im Sommer meistens nicht abgesperrt. Wenn wir im Garten gespielt hatten, hatten Leon und ich im Keller Wasser in unsere Wasserbomben gefüllt oder Eis aus der Kühltruhe stibitzt. Daher kannte ich den Weg sehr genau.

Und ich hatte recht.

Sie war offen.

Hier unten war auch das Büro von Leons Mutter. An manchen Tagen in der Woche arbeitete sie von zu Hause aus. Heute zum Glück nicht. Ich schlich mich durch die Waschküche, dann an der Tür des Arbeitszimmers vorbei, über das Erdgeschoss hinauf in die erste Etage. Am linken Ende des Flurs lag Leons Zimmer. Im fünften Schuljahr hatten wir dort viel mit Lego zusammengespielt, später dann bauten wir unsere Welten digital. Ich vermisste ihn. So gerne hätte ich ihn kurz besucht, aber ich musste alles vermeiden, was unnötige Geräusche verursachen würde. Unsichtbar zu sein, bedeutete nämlich nicht, unhörbar zu sein, wie der Holzboden unter meinen Füßen gerade bewies.

Am rechten Ende des Flurs befand sich Hannas Zimmer. Ich pirschte mich heran und legte ein Ohr an die Tür. Dahinter waren dumpfe Stimmen zu hören, aber ich verstand leider kein Wort. Auf jeden Fall war sie nicht allein.

Irgendwann würden sie und ihr Gast schon herauskommen. Also kauerte ich mich neben eine Bodenvase in die Ecke und wartete.

Nach einiger Zeit öffnete sich endlich Hannas Zimmertür.

»Guck mal, ich glaub, ich hab was im Auge, meine Kontaktlinse zwickt«, sagte das Mädchen, das zuerst in den Flur trat. Es war Jule, Hannas beste Freundin. Ich kannte sie, weil sie auch oft hier gewesen war, wenn ich gerade Leon besucht hatte.

»Ist ein bisschen rot, aber sonst seh ich nichts«, sagte Hanna, die herauskam und Jules Auge untersuchte. »Sorry, ich glaub, das musst du dir selbst im Spiegel ansehen.«

Während Jule die Treppe zum großen Dielenspiegel hinunterhüpfte, hielt Hanna am Treppenabsatz inne und holte ihr vibrierendes Handy aus der Hosentasche.

»Kleinen Moment«, rief sie Jule hinterher und setzte sich auf die oberste Stufe. »Geht gleich los.«

Das war die Gelegenheit, in ihr Handy zu linsen. Auf Zehenspitzen schlich ich mich von hinten an sie heran. Dabei hörte ich jeden meiner Schritte, aber Hanna war zum Glück ganz auf die Nachricht konzentriert, die sie bekommen hatte, und bemerkte das knarzende Geräusch meiner Schuhe nicht. Ich wagte es kaum zu atmen, als ich über ihre Schulter blickte und den Chatverlauf mitlas.

Liberty: »Ich bin auf der Barbarossa. Du wolltest mich sprechen? Was ist denn los?«

Hanna: »Wenn du ein Pirat sein willst, dann musst du noch eine Aufgabe erfüllen. Dann beende ich die Probezeit.«

Liberty: »Welche, Boss?«

»Na, wer schreibt dir denn da?«, rief Jule von unten. Hanna sah wieder aufs Display und winkte ab: »Ach, vergiss es.«

»Ist es vielleicht zufällig Torben?«, bohrte Jule nach.

»Schön wär's. Aber nein. Der kommt leider überhaupt nicht aus dem Quark. Ich denke immer, ich sende doch eindeutige Signale, aber er schnallt es einfach nicht. Wenn er nicht bald mal nach einem Date fragt, dann kann er es vergessen. Ich hab überhaupt keine Lust auf solche Spielchen.«

»Süß ist er ja«, sagte Jule und angelte ein Fläschchen mit Augentropfen aus ihrer Tasche.

»Total. Das ist auch der einzige Grund, warum ich das schon so lange mitmache. Ich bin sofort fertig. Sorry«, entschuldigte sich Hanna und wandte sich wieder dem Chatverlauf zu, während Jule sich vorm großen Spiegel neben der Garderobe die Tropfen ins Auge träufelte.

Liberty: »Was soll ich tun?«

Hanna: »Lass alles hinter dir. Lass sie alle explodieren.«

Liberty: »Alle?«

Hanna: »Wenn ich alle sage, meine ich alle.«

Ich hielt mich immer noch am Geländer fest, als Hanna und Jule das Haus längst verlassen hatten. In Gedanken ging ich wieder und wieder durch, was ich gelesen hatte, und konnte es einfach nicht fassen. Hanna gehörte nicht nur zu den Piraten, sie war wirklich der Boss. Und wenn noch nicht mal ihre beste Freundin davon wusste, dann führte sie wahrscheinlich schon länger ein geheimes Doppelleben. Das hätte ich ihr niemals zugetraut. Sie war immer so nett zu mir gewesen. Aber gerade hatte sie Liberty, wer auch immer das war, den Auftrag gegeben, irgendwelche Leute explodieren zu lassen.

Ich setzte mich auf die Treppe, schloss die Augen und vergrub mein Gesicht in meinen Händen. Ich musste ganz in Ruhe nachdenken, was als Nächstes zu tun war. Die gute Nachricht war, dass ich jetzt das Geheimversteck finden konnte. Und damit auch unsere gestohlenen Sachen. Ich stellte mir Chans dicke Grinsebacken vor, wenn ich ihm seinen Ring zurückgeben würde, und spürte Arianas und Filines Umarmung, wenn Einhornhaar und Slüssel wieder da wären. Momo würde nicht anders können, als sich zu entschuldigen und mich wieder in den Clan aufzunehmen. Was hatte Liberty geschrieben? »Ich bin auf der Barbarossa.« Barbarossa – das klang nach einem Piraten und nach einem Schiff. Na klar. Wo sonst sollten sich Piraten verstecken? Nicht weit von hier lag der Osthafen. Dort würde ich mit der Suche beginnen.

Ich wollte gerade aufstehen, als ich von hinten einen Stoß versetzt bekam. Jemand hatte mich im Vorbeiflitzen mit seinem Arm getroffen und mir dabei meine Kappe vom Kopf gefegt. Ich hatte Leon nicht kommen hören.

»Au«, rief er und dreht sich auf halber Treppe zu mir um. Mit aufgerissenen Augen sah er mich an: »ToHo? Wo kommst du denn plötzlich her?«

Der Plan

Socken! Leon hatte Socken an den Füßen. Deshalb war er so lautlos über den Parkettboden geflutscht. Das war jetzt wirklich eine saudumme Situation. Verzweifelt suchte mein Gehirn nach einer halbwegs glaubwürdigen Erklärung. Aber da war gerade nur Leere.

»Ich ... ich«, stammelte ich.

Leon runzelte die Stirn. Jetzt, wo er so vor mir stand, kamen ganz viele Gefühle auf einmal in mir auf: Ich war wütend, weil er sich lieber mit Vincent traf, traurig, weil ich ihn vermisste, und gleichzeitig hatte ich Angst, mit einem falschen Satz eine magische Explosion auszulösen.

Allerdings spürte ich auch die Vertrautheit zu einem Kumpel, dem ich früher immer alles erzählt hatte. Niemand auf der Welt kannte mich so gut wie Leon. Außer Hoppel vielleicht. Leon war wirklich mein allerbester Freund gewesen. Trotzdem hatte ich echt Schiss, ihm zu sagen, was ich wirklich dachte, und einzugestehen, wie verletzt ich war.

»Was ist los?«, fragte Leon.

Es fiel mir unendlich schwer, aber ich fasste mir ein Herz und sagte es: »Ich verstehe einfach nicht, warum wir keine Freunde mehr sind. Was hab ich nur falsch gemacht?«

Jetzt war es Leon, der verschämt auf seine geringelten Socken blickte.

»Du ... du«, stammelte er. »Du hast nix falsch gemacht.«

»Aber du hast nie Zeit für mich, triffst dich jedoch mit anderen. Das verstehe ich nicht.«

»Es gibt da so eine Sache«, begann er zögernd. »Ein Geheimnis. Ich darf nicht drüber reden. Das ist ja das Problem.«

Ein Geheimnis?

Eine leise Ahnung beschlich mich. Aber was, wenn ich mich irrte? Mutig eröffnete ich ein Wörterkettenduell mit dem Wort »Zaubern.«

»Magie«, antwortete Leon ganz langsam. Das konnte Zufall sein. Magie ist eine logische Gedankenverknüpfung.

Also wagte ich mich noch einen Schritt weiter:

»Gregorius.«

Das war Insiderwissen, aber auch nur ein Name.

»Name«, antwortete er zögerlich. Gut. Immer noch kein Treffer, aber ich glaubte, Erstaunen in Leons Augen lesen zu können.

Ich musste noch offensiver werden.

»Rubya«, versuchte ich es noch einmal und hielt die Luft an.

»Admin«, quetschte Leon zwischen den Zähnen hervor.

»Magic«, sagte ich. Leon kniff die Augen zusammen, als er antwortete: »Kleinanzeigen.«

Für einen Moment schwiegen wir und warteten wohl beide auf eine laute Explosion, aber nichts passierte.

»Du kennst das Portal«, rief Leon erleichtert. »Oh, ToHo. Ich kann dir gar nicht sagen, wie froh ich bin. Die ganze Zeit so ein Geheimnis vor dir zu haben. Das hat mich völlig fertiggemacht. Echt, Mann. Es war die Hölle. Aber was soll ich sagen? Als die mich gefragt haben, da war nur noch ein Platz frei. Sonst hätte ich dich natürlich mitgenommen.«

»Bist du bei den Piraten?«, fragte ich geradeheraus.

»Was? Nee, wie kommst du denn darauf? Ich bin bei den Nullcheckern, zusammen mit Vincent und Finn aus der Fünften und noch zwei Jungs aus der a.«

Ich musste laut lachen. »Bei den Nullcheckern?«

»Ja. Wir checken alle nix und schummeln uns mit Zauberstiften durch.« Leon grinste breit.

»Deshalb hast du im Biotest so gut abgeschnitten.«

»Na klar, was dachtest du denn? Das mit der Nachhilfe hab ich ja nur gesagt, damit du nicht misstrauisch wirst.«

Leon sah mich fragend an. »Aber was machst du hier? Ich hab es gar nicht klingeln hören.«

»Tja. Das erzähle ich dir lieber woanders! Lust auf Schaukeln?«

Kurze Zeit später saßen wir zusammen in der Nestschaukel auf dem Spielplatz am Koppelwäldchen. Und es fühlte sich an, als wäre nie etwas zwischen uns gewesen.

Stolz präsentierte ich ihm meine erste Zauberkreation, die Tarnkappe, und wir erzählten uns gegenseitig, was in den letzten Wochen alles passiert war. Als ich zu den Piraten und den Einbrüchen kam, zögerte ich jedoch. Hanna war schließlich Leons Schwester. Sollte ich ihm von ihr erzählen?

»Mann, ist das spannend. Dagegen ist es bei den Nullcheckern ja so lahm wie im Seniorenheim. Ich will alles wissen.«

»Auch wenn deine Schwester in der Geschichte eine Rolle spielt?«, hakte ich vorsichtig nach.

Jetzt war Leon erst recht interessiert.

»Schieß los«, sagte er und rieb sich erwartungsvoll die Hände.

Also begann ich: »Man denkt ja, dass sie total nett ist, aber sie hat auch eine dunkle Seite.«

»Wem sagst du das? Ich bin ihr kleiner Bruder.«

Es war ein Risiko, trotzdem schob ich meine Bedenken einfach beiseite, erklärte diesen Tag zum »Tag der Wahrheit« und erzählte es ihm.

»Willst du mich verarschen? Hanna ist die Piratenkapitänin?«, kreischte er, als ich am Ende meiner Ausführungen angekommen war. So laut, dass ich ihn bitten musste, doch ein bisschen leiser zu sein, auch wenn nur zwei Väter mit Kleinkindern um uns herum waren.

»Ja, und jetzt?«, fragte Leon.

»Jetzt brauche ich einen Plan, denn ich will unbedingt unsere Sachen zurückklauen. Aber ich denke, das wird nicht so einfach. Alleine schaffe ich es auf keinen Fall.«

Leons Wangen leuchteten vor Aufregung ganz rot.

»Ich bin dabei. Was soll ich tun?«

Nachdem wir uns noch eine Weile beratschlagt hatten, trennten sich unsere Wege.

Mit der Tarnkappe auf dem Hirn machte ich einen abendlichen Abstecher an den Osthafen. An einem kleinen Arm der Linne, der wie ein See in das beginnende Naturschutzgebiet ragte, lagen schicke Hausboote, ein paar Segelboote und bunte umgebaute Fischerboote. Im Sommer war hier selbst am frühen Abend viel los. Der Biergarten war noch gut gefüllt. Auch der Bootsverleih war noch offen. Einige Touristen schipperten in Tretbooten, Partybooten mit Grill und romantischen Ruderbooten übers Wasser.

Es war ein komisches Gefühl, dass ich meine Umwelt sehen konnte, ich selbst aber unsichtbar war. Auf dem Weg rund um die Anlegestellen musste ich deshalb einigen Joggern ausweichen, die sonst in mich hineingelaufen wären. Ab und zu kamen Hunde vorbei, die an mir schnupperten oder mich anbellten, denn ihre Nasen verrieten ihnen, wo ich war. Die Herrchen oder Frauchen verwirrte dieses seltsame Verhalten ihrer Vierbeiner natürlich.

Nach und nach klapperte ich die Boote ab, die hier vor Anker lagen. Es gab »Die kleine Titanic«, »Nordwind« und »Liebessturm«. Die meisten anderen trugen Frauennamen wie Ute, Judith oder Svenja. Aber ein Schiff mit Namen »Barbarossa« war nicht darunter.

Ich überlegte bereits, ob ich es am größeren Westhafen versuchen sollte, da entdeckte ich ganz am Ende der Anlegestellen, verdeckt von hohem Schilf, einen schmalen Steg. Ich pirschte mich näher heran. Zwischen den wogenden Schilfrohren lag am Ende des Stegs ein rostiger alter Kahn. »Barbarossa« stand in geschwungenen weißen Buchstaben auf seinem verschlissenen dunkelgrünen Rumpf.

Bingo!

Das Geheimversteck der Piraten!

Ich hatte es gefunden.

Ob jemand an Bord war?

Konzentriert scannte ich das Deck ab und sah in der Steuerkabine die Umrisse einer Gestalt, die mit einem Fernglas die Umgebung auskundschaftete. Als diese zu mir herüberschwenkte, duckte ich mich intuitiv. Erst musste ich über mich selbst schmunzeln. Ich trug schließlich eine Tarnkappe. Aber dann kam mir der Gedanke, dass es möglichweise ein magisches Fernglas war. So etwas hatte ich schon auf Magic Kleinanzeigen gesehen und die Dinger machten Zauber sichtbar.

Für den Rückweg nahm ich die Kappe daher vorsichtshalber ab und hängte mich an ein Herrchen und seinen Hund, so als würde ich dazugehören. Jetzt musste ich in Ruhe an den Details meines Plans feilen, allerdings kannte ich bereits eine Lücke. Damit alles reibungslos verlaufen konnte, brauchte ich noch jemanden im Boot, also in meinem Boot.

»Na klar. Ich wusste, dass du irgendwann hier auftauchen würdest.« Filines Tonfall war feindselig. Sie stemmte die Hände in die Hüften und bombardierte mich mit hasserfüllten Blicken. Sie war gerade dabei gewesen, die allesfressende Pflanze zu füttern, die jetzt neben ihr genüsslich schmatzte. Bevor ich etwas sagen konnte, blaffte sie mich weiter an: »Und die anderen? Lauern die noch hinter der Hecke? Sollst du erst mal gucken, ob die Luft rein ist, bevor sie kommen und meine Pflanzen stehlen?«

»Wovon redest du? Ich bin allein hier«, versuchte ich, sie zu beruhigen.

»Klar. Das sagst du jetzt. Aber was aus deinem Mund kommt, ist ja sowieso gelogen. Dabei hab ich dich echt gemocht. Am meisten sauer bin ich auf mich selbst, weil ich auf dich hereingefallen bin. Der arme Tobi, der Hilfe braucht. Der Tobi, der so nett ist und der auch mal auf einen Tee vorbeikommt. Hätte mir gleich auffallen können, dass das alles 'ne Nummer zu nett war. War das ganze Schauspiel nur, um dich einzuschleimen? Oder war der Anfang noch echt, und sie haben dich erst abgeworben, als wir schon fast auf Level Alpha waren?«

Sie ließ mir keine Chance, etwas zu sagen, so sehr redete sie sich in Rage.

»Weißt du, wer so richtig sauer ist? Der Jakob. Der wollte dich nämlich am Anfang gar nicht wirklich dabeihaben, aber dann war er plötzlich doch voll auf deiner Seite. Den hattest du schön um den Finger gewickelt. Und jetzt beißt er sich so was von in den Hintern, dass er dir vertraut hat. Und Ariana lässt du auch besser in Ruhe. Die verzaubert dich sonst in einen Schwanzlurch.«

Die Löwenblumen neben meinem Bein begannen, seltsam zu knurren. Bevor sie mir in die Waden beißen würden, trat ich vorsichtshalber einen Schritt zur Seite.

»Was hast du dafür bekommen? Es würde mich wirklich mal interessieren, wie viel dir so eine Freundschaft wert ist.«

»Ich hab gar nichts bekommen, denn –«, setzte ich an, aber Filine war schneller: »Geh schon. Ruf sie. Dann können sie mir auch gleich noch das Gedächtnis löschen. Wäre eh besser. Du kannst dir bestimmt nicht vorstellen, wie viel Mühe und Herz in diesen Pflanzen steckt. Aber wem sag ich das? Einem, der scheinbar kein Herz hat.«

»Stooooooppppp«, rief ich so laut und lang gezogen, wie ich nur konnte, sodass sogar der Allesfresser kurz mit dem Kauen aufhörte.

Endlich hielt auch Filine die Klappe.

»Ich war's nicht«, beteuerte ich in möglichst ruhigem Ton. »Ich habe niemanden verraten.«

Filine schmollte und hielt sich die Ohren zu. Trotzdem redete ich weiter, denn ich wusste, dass sie mich noch hören konnte.

»Warum sollte ich den Piraten alles andere verraten, aber nichts von deinem Geheimgarten? Hä? Darüber mal nachgedacht? Die Antwort ist ganz einfach: Weil sie die Infos nicht von mir hatten. Ich war es nicht!«

Demonstrativ drehte sie sich von mir weg und warf der gefräßigen Pflanze, die ihren Kelchmund weit aufsperrte, die letzten Brocken zu. Aber ich war nicht bereit aufzugeben: »Ich will meine Unschuld beweisen. Und ich will unsere Sachen zurückklauen, doch das geht nur, wenn du mir hilfst.«

Nervös nahm Filine die Mütze vom Kopf und knautschte sie mit beiden Händen zusammen wie einen Entspannungsball.

»Aber …«, zischte sie, als sie sich zu mir umdrehte, »… wenn du mich verarschen willst, dann verfüttere ich dich an die da. Und wie gesagt: Sie frisst alles.«

DAS PIRATENNEST

Gleich am nächsten Tag trafen wir uns bei Filine. Dass ihre Mutter am Wochenende vormittags arbeitete, war in diesem Fall wirklich praktisch. Leon war auch mit von der Partie. Filine war erst nicht begeistert gewesen, dass ich ihn in die ganze Sache eingeweiht hatte. Aber dann sah sie ein, dass wir einen zuverlässigen dritten Mann für unseren Plan brauchen würden.

Allerdings mussten wir ihn immer wieder vom Lianenbaum runterholen, den alten Kindskopf. Ich hatte ihm vorher gesagt, dass er alle Getränke von Filine dankend ablehnen sollte, aber auch in dieser Angelegenheit hörte er überhaupt nicht auf mich. Sie tischte uns eine selbst gemachte rote Limonade auf, die nach Sonnencreme, Himbeeren und Kümmel roch. Ich nippte nur daran, aber Leon soff wie ein durstiges Kamel.

Immerhin kamen wir doch mit den Vorbereitungen für unseren Plan voran. Das Wichtigste im Kampf gegen Piraten, da waren wir uns schnell einig, war Folgendes: Man muss als Erstes ihren Kapitän außer Gefecht setzen. Deshalb hatten wir uns überlegt, Hanna in eine Liebesfalle zu locken. Ich hatte schließlich mit angehört, wem sie ihr Herz geschenkt hatte, und wusste, dass sie die ganze Zeit auf ein Date mit diesem Torben wartete. Tja, das sollte sie bekommen. Leon hatte extra einen alten Aufsatz aus Hannas Zimmer geklaut. So hatten wir eine Schriftprobe. Nun kam der Dichterstift zum Einsatz. Er zauberte uns ein paar wunderschöne Zeilen, die Filine bei Torben abliefern sollte. Allerdings fiel uns jetzt erst auf, dass wir keine Adresse von ihm hatten.

»Ich Depp, ich weiß, wo wir ihn heute finden können«, sagte

Leon und schlug sich die flache Hand vor die Stirn. »Er hilft doch nebenher im Eiscafé aus, immer am Wochenende. Vor zwei Wochen, als wir uns zufällig am Elseplatz getroffen haben, da hat mich Hanna mit hingeschleppt. Als Alibi. Damit es nicht so aussieht, dass sie nur wegen ihm dorthin geht. Sie dachte zwar, ich schnalle das nicht, aber ich bin ja auch nicht blöd. Sie geht sonst nie mit mir Eis essen. Und dann immer dieses blöde breite Grinsen im Gesicht und der Singsang in ihrer Stimme, wenn sie mit ihm redet, als wäre sie plemplem.«

Damit Torben der Einladung zum Date auf jeden Fall folgen würde, träufelte Filine eine Essenz aus Herzblumenblättern aufs Papier. Nur ein Atemzug und schon durchströmte einen ein wunderbares Glückgefühl. Wer würde nicht mehr davon wollen?

Für Hanna mussten wir improvisieren. Wir hatten schließlich keine Schriftprobe von Torben. Aber da heutzutage ja sowieso kaum noch jemand Briefe schrieb, kannte Hanna seine Schrift wahrscheinlich sowieso nicht. Also benutzten wir meine Sauklaue. Obwohl sie ja schon verknallt war, bekam das Papier auch ein bisschen Glücklich-mach-Duft verpasst. »Kann nicht schaden, aber die Wirkung hält auch eh nicht lange an«, sagte Filine und bestand darauf, dass wir noch ein PS darunterschrieben: »Bitte lass dein Handy aus. Ich möchte dich ungestört besser kennenlernen.«

Die Nachricht an Hanna würde Leon seiner Schwester unterjubeln.

»Manno, hab ich plötzlich Kopfweh«, sagte er und rieb sich die Schläfen. Ich sah Filine kritisch an, die ihm lächelnd ein Bonbon reichte. »Iss das, dann wird es bestimmt gleich besser.«

Unglaublich! Hatte sie Leon gerade wieder als Versuchskaninchen benutzt? Völlig ahnungslos lutschte Leon das Bonbon. Langsam entzerrte sich sein Schmerzgesicht wieder. »Viel besser.«

Ich sagte nichts dazu, um Leon nicht sauer zu machen, trat aber Filine auf den Fuß, um ihr zu zeigen, was ich davon hielt. »Du wolltest doch, dass ich mithelfe, oder nicht?«, sagte sie nur schnippisch.

Am Nachmittag startete Phase eins des Plans: Zustellung der Liebespost. Während Filine und Leon als Boten unterwegs waren, packte ich zu Hause alles zusammen, was wir für die Aktion brauchten.

In Gedanken übte ich immer wieder den Vergessenszauber. Der war echt ein Zungenbrecher. Ob ich ihn mir richtig gemerkt hatte? Leider war ja das Zauberbuch weg und ich konnte es nicht nachprüfen. Dann stellte ich mir vor, wie es sein würde, wenn ich dem Weberknecht alle Erinnerungen an meine Mutter löschen würde. Ein fantastisches Gefühl. Aber bis dahin gab es noch viel zu tun, denn zuerst musste ich ja den Zauberstab wiederbekommen.

Ungeduldig warf ich immer wieder einen Blick auf mein Handy, bis endlich eine Nachricht von Filine eintrudelte: »Er hat komisch geguckt, aber dann am Brief geschnuppert, gelächelt und mir eine Kugel Eis geschenkt. Ich denke, das geht klar.«

Auch von Leon kamen gute Nachrichten: »Ich hab ihr den Brief in die Hand gedrückt und gesagt: ›Der lag im Briefkasten. Ist wohl für dich.‹ Sie ist völlig ausgeflippt vor Glück und hat direkt Jule angerufen. Läuft.«

Damit hatten wir den ersten Schritt geschafft. Um achtzehn Uhr würden sich Hanna und Torben zu ihrem Date im Bistro Russo treffen.

Allerdings würde die Wirkung des Duftwassers bald nachlassen, und die Gefahr bestand, dass Torben etwas Dummes sagen und die ganze schöne Liebesgeschichte beenden würde, bevor sie überhaupt begonnen hatte.

Dagegen hatten wir uns Phase zwei ausgedacht: der Liebestrunk. Ich freute mich diebisch, dass das Love-Liquid nun eine zweite Chance bekommen würde.

»Ariana ist ausgeschaltet. Ich übernehme jetzt ihre Schicht im Bistro Russo«, schrieb Filine.

»Wie hast du das denn geschafft?«, wollte ich wissen.

»Sie hat Kopfschmerzen, die Arme«, lautete die Antwort mit einem Zwinker-Smiley dahinter.

Während Filine in Phase zwei völlig auf sich gestellt war, traf ich mich mit Leon am Osthafen. Wir hatten lange überlegt, welche Uhrzeit für einen Einbruch auf der Barbarossa passend war. Normalerweise kamen Diebe ja in der Nacht. Damit rechnete man. Aber am frühen Abend, das war viel unerwarteter. Klar, es war noch hell, aber auch das hatten wir einkalkuliert.

Es gab nur zwei Möglichkeiten, auf das Schiff zu gelangen. Erstens: über den Steg. Das war ohne Tarnkappe unmöglich, mit aber auch riskant, wegen des Fernglases.

Zweitens: Man versuchte es über das Wasser. Da auch an diesem lauen Samstagabend noch immer viele Touristen auf Booten unterwegs waren, liehen wir uns auch ein kleines Ruderboot aus.

Damit startete dann Phase drei: der Einbruch. Zur Tarnung trugen wir Sonnenbrillen und Kappen, allerdings keine magischen. Es sollte so aussehen wie ein kleiner Ausflug, und wir hofften, zwischen den anderen Tretbooten mit Familien und Gruppen von Jugendlichen nicht aufzufallen. So drehten wir ein paar Runden und näherten uns langsam der Barbarossa. Was nicht so einfach war. Leon ruderte zwar ganz gut, aber es war eine Kunst, unauffällig und gezielt von hinten an das Schiff ranzukommen. Die Strömung hatte außerdem ihren eigenen Plan und so verhedderten wir uns erst mal im Schilf am Ufer. Am liebsten hätten wir laut geflucht. Aber das hätte zu viel Aufmerksamkeit auf uns gelenkt. Während Leon versuchte, wieder aus dem Schlamassel herauszusteuern, checkte ich schnell mein Handy, um nachzusehen, wie es in Phase zwei so lief. Dann zeigte ich Leon stumm die neueste Nachricht. Filine hatte ein Foto geschickt. Darauf tanzten Hanna und Torben eng umschlungen vor der Theke im Bistro Russo. Die Gäste daneben blickten ein bisschen irritiert, Tante Camilla dagegen strahlte und formte mit den Fingern ein Herzchen. Leon rollte erst mit den Augen, dann gab er mir ein Daumen-hoch.

Ganz langsam befreiten wir uns aus dem Dickicht. Immerhin waren wir jetzt hinter der Barbarossa, dort wo es keine Anlegestellen mehr gab, sondern nur noch das Naturschutzgebiet in unserem Rücken.

Die Kunst würde es jetzt sein, im toten Winkel der Fahrerkabine anzudocken. Diese war heute wieder mit einer Wache besetzt. Ob es sich um ein Mädchen oder einen Jungen handelte, war nicht zu erkennen. Sonst schien niemand an Bord zu sein. Zumindest bewegte sich nichts. Der Pirat im Ausguck hob immer mal wieder das Fernglas an und spähte übers Wasser und auch mal zur Seite ans Ufer. Aber nach hinten blickte er eigentlich nie. Das war unsere große Chance.

Leon ruderte ganz nah an das Heck des Schiffes heran. Mutig stand ich auf und schwankte nach vorne an die Spitze unseres Bootes. Doch die Strömung war so stark, dass wir sofort ein Stück zurücktrieben und ich nur mit Mühe das Gleichgewicht halten konnte. Mit aller Kraft steuerte Leon dagegen, aber selbst als wir wieder den Rumpf des alten Kahns erreicht hatten, kam ich mit meinen Armen einfach nicht bis ganz an die Reling heran. Ich würde ein Stück springen müssen.

Wasser oder Wand?

Ohne lange zu überlegen, tat ich es einfach und sprang. Dabei drückte ich das Boot unter meinen Füßen nach hinten weg und streckte gleichzeitig die Arme aus, wie ein Frosch, der von einem Blatt der Seerose ans Ufer hüpfen will.

Gerade noch so bekam ich die unteren Sprossen des Schiffsgeländers zu fassen, meine Füße aber baumelten im Wasser. Na prima.

Lautlos fluchend zog ich mich an der Reling nach oben und kletterte an Deck.

Leon war inzwischen schon wieder zwischen den anderen Booten untergetaucht. Er würde nicht auf mich warten, sondern Phase vier einläuten. Dazu hatte er die Tarnkappe und Glammer im Gepäck sowie den Auftrag, den rosa Roller fahruntüchtig zu machen. Selbst wenn Hanna doch noch schnallte, dass etwas Seltsames vor sich ging, dann würde sie zumindest zu Fuß gehen müssen.

Ich zog meine Schuhe und Strümpfe aus, um nicht bei jedem Schritt quietschende Geräusche zu machen. Dann nahm ich die Glange aus dem Rucksack und schlich mich auf der Backbordseite an der Kajüte vorbei. Die Vorhänge waren zugezogen, sodass ich nicht hineinsehen konnte.

Weiter vorne ging ich in die Hocke und drückte mich an die Kajütenwand.

Schritt für Schritt watschelte ich im Entengang weiter zum Bug des Schiffes. Als ich nah genug war und vorsichtig um die

Ecke spähen konnte, sah ich, dass die Wache in der Fahrerkabine gerade kräftig gähnte und sich streckte. Dann nahm der Pirat sein Handy und tippte konzentriert irgendetwas. Das war meine Chance.

Ich witschte um die Ecke und wollte schon die Glange an der Tür ansetzen, da bemerkte ich, dass diese gar nicht verschlossen war. Flink wie ein Fisch im Wasser huschte ich in die Kajüte und schloss die Tür hinter mir.

Ich hatte es ins Piratennest geschafft.

Das war unübersehbar.

Überall an den Wänden hingen Säbel, Flaggen und Totenschädelposter. Für meinen Geschmack war es gemütlich eingerichtet. Quer durch den Raum war eine Hängematte gespannt. Es gab ein Sofa und ein Sammelsurium aus Holzstühlen um einen Tisch, der mit leeren Pizzaschachteln geschmückt war.

Aber eins war auffällig: Magische Gegenstände waren nirgends zu sehen.

Seltsam!

Irgendwo mussten sie doch ihr Diebesgut verstecken.

Dann entdeckte ich eine Tür am Ende der Kajüte.

Ha! Vielleicht befand sich dahinter die Schatzkammer!

Dafür sprach, dass die Tür mit einem fetten alten Eisenschloss gesichert war. Also hatte ich die Glange doch nicht umsonst mitgenommen.

Zuerst versuchte sie es mit ihren Zangen, aber das funktionierte nicht. Dann flog sie einmal durch den Raum, riss ein Stück Metall von der Innenverkleidung der Kajüte und formte eine Art Schlüssel daraus. Damit kam sie zurück zur Tür geflogen. Und *krick-krack*, war das Schloss geknackt!

Die schummrige Kammer, die sich dahinter befand, hatte keine Fenster, sodass nur ein Lichtstrahl aus der Kajüte den Raum ein bisschen erhellte.

Trotzdem sah ich sofort die vier Besen, die in der dunkelsten Ecke standen. Momos Besen war allerdings nicht darunter. Er war aus hellem Holz gewesen, diese hier waren dunkelbraun und ganz anders geformt. Ich ging hinein und sah mich genauer um. Auf dem Boden standen eine uralte goldene Kaminuhr, eine silberne Teekanne und ein Spiegel. In einer alten Obstkiste fand ich sogar ein paar Zauberbücher und Pergamentrollen, aber weder »Abrakanngarnix« noch irgendwelche Liebeszauber waren darunter.

Mit Herzklopfen entdeckte ich ein Schmuckkästchen in einem Regal. In der Hoffnung, wenigstens Chans Ring zurückbringen zu können, öffnete ich den mit Edelsteinen verzierten Deckel. Funkelnd und glitzernd lagen darin Armbänder, Ketten, Anhänger und sogar ein Ring. Aber es war nicht der Ring, den ich suchte.

Auch gab es keinerlei Einhornhaar oder Schlüssel und vor allem nur einen Zauberstab. Er war weiß und glänzte. Ich fasste ihn vorsichtig an, ließ ihn aber gleich wieder fallen, denn er war aus Eis. Und das, obwohl es hier in der Kammer bestimmt dreißig Grad hatte.

Wo waren unsere Sachen?

Das konnte doch nicht wahr sein.

War der Einbruch völlig umsonst gewesen?

Und wie sollte ich jetzt von hier verschwinden? Denn eigentlich hatte ich Slüssel, Zauberstab und Einhornhaar in den Rucksack packen, mir dann Chans Ring überstreifen und mit Momos Besen davonfliegen wollen. Unsichtbar durch die Lüfte. Das wäre ein Spaß geworden. Ganz ohne Explosionsgefahr!

Jetzt war diese wunderbare Idee geplatzt. Also würde ich wohl schwimmen müssen, dachte ich noch, als mich zwei Hände von hinten an den Oberarmen packten.

»Ich hab ihn«, hörte ich eine Stimme hinter mir krächzen. Dann presste mir jemand ein Tuch auf Mund und Nase, das irgendwie nach Pupsen roch, und mir wurde sofort schwarz vor Augen.

GEFANGEN

Wenn ich vorher gewusst hätte, was auf mich zukommt, wenn ich gewusst hätte, dass mich am Ende meines Abenteuers zwei Piraten fangen und knebeln und alles auf diesem Schiff endet, hätte ich dann auf den Link zum Portal geklickt?

Was für eine Frage!

Die letzten Wochen waren die coolsten meines Lebens gewesen. Natürlich würde ich es noch mal tun.

Wer nicht?

Einmal echte Zaubergegenstände zu besitzen, davon träumen wir doch alle, oder?

Aber ich bin auch traurig, denn es ist eigentlich zu schön, um vorbei zu sein. Außerdem werde ich mich nach der Explosion an nichts mehr erinnern können, was mit Magic Kleinanzeigen zu tun hat. Ich werde mich wahrscheinlich wundern, wo meine Kuscheltiere geblieben sind, oder mich fragen, warum das blaue Handtuch im Bad jetzt goldene Sternensprenkel hat.

Auch werde ich keine Erklärung dafür haben, warum ich mit einer Bestnote im naturwissenschaftlichen Zweig gelandet bin, und ich werde mich fragen, warum Filine bei dreißig Grad im Schatten eine Wollmütze trägt. Aber das Schlimmste: Meine Eltern werden sich scheiden lassen, und ich kann nicht das Geringste dagegen tun.

»Ich erreiche den Boss einfach nicht«, sagt die Verrückte.

Gut so, denke ich. Dann haben wenigstens Phase zwei und vier des Plans funktioniert. Hanna ist immer noch schwer verliebt und beschäftigt.

»Wir müssen sie aber finden«, jammert sie weiter. Wegen der Augenbinde kann ich nichts sehen, aber ich höre, wie sie auf dem Handy herumtippt.

»Was machst du da?«, krächzt die Krähe.

»Ich telefoniere, was sonst? Vielleicht weiß Liberty, wo sie ist.«

Liberty, den Piraten in der Probezeit, den hatte ich schon fast wieder vergessen. Gebannt folge ich dem Gespräch. Die Ohren haben sie mir ja zum Glück nicht verstopft.

»Wir haben hier ein Problem. Ein Einbrecher«, beginnt die Verrückte das Gespräch. Leider kann ich Libertys Antworten nicht hören, sondern nur die Bruchstücke, die sie sagt: »Weißt du, wo der Boss ist? … Das Handy ist aus. … Keine Ahnung, wer er ist. Warte. Ich stelle um auf Videocall, dann kannst du ihn sehen.«

Einen Moment lang wird es still. Der Gedanke, dass ich jetzt gerade von einem Fremden über eine Handykamera begutachtet werde, ist mir sehr unangenehm.

Dann geht das Telefonat weiter: »Mittwoch? Es ist Samstag, du Depp …«, sagt die Verrückte. »Klar. Darüber haben wir auch schon diskutiert. Aber das entscheidet der Boss. … Okay. So können wir es machen.«

Dann legt sie auf und verkündet: »Ich ziehe jetzt los. Liberty und ich teilen uns die Stadt auf und suchen sie. Lass ihn nicht aus den Augen. Verstanden?«

Als sie endlich weg ist, atme ich innerlich auf. Hoffentlich werden Filine und Leon nach mir suchen. Inzwischen dürften sie geschnallt haben, dass etwas schiefgelaufen ist. An diesen Gedanken klammere ich mich, bis mir ein unerwartetes Flüstern an meinem Ohr eine Gänsehaut über den ganzen Körper jagt.

»Nimm dich in Acht.«

Die Drohung auf dem Zettel.

Ausgesprochen klingt sie noch viel düsterer. Es gibt nur eine Erklärung: Die Krähe hat sie verfasst. Und jetzt sind wir beide ganz alleine in dieser Kajüte.

Meine Arme jucken wieder wie verrückt.

Das ist dann wohl das Ende.

Plötzlich spüre ich, wie er meine Augenbinde anfasst. Ich erstarre und erwarte etwas Schreckliches.

»Nimm dich in Acht«, wiederholt die Krähe und grummelt: »Was ist daran nicht zu verstehen? Es war schwer genug, dir die Warnung zuzustecken, ohne dass es jemand sieht. Und was machst du? Du kommst hierher.«

Die Warnung?

Dann zieht er mir den Schal vom Kopf. Und ich sehe der Krähe mitten ins Gesicht. Ich kann es nicht fassen. Der krächzende Pirat ist Mike.

»Aber … aber? Was machst du da?«, frage ich verwirrt, als er meine Fesseln löst. »Du hast mich immer so böse angesehen. Ich dachte, du hasst mich.«

Mike seufzt: »Ich wollte, dass du das denkst. Ich hatte den Auftrag, dich zu beobachten, dich nicht aus den Augen zu lassen. Da war es gut, dass du dich ein bisschen gefürchtet hast.«

»Aber warum?«

»Warum, weiß ich nicht. Sie gibt die Befehle. Wir machen nur.«

Im nächsten Moment drückt er mir die Glange in die Hand und sagt: »Hau sie mir auf den Kopf, aber nicht zu fest. Nur 'ne Beule, okay? Ich werd ihnen erzählen, dass mich jemand von hinten überrumpelt hat. Und dann bindest du mich hier fest und verschwindest.«

»Dein Ernst?«

»Ja, mach schon. Sonst überlege ich es mir noch anders.«

Also fessle ich Mike und gebe der Glange den Befehl, ihm eine zu verpassen, ohne ihm allzu wehzutun. Die Glange, die sich gerne prügelt, freut sich. Wenn sie ein Gesicht hätte, würde sie jetzt grinsen. Da bin ich mir sicher.

»Au. Shit. Das tat weh«, jammert Mike, nachdem sie den Befehl ausgeführt hat.

Eine Frage muss ich noch loswerden: »Warum hilfst du mir?«

»Weil ich dir noch was schulde«, erklärt Mike. »Du hast dich für mich eingesetzt. Das war stark. Es war dir egal, was die anderen denken.«

Das ist das Letzte, was er sagt, bevor ich ihm ein Taschentuch in den Mund stopfe. Dann laufe ich los, so schnell mich meine nackten Füße tragen.

Als ich den Spielplatz am Koppelwäldchen erreiche, wartet Leon bereits auf dem Kletterturm. Es ist schon halb acht. Obwohl es noch hell ist, sind keine Eltern mit Kindern mehr hier. Das ist gut so.

»ToHo, wo bleibst du denn? Ich hab mir echt ins Hemd gemacht vor Angst. Ich war kurz davor, dich suchen zu kommen.«

Aufgeregt erzähle ich ihm, was passiert ist. Noch bevor ich zum traurigen Schluss meines missglückten Einbruchversuchs komme, ist Filine da. Ich gebe ihr den Vortritt, sie fasst noch mal Phase zwei zusammen und beendet ihren Bericht mit einem Mädchen, das vor zehn Minuten reingekommen war und Hanna gesucht hatte.

»Sie muss draußen den Roller gesehen haben. Den hätten wir ganz verschwinden lassen müssen«, erzählt sie aufgeregt. »Aber das Love-Liquid ist wirklich krass. Es war ihr fast nicht möglich, Hanna von diesem Torben loszueisen. Dann hat sie ihr was zugeflüstert und Hanna ist doch mit. Und die hat vielleicht getobt, als der Roller nicht anspringen wollte. Anschließend sind sie zusammen losgelaufen, aber ...«, Filine kichert, »... Torben ist ihnen hinterher wie ein verliebter Dackel. Den kriegen sie so schnell nicht von der Backe.«

»Konntest du jetzt einfach so weg?«, will Leon wissen.

»Hab Ariana ein Bonbon verpasst. Und schon waren ihre Kopfschmerzen wie weggeblasen. Sie übernimmt jetzt den Rest der Schicht.«

Man kann richtig sehen, wie bei Leon der Groschen fällt.

»Manchmal bin ich ja so doof. ToHo hat gleich gesagt, ich soll von dir nichts zu trinken annehmen.«

Filine lächelt verlegen. »Sorry, aber es war für einen guten Zweck.« Dann wendet sie sich mir zu: »Wo sind die Sachen? Hast du meinen Slüssel?«

»Hab sie leider nicht gefunden«, gestehe ich. »Anderes Diebesgut war da, aber nicht unsere Sachen.«

»Was? Die Piraten haben sie doch geklaut. Wo sollten sie denn sonst sein?« Ich sehe Filines Enttäuschung und Ratlosigkeit.

»Ich hab da so eine Ahnung«, erkläre ich. Dann bitte ich Leon, sich übers Handy bei Magic Kleinanzeigen einzuloggen, und gebe ihm ein paar Anweisungen.

»Was soll das?«, fragt Filine, während Leon über den Hilfebutton nach einem Admin ruft. »Es ist nur so ein Gedanke«, sage ich, da erscheint schon Gregorius auf dem Bildschirm.

»Entschuldigen Sie, Herr Gregorius, ich hätte da mal eine Frage. Ich würde gerne wissen, was es so für Zaubergegenstände auf Level Alpha gibt«, folgt Leon meinen Anweisungen.

Der Zwerg räuspert sich. »Dazu darf ich dir leider nichts sagen. Du bist ja erst auf Level Gamma. Da wirst du dich schon hochleveln müssen.«

»Und es kann auch nicht sein, dass Sie mal aus Versehen was sagen, was Sie nicht dürfen?«, mische ich mich jetzt ein und schiebe mein Gesicht vor die Kamera.

»Huch, da ist ja noch jemand. Aber nein. Das hier ist ein Callcenter. Sobald ein Admin gegen die Regeln verstößt, wird er sofort … na ja. Dazu darf ich auch nichts sagen.«

»Und Fragen zu Level Gamma?«, hake ich nach.

»Kommt darauf an«, antwortet der Zwerg. »Was möchtest du denn wissen?«

Ich flüstere Leon etwas ins Ohr, und er sagt: »Ich bin auf der Suche nach einem Einwegzauber, um eine lange Eisbahn zu bauen. Gibt es so was wie Eispulver?«

Der Zwerg lacht. »Du hast wirklich noch gar keine Ahnung, was? Um Eis für eine Eisbahn zu erzeugen, braucht man schon was Stärkeres als einen Beutel Eispulver. Mehr kann ich dazu allerdings auch nicht sagen. Da wären wir nämlich schon wieder bei Level Alpha. Schweigepflicht.«

»Meinen Sie so was wie einen Eiszauberstab?«, mische ich mich frech noch einmal ein.

Gregorius lächelt gequält.

»Meine Schicht endet für heute. Bei weiteren Fragen wenden Sie sich bitte an meine Kollegen.« Dann wird das Chatfenster schwarz und der Zwerg ist weg.

Filines Hand krallt sich in meinen Oberschenkel. Meine Herren, tut das weh, aber ich beiße die Zähne zusammen. Ich verstehe ihren Schmerz, denn mir gefallen Gregorius' Antworten auch überhaupt nicht.

»Aber … aber«, stottert sie. »Woher sollte Momo denn einen

Eiszauberstab haben? Da waren wir doch noch gar nicht auf Level Alpha?«

Ich nicke. »Das ist eine interessante Frage. Genauso wie die, woher er schon vorher wissen konnte, welche Gegenstände es auf Level Alpha überhaupt gibt. Von Gregorius, wie er behauptet hat, ja schon mal nicht.«

Ich muss nichts sagen. Filines Kinnlade fällt herunter. Sie weiß es und ich weiß es auch.

»Denkst du wirklich, Momo gehört zu den Piraten?«

Ich nicke: »Ich denke, Momo ist Liberty.«

»Aber wie kann er denn mit zwei verschiedenen Tarnnamen im Portal angemeldet sein? Geht das überhaupt?«, wundert sich Filine. »Dann braucht er doch auch zwei Accounts?«

»Wenn man unterschiedliche Mailadressen benutzt und sich von unterschiedlichen Rechnern aus anmeldet«, mutmaßt Leon, »dann müsste das funktionieren.«

Siedend heiß fällt mir der Chat zwischen Liberty und Hanna wieder ein: »Oh mein Gott, er hat den Auftrag, uns alle explodieren zu lassen.«

»Was?«

»Ich hab's mitgelesen. Sie hat das Wort Chaos-Crew nicht geschrieben, aber ich bin mir sicher, dass er uns in die Luft sprengen soll.«

»Du meinst auch Chan? Der ist sein bester Freund. Das würde Momo niemals machen.« Filine schüttelt den Kopf.

»Alle. Das war ihr Befehl.«

»Hanna kann sehr bestimmend sein. Ich weiß, wovon ich rede«, sagt Leon.

»Wir müssen Ariana und Chan warnen.« Filine greift ihr Handy, aber ich stoppe sie: »Nein. Sie werden dir nicht glauben. Und dann werden sie Momo warnen. Wir brauchen Beweise, oder noch besser, ein Geständnis. Die Piraten wollten mir ein Wahrheitsserum verabreichen. Kannst du so was herstellen?«

»An sich schon. Aber dazu bräuchten wir Einhornhaar, das wir ja nicht mehr haben«, sagt Filine.

»Dann müssen wir welches kaufen.«

Filine macht ein langes Gesicht: »Es muss aus der Mähne sein, nicht aus dem Schweif. Weißt du, wie teuer das ist?«

»Nein. Aber Aufgeben ist auch keine Lösung.«

Es ist kurz nach acht, als sich unsere Wege trennen. Leider ist es schon Zeit, nach Hause zu gehen. Wenn man erst zwölf ist, verstehen Eltern da keinen Spaß. Wir versprechen uns, die Handys anzulassen und uns später noch mal kurzzuschließen.

Als ich nach Hause komme, sitzt mein Vater mit Herrn Bohnenberger, den er auch ohne Zaubertrank jetzt nur noch Alfred nennt, in unserem Garten und quatscht. Ich gucke ganz genau hin. Sie halten kein Händchen und ich sehe auch kein verknalltes Leuchten in Papas Augen. Gut. Sehr gut.

»Wo ist Mama?«, frage ich.

»Unterwegs«, antwortet er und blickt mir ein bisschen ratlos auf die nackten Füße.

Nicht schon wieder, denke ich voller Wut. Sie trifft sich mit diesem blöden Weberknecht. Ich muss endlich den Zauberstab zurückbekommen und der Sache ein Ende bereiten.

»Und mit wem ist sie unterwegs?«, hake ich nach, obwohl ich es ja weiß. Aber es interessiert mich, was sie ihm erzählt hat.

»Sie ist mit Heike ins Kino«, sagt er und schenkt sich und dem Alfred noch ein »lecker Weinchen« nach.

»Ach echt, mit Heike? Schon wieder? Sind aber in letzter Zeit oft zusammen unterwegs.« Ich kann mir den beißenden Unterton nicht verkneifen. Am liebsten würde ich an meinem Vater rütteln, damit er wach wird, und ihm sagen, dass er endlich mal die Augen aufmachen muss, weil Andrea schon seit Tagen alten Ballast abwirft und unter dem Namen Ändy gerade ein neues Leben plant. Aber er sitzt da seelenruhig und krault Kolumbus' Kopf, der zu seinen Füßen liegt.

»Ach, Tobi. Du bist in letzter Zeit auch ständig mit Freunden unterwegs. Lass der Mama doch auch mal ein bisschen Zeit für sich. Ich habe den Eindruck, sie braucht das im Moment.«

Dazu fällt mir nichts mehr ein, außer dass mir schlecht wird.

In diesem Moment höre ich meinen Magen knurren. Ich hab den ganzen Tag noch nichts gegessen. Im Kühlschrank finde ich noch Nudelsalat. Also versorge ich mich mit einem Berg davon und verabschiede mich in mein Zimmer.

Ich hab noch keine Lösung, aber ich muss trotzdem etwas tun. Vorsichtshalber schiebe ich eine Umzugskiste von innen vor die Zimmertür, dann fahre ich das Tablet hoch und logge mich ins Portal ein. Mit Hoppel auf meinem Schoß, durchsuche ich die aktuellen Angebote, während ich immer wieder eine Gabel Nudeln in den Mund schiebe. Mann, tut das gut.

Das Ergebnis der Suchanfrage ist niederschmetternd. Eine Strähne Einhornhaar aus dem Schweif kostet schon hundert M-Coin. Und eine Strähne aus der Mähne?

»Dreihundert?«, rufe ich aus. »Mittwoch! Das ist echt zu teuer.«

Mein Handy surrt. Eine Nachricht von Filine: »Momo hat gerade geschrieben. Er will sich mit uns treffen. Um Mitternacht. Angeblich hat er was Aufregendes geplant. Fun für alle.«

Ich: »Das ist eine Falle.«

Filine: »Na klar, was sonst? Ich bin auch nicht blöd.«

Ich: »Du musst die anderen irgendwie stoppen.«

Filine: »Ariana hat gerade zugesagt.«

Ich: »Mittwoch.«

Filine: »Chan jetzt auch. Was sollen wir tun?«

Hoppel sieht mich mit großen Augen an. Meine Traurigkeit spiegelt sich in seinen wider. Er weiß, was ich denke.

Ich schreibe Filine.

Ich: »Wenn ich das Einhornhaar besorge: Wie lange dauert es dann, ein Serum herzustellen?«

Filine: »Eine Stunde. Was hast du vor? Du hast doch gar keine M-Coins mehr!«

Ich: »Ich melde mich nachher noch mal.«

Ich drücke Hoppel fest an mich und horche in ihn hinein.

»Bist du dir sicher, dass du das tun willst?«

Dann halte ich mein Ohr an seine Schnauze. Ich weiß, was er sagen würde. »Einen Freund lässt man nicht im Stich«, wiederhole ich laut. »Das sehe ich genauso.«

Mein Leben lang ist er an meiner Seite gewesen. Er hat böse Schatten ferngehalten, im Schlaf auf mich aufgepasst, mir immer zugehört und mich oft getröstet. Ich drücke ihn an mich und spüre mein Herz klopfen. Dann streichele ich noch einmal seine langen Ohren.

Wir wissen beide, es ist ein Abschied für immer.

Die Uhr tickt

»Ich werde dich ein bisschen quetschen müssen«, flüstere ich Hoppel zu, als sich das Portalfenster öffnet. Mit den Ohren zuerst, schiebe ich ihn ins Tablet hinein. Es ist eng, aber es wird schon gehen. Das Letzte, das ich nun von ihm sehe, sind sein weißer Puschelschwanz und seine großen Füße. Ich bin traurig. Nur ein Klick und das Portal wird ihn einsaugen. Dann wird er für immer in eine andere Welt übergehen und ich werde ihn nie wiedersehen.

Ich zögere noch einen Moment, denn ich muss ihm zum Abschied noch etwas sagen: »Danke, mein Freund«, raune ich ihm zu. »Ich werde dich nie ver…«

Mitten in meine letzten Worte mischt sich ein Handyklingeln. Gerade jetzt. So ein unpassender Moment. Aber das Handy brummt nicht wie bei einer Nachricht. Es klingelt. Jemand ruft an. Deshalb schaue ich alarmiert aufs Display und hebe ab. Es ist Filine. Ohne ein Hallo fleht sie mich an: »Ich weiß, was du vorhast. Bitte, Tobi, tu das nicht. Du musst ihn nicht verkaufen. Ich hab eine bessere Idee. Vergiss das Geständnis. Wir werden die Beweise besorgen. Und zwar noch vor Mitternacht.«

Es ist nach zehn Uhr und schon dunkel, als wir uns am Haus der Familie Ludwig treffen. Leon erwartet uns bereits am Kellereingang.

»Hanna?«, fragt Filine kurz und knapp.

»Bis jetzt noch nicht wieder da.«

»Und deine Eltern?«

»Die sind heute Abend aus. Auf irgendeinem Partyschiff zum Tanz im Mondschein, irgend so was Bescheuertes.«

»Deine Eltern tanzen miteinander?« Ich bin neidisch. Ich muss an meinen Vater denken, der gerade alleine im Wohnzimmer vorm Fernseher sitzt. Er denkt, dass ich im Bett bin und seine Frau im Kino. Beides stimmt nicht. Mir wäre es auch lieber, sie würden jetzt zusammen tanzen. Dann wäre ich freiwillig im Bett.

»Ich kann es mir auch nicht richtig vorstellen. Voll peinlich, meine Alten.«

»Eigentlich voll schön«, finde ich. Leon aber rümpft nur die Nase. Dann lotst er uns in das Büro seiner Mutter. Überall in den Regalen stehen 3-D-Modelle herum, die sie entworfen hat. Es sind Staubsaugeraufsätze, Wandhaken, Rohrzangen oder Einkaufswagenchips. Echt beeindruckend.

»Inzwischen kann man sogar ganze Häuser mit dem Verfahren bauen«, sagt Leon stolz, der bereits den Computer hochgefahren und ein Zeichentablet angeschlossen hat.

»Ich bin so gespannt, ob es klappt«, sagt Filine und überreicht Leon ihre weiße Feder. Der befestigt einen WLAN-Clip an ihr und setzt die Spitze auf das Zeichenfeld, dann gibt Filine einen Befehl. Gebannt starren wir auf den Bildschirm, auf dem nach und nach die dreidimensionale Zeichnung entsteht. Die Feder arbeitet jedes Detail aus.

Wahnsinn.

Es klappt.

»Wie bist du denn auf diese Idee gekommen?«, staune ich.

»Es ist mir plötzlich eingefallen«, berichtet Filine. »Weißt du noch, Tobi? Der Tag, als Chan die Piratenflagge mitgebracht hat. Als wir über Sicherheit geredet haben, da hab ich euch das Ding auf meiner Feder präsentiert. Und die speichert nicht nur

Schriftproben, sondern alles, was sie berührt. Also dachte ich, sie kann es vielleicht auch zeichnen.«

»Und wenn man es zeichnen kann, kann man es auch ausdrucken«, sagt Leon und gibt am Computer den Befehl dazu. Fasziniert beobachten wir, wie das Duplikat entsteht. Der 3-D-Drucker arbeitet allerdings ganz langsam. Es ist nervenzehrend.

»Je komplexer die Vorlage, desto länger braucht der Drucker. Eine Tasse kann einen halben Tag dauern«, entschuldigt sich Leon. Aber so viel Zeit haben wir nicht. Immer wieder checken wir die Uhrzeit. Inzwischen ist es schon elf. Wir reden kaum noch miteinander. Ich laufe im Büro auf und ab, Filine überprüft ständig ihre Nachrichten und Leon überwacht den Druckvorgang. Zwanzig Minuten später hält Filine endlich das Ergebnis in den Händen: Momos Safeschlüssel als exakte Kopie.

»Wenn die Piraten unsere Sachen nicht haben, dann müssen sie noch bei ihm sein«, sagt sie. »Jetzt müssen wir nur noch den Safe finden. Es gibt zwei Möglichkeiten, wo er sein kann: bei Momo zu Hause oder in der Garage.« Also machen wir uns auf den Weg ins Geheimversteck. Irgendwo müssen wir mit der Suche ja anfangen.

»Schön hier«, sagt Leon begeistert. »Wir hausen in einer selbst gebauten Hütte.«

Dann teilen wir uns auf und durchsuchen die Garage. Leon nimmt sich den Kühlschrank vor, Filine durchkämmt das Gebiet rund um den Schreibtisch und ich checke die Möbelstücke. Aber nichts deutet auf einen Safe hin.

»Vielleicht gibt es so was wie ein Geheimversteck im Geheimversteck«, mutmaßt Leon.

Also starten wir eine zweite Runde und suchen alles nach Knöpfen, Hebeln oder sonstigen Riegeln ab, die eine versteckte

Tür, eine Klappe oder eine Falltür öffnen könnten. Aber leider finden wir rein gar nichts.

»Und jetzt?«, frage ich niedergeschlagen, als ich mich in den Sessel des Grauens plumpsen lasse. Die anderen beiden sehen mich mit blassen Gesichtern ratlos an. Die Uhr tickt. Es ist bereits zehn Minuten vor Mitternacht. Was auch immer sich Momo ausgedacht hat, es ist nichts Gutes. Und Chan und Ariana sind gerade dabei, in seine Falle zu tappen.

»Sie wollen wissen, wo ich bleibe«, sagt Filine nach einem Blick aufs Handy.

»Schreib ihnen, dass du unterwegs bist«, rate ich. »Dann können wir noch Zeit gewinnen.«

»Nein. Wir sind am Ende unseres Plans. Ich muss sie jetzt warnen«, sagt sie entschlossen und beginnt zu tippen.

Unter meinem Arm, den ich auf der Lehne abgelegt habe, drückt etwas. Das ist wirklich der unbequemste Sessel aller Zeiten. Auch von unten stößt etwas Hartes in meine rechte Pobacke.

»Warte«, rufe ich aufgeregt. Dann taste ich die Armlehne entlang und drücke jeden goldenen Nagel, mit dem der Samtbezug am Holz befestigt wurde. Plötzlich hebt sich die Lehne wie der Deckel einer Schatulle und darunter befindet sich ein Schlüsselloch.

»Schnell, Filine«, rufe ich und springe auf. Mit zitternden Händen steckt sie das Duplikat in die Öffnung und dreht es herum.

Klack-klack. Dann klappen Lehne und Sitzfläche von alleine nach hinten.

»Wow«, stößt Filine hervor. »Der Sessel ist der Safe. Darauf muss man erst mal kommen. Dieser gerissene Hund.«

Und das Magische daran: Im Sessel ist viel mehr Platz, als man es von außen sehen kann. Das, was eben noch meinen Hintern gepiesackt hat, ist der Stiel von Momos Besen, der schräg darin steht.

Die Zeit drängt. Also durchwühlen wir alles. In einer Schachtel finde ich Chans Ring. Auch das Einhornhaar ist da und eine Kiste voll mit Arianas Liebeszaubern. Aber sosehr wir auch suchen, mein Zauberstab und das Buch fehlen.

»Sie fangen gleich schon mal ohne mich an, schreibt Chan. Ich soll mich aber trotzdem beeilen.« Filine ist außer sich. »Tobi, wir müssen los. Das schaffen wir sonst niemals rechtzeitig. Es ist schon fünf vor zwölf. Und das meine ich wortwörtlich.«

»Doch. Das schaffen wir«, entgegne ich zuversichtlich.

Filine sieht mich fragend an.

»Wir fliegen.«

Endlich kommt meine geniale Kombination zum Einsatz. Mit Chans Ring und Momos Besen können wir uns unsichtbar fortbewegen. Aber zu dritt passen wir nicht auf das Teil.

»Macht nichts«, sagt Leon. »Ihr braucht ja nur ein paar kleine Beweise. Ich bringe in der Zwischenzeit die sperrige Kiste mit den Schriftrollen in Sicherheit.«

»Clever«, beginne ich das Wörterkettenduell.

»Gehirn«, sagt Leon und tippt sich an die Stirn.

»Zombienahrung.«

»Horror.«

»Axt.«

»Aua!«

Es ist schön, so einen Freund zu haben, denke ich und ziehe den Ring auf den Finger. Dann greife ich mit beiden Händen den Besenstiel und spüre Filines Arme, die sich von hinten um meinen Bauch schlingen.

»Ihr seid unsichtbar, alle beide, krass«, hören wir Leon rufen, als der Besen bereits abhebt und wir langsam in die Lüfte steigen. Er steht unten auf der Straße zwischen den Garagen und winkt uns hinterher, obwohl er uns ja schon gar nicht mehr sehen kann. Nur so ist sein fröhliches Grinsen zu erklären, denn wir schlingern ganz schön. Das Gleichgewicht zu halten, ist gar nicht so einfach. Vor allem müssen wir uns immer gemeinsam in eine Richtung lehnen, wenn wir nach links oder rechts steuern wollen. Aber nach ein paar Runden über den Elseplatz haben wir den Dreh raus.

»Wo müssen wir denn lang?«, frage ich Filine, als wir über den Dächern der Stadt schweben und uns orientieren.

»Treffpunkt ist die Geisterfabrik.«

»Nie gehört. Wo ist das?«

»Das ist ein verlassenes Industriegelände zwischen Villenviertel und Osthafen. Einfach geradeaus.«

Also steuere ich die Hügelstraße hinunter. Jetzt liegt das Ostviertel zu unseren Füßen. Ich kann im Vorbeifliegen sogar die Leuchtreklame am Bistro Russo erkennen und das flackernde Fernsehlicht in unserem Wohnzimmer. Kurz darauf passieren wir die Kaiserstraße, in der gerade eine Straßenbahn knatternd die Kreuzung überquert. Ansonsten schläft die Stadt bereits.

Ein paar Minuten später erreichen wir das Industriegebiet an der Linne. Ganz in der Ferne, dort wo der Fluss eine Kurve nimmt, um im Auenwald hinter dem Hafen zu verschwinden, sehe ich ein Schiff. Seine bunten Lampions spiegeln sich im Wasser. Ob dort gerade Leons Eltern tanzen?

Dann lotst mich Filine in die Ruinen eines alten Werksgeländes. Wir landen vorsichtig und sehen uns um.

Doch dort ist alles still, niemand ist zu sehen. Nur der Vollmond malt die Schatten der zerborstenen Hallenfenster auf den Asphalt des großen Innenhofes.

»Sie sind nicht mehr hier«, schimpft Filine. »So ein Mist! Wir sind zu spät.«

»Was könnten sie vorhaben?«, frage ich.

»Keine Ahnung«, antwortet Filine. »Wir waren schon länger nicht mehr hier. Das letzte Mal mit Farid.« Ihre Augen weiten sich. »Komm.«

Wir steigen vom Besen und laufen los. Ich folge ihr über den Hof durch ein kleines Tor hinunter zur Linne.

Als wir näher kommen, sehen wir drei Gestalten am Ufer stehen. Im Mondlicht sind ihre Silhouetten genau zu erkennen. Momos Locken, Chans runder Igelkopf und Arianas langes Haar.

Spontan nehme ich Filine an die Hand, damit sie unsichtbar bleibt. Sie zuckt kurz, versteht dann aber, wieso.

Vorsichtig schleichen wir uns näher heran.

»Ich hab keine Lust mehr zu warten. Wir fangen jetzt einfach an«, sagt Momo, bückt sich und legt irgendetwas, das ich nicht erkennen kann, in das Wasser am Flussufer.

»Der magische Kristall«, flüstert mir Filine entsetzt zu. »Sie tun es noch mal.«

Fasziniert beobachte ich, wie der Stein einen Strahl des Mondlichts einfängt und in sich aufsaugt. Es dauert einen Moment, dann spuckt er ihn wieder aus: als einen Regenbogen, der wie eine Brücke genau von der einen bis zur anderen Flussseite reicht. Dabei strahlt er nicht nur in all seinen Farben, sondern glitzert auch noch silbern.

»Wow. Mit Mondlicht sieht er ja noch viel schöner aus«, findet Chan.

»Du darfst zuerst«, lässt ihm Momo den Vortritt. Doch Chan zögert. Er denkt bestimmt gerade an Farid. Auch Momo scheint das zu bemerken.

»Alles cool. Niemand ist hier. Heute kann nichts schiefgehen«, versucht er, ihn zu beruhigen. Chan nickt und betritt den Lichtstrahl.

»Es funktioniert«, ruft er freudig und geht die ersten Schritte.

»Jetzt du, Ariana«, sagt Momo und schiebt sie ein Stück vor sich her.

»Was hat er nur vor?«, frage ich Filine ganz leise.

»Keine Ahnung«, antwortet sie. »Vielleicht irren wir uns. Und er will wirklich nur mal wieder was Verrücktes tun.«

Dann sehen wir, wie Ariana den grünen Streifen des Regenbogens betritt. Sie juchzt: »Mann, ist das aufregend! Und auf der anderen Seite rutschen wir runter, okay? Warte auf mich.«

Chan hat schon fast den Scheitelpunkt erreicht.

»Momo geht nicht hinterher«, sagt Filine. »Das ist doch seltsam.« Ich spüre, dass ihre Hand schwitzt.

Dann habe ich plötzlich eine Eingebung. Ein Blitzgedanke, der das alles hier erklärt. »Oh mein Gott«, sage ich, »er will sie wirklich explodieren lassen! So wie Farid.«

»Aber wie denn? Es ist niemand hier.« Filine sieht sich in alle Richtungen um. Um uns ist nichts als Nacht und Stille.

»Das Schiff«, stammele ich. »Es wird jeden Moment hinten im Auenwald auftauchen. Und was ist das Erste, was die Passagiere in der Ferne sehen werden?«

»Einen Regenbogen über der Linne«, haucht Filine.

Spontan lasse ich sie los und steige wieder auf den Besen. Ich sehe an ihrem entsetzten Gesichtsausdruck, dass sie mich fragen will, was das soll. Doch für Diskussionen ist keine Zeit.

»Versteck dich«, raune ich ihr nur zu, dann erhebe ich mich in die Lüfte.

Von oben kann ich die Lage genau überblicken. Das Partyschiff ist bereits in der Flussbiegung. Gleich wird es hinter den Bäumen zu sehen sein. Chan und Ariana stehen jetzt mitten auf dem Regenbogen. Sie winken Momo ganz stolz zu, während er ihnen ein hinterlistiges Daumen-hoch zum Abschied schenkt. Was für ein herzloser Typ. Wenn der Regenbogen explodiert, werden die beiden nicht nur alles Magische vergessen, sie werden auch in den Fluss fallen. Hat der Idiot noch nie etwas von gefährlichen Strömungen gehört?

Ich sehe die Spiegelbilder der Lampions, die die Kurve erreicht haben. Jede Sekunde wird das Schiff um die Ecke biegen. Ich denke nicht mehr, ich höre auf mein Bauchgefühl. Wie ein Pfeil sause ich nach unten und verpasse erst Chan, dann Ariana einen heftigen Schubs mit dem Besenstiel, sodass sie die Regenbogenrutsche rückwärts zurück ans Ufer sausen.

Keine Sekunde zu spät.

Der Bug des Schiffes ist zu sehen.

Ein Raunen hallt übers Wasser.

Sie haben ihn gesehen.

Im selben Moment explodiert der Regenbogen lautlos in Millionen bunte Partikel.

Ariana und Chan sitzen auf dem Hosenboden am Ufer, und ihre Blicke folgen entsetzt der glitzernden Wolke, die jetzt wie eine Discokugel über die Wasseroberfläche der Linne rollt und sich ganz langsam dem noch ein Stück entfernten Schiff nähert.

»Was war das?«, fragt Chan fassungslos, während er aufsteht und sich den schmerzenden Po reibt.

»Rettung in letzter Sekunde«, antwortet Filine, die jetzt aus dem Schatten der Büsche hinter Momo auftaucht. Vorsichts-halber lande ich ein paar Meter neben ihr, bleibe aber noch in Deckung.

»Filine, da bist du ja endlich«, ruft Ariana, die zum Glück un-verletzt wieder auf ihren Beinen steht.

Momo sieht nicht so erfreut aus über Filines Ankunft.

»Wieso kommst du erst jetzt?«, fragt er genervt.

»Ich musste noch was besorgen«, antwortet Filine ganz cool, zieht ihre Mütze vom Kopf und holt den Slüssel hervor.

»Hab ihn wieder. Toll, oder? Und das hier.« Sie kramt in ih-rem Rucksack und zieht die Schatulle mit dem Einhornhaar heraus.

»Filine!«, ruft Ariana begeistert über den Anblick ihres größ-ten Zauberschatzes. Chans Augen leuchten ebenfalls. »Und mein Ring. Hast du den auch?«

Aufs Stichwort ziehe ich mir ihn vom Finger.

»Den hab ich«, sage ich und halte ihn Chan entgegen.

Alle sehen mich entgeistert an, vor allem Momo. Er kann gar nichts sagen, so überrascht ist er.

»Was hat das zu bedeuten?«, fragt Chan bissig. »Was hat der Verräter hier zu suchen?«

»Tobi hat uns nicht verraten«, verteidigt mich Filine sofort.

»Jakob, Ariana. Vorsicht!«, ruft Momo, der seine Stimme wie-dergefunden hat. »Seht ihr nicht, was hier vor sich geht? Filine hat die Seiten gewechselt. Wahrscheinlich gehört sie jetzt auch zu den Piraten.«

Die beiden sehen sich unsicher an. Doch Momos Worte haben wie immer eine seltsame Überzeugungskraft. Langsam stellen sie sich links und rechts neben ihm auf wie zwei Leibwachen neben ihren König.

So stehen wir uns jetzt in ein paar Metern Abstand gegenüber. Filine und ich gegen den Rest der Chaos-Crew.

»Das trifft wohl eher auf dich zu, Momo«, sage ich. »Wir haben die Sachen, die du uns geklaut hast, eben aus deinem Safe geholt.«

Filine winkt mit dem Safeschlüssel.

Ich sehe ihm direkt in die Augen: »Oder soll ich dich lieber Liberty nennen?«

Momo weicht noch einen Schritt zurück, dann zieht er einen Zauberstab, meinen Zauberstab!

»Da hab ich dich wohl unterschätzt, Tobi«, sagt er und richtet die Spitze des Stabes direkt auf mich. »Dabei dachte ich am Anfang: viele Kuscheltiere und nur Luft im Gehirn. Das ist der perfekte fünfte Mann für meinen Plan. Ich bin neugierig. Was hat mich verraten?«

»Mittwoch hat dich verraten«, entgegne ich und grinse. »Damit hast du am Telefon die verrückte Piratenlady verwirrt. Sie wusste nicht, was du meinst, und sagte nur: ›Es ist doch Samstag.‹ Da war mir klar, dass Liberty ein Mitglied der Chaos-Crew sein muss. Niemand sonst sagt Mittwoch, wenn er eigentlich Scheiße sagen will.«

»Aber dann hätte es doch auch einer der anderen sein können?«

»Ja, aber nur du hast mich zum Verräter gemacht.«

»Moment mal«, mischt sich Ariana ein. »Momo hat uns ausgeraubt? Aber wie denn?«

»Die Feier auf der Burg«, sage ich. »Es sieht auf den ersten Blick nach einer verrückten Momo-Idee aus. Wie immer. Er holt uns ab, zeigt uns seinen tollen Besen. Aber in Wahrheit will er nur wissen, wo wir unsere Zaubersachen versteckt haben. Auf der

Burg dann verabreicht er uns einen Schlaftrunk, in der letzten Limo.«

Filine reißt die Augen auf: »Deshalb erinnere ich mich nicht mehr daran, wie ich ins Bett gekommen bin.«

»Es war fast zu einfach«, sagt Momo mit Stolz in der Stimme. »Ihr habt nix mehr mitgekriegt. Da konnte ich die Sachen einfach einpacken. Anschließend hab ich die Zeichen hinterlassen, damit ihr denkt, dass es die Piraten waren.«

Langsam fügt sich alles zu einem Puzzle zusammen. »Ich nehme an, dass die Flagge bei Chan und die Schattensäbel in deinem Zimmer nur dazu da waren, um uns auf die falsche Fährte zu locken?«, frage ich.

Momo nickt.

»Das verstehe ich alles«, sagt Filine: »Wir sollten denken, dass die Piraten es schon länger auf uns angesehen hatten. Aber was ich nicht verstehe: Wieso hast du Tobi zum Verräter gemacht? Das war doch gar nicht nötig.«

»Doch. Leider schon«, sagt Momo. »Und schuld daran warst du, Filine.«

»Ich?« Filine stutzt.

»Jeder Depp hätte die Sachen finden können, ganz ohne Insiderwissen. Chans Rucksack, den er mit ins Bett nimmt. Tobis alte Schuhschachtel unterm Bett. Da guckt man ja als Erstes. Und selbst die Truhe unter den Klamotten. Nicht sehr einfallsreich. Bis dahin brauchte ich keinen Verräter. Das hätten die Piraten auch so geschafft. Aber mein ganzer schöner Plan wurde mit dir zum Problem. Du nämlich wolltest mir einfach nicht sagen, wo du deine Sachen versteckt hast. Erst oben auf der Burg hast du die Mütze gelüftet und wir alle haben den Slüssel gesehen. Leider bist du ein schlaues Mädchen. Mir war klar, dass du dich früher oder später fragen würdest, woher die Piraten das gewusst haben sollten. Nur ein Insider konnte es ihnen noch in der Nacht verraten haben. Also brauchte ich einen Verräter, um von mir abzulenken.

Und da fiel mir das Foto ein, das ich gemacht hatte. Ein Zufallsschnappschuss. Auf dem Weg zum Geheimversteck bin ich mit dem Fahrrad an den dreien vorbeigekommen. Als ich Tobi mit Hanna hab quatschen sehen und er auch noch Chans Hut in der Hand hatte, wurde ich misstrauisch. Hab mich gefragt, ob sie ihn auch anwerben will. Da hab ich es einfach mal fotografiert. Ich wusste nicht, wie nützlich das Foto noch sein würde.«

»Die Piraten haben dich angeworben? Also stimmt das alles?«, fragt Ariana mit wutverzerrtem Gesicht.

Ich muss lachen: »Allerdings ist er noch in der Probezeit.«

»Tja. Man muss eben erst beweisen, dass man einen Platz im Clan verdient. Sie nehmen nämlich nur jemanden, der auf Level Alpha ist, einen eigenen Besen besitzt und beweist, dass er in der Lage ist, wertvolle Zaubergegenstände zu stehlen. Das sind die Bedingungen.«

Das Partyschiff, das immer noch ein paar Hundert Meter von uns entfernt ist, hupt und Jubel brandet auf. Die Discokugel hat die Gäste erreicht. Sie freuen sich über dieses unerwartete Spektakel.

Doch dann verschluckt der magische Staub das Boot und lässt die Passagiere das Unglaubliche, das sie vorhin gesehen haben, für immer vergessen.

»Aber warte mal«, wirft Ariana ein. Man sieht ihr an, dass sie scharf nachdenkt. »Dann hast du ja nicht nur uns an die Piraten verraten, sondern auch die Piraten an uns. Oder weiß Hanna, dass du uns ihre Identität verraten hast?«

»Ja. Das ist ein Problem«, sagt Momo seufzend. »Aber auch

wieder keins, denn jetzt erfülle ich meine letzte Aufgabe: Wenn ihr euch an nichts mehr erinnert, hab ich die Probezeit bestanden und bin endlich ein echter Pirat. Leider hat die Sache mit dem Regenbogen ja nicht geklappt. Dann muss ich es doch mit dem Zauberstab versuchen.«

»Du hast gewusst, dass das Schiff um Mitternacht hier vorbeikommen würde?«, schreit Chan, der die ganze Zeit über geschwiegen hat. »Das war kein dummer Zufall wie bei Farid?« Die Erkenntnis steht ihm ins Gesicht geschrieben.

»Aber warum? Warum das alles? Wir sind doch Freunde.«

Tränen aus Wut und Enttäuschung stehen ihm in den Augen.

»Verstehst du es wirklich nicht?«, ruft Momo aufgebracht. »Genau das ist das Problem. Du kennst mich so lange und doch kennst du mich gar nicht. Ich will frei sein und tun und lassen, was mir gefällt. Ich will Abenteuer erleben. Mehr als nur Auto fahren. Ich will den Himmel erobern und die ganze Welt. Und die Piraten! Sie sind wie ich. Es gibt für sie keine Grenzen. Und sie wollen mich.«

»Aber sie sind kriminell«, kreischt Chan. »Du irrst dich. Du gehörst zu uns.«

»Jakob, es tut mir leid«, sagt Momo mit kaltem Blick und richtet die Spitze des Zauberstabes jetzt direkt auf seinen besten Freund.

»Mir auch«, antwortet Jakob. Sein Fuß schnellt nach oben. Mit einem Kick tritt er den Zauberstab aus Momos Hand. Dieser fliegt ein Stück. Ariana hechtet ihm hinterher, liest ihn vom Boden auf und passt ihn zu mir herüber wie einen Ball.

Reflexartig schnellt meine Hand zur Seite und ich fange ihn tatsächlich. Endlich habe ich meinen Zauberstab zurück. Als ich ihn umklammere, spüre ich seine Wärme in meiner Hand. Er ist auf meiner Seite. Aber ohne die anderen wird es nicht klappen. Das weiß ich.

»Hast du nicht gesagt, du kannst noch keinen einzigen Zauberspruch?« Momo lacht wie ein Verrückter.

»Doch, einen schon«, antworte ich ruhig. »Allerdings brauche ich dazu Unterstützung.« Nach einem schnellen Blickwechsel kommen Filine, Ariana und Chan zu mir gelaufen. Aber sie wissen nicht, was sie tun sollen.

»Ihr müsst ihn berühren, damit er jeden von uns vergisst«, rufe ich, und ihre Hände umfassen den Stab von allen Seiten.

»Nein, wartet. Tut das nicht«, bettelt Momo und hält schützend die Hände vors Gesicht.

Jetzt formen sich die Worte in meinem Kopf. Ich hoffe, dass ich mich richtig erinnere. Dann tue ich es und spreche sie einfach laut aus: »Obliviscaris omnia.«

Der Zauberstab erzittert. Ein Lichtblitz schießt aus seiner Spitze heraus und trifft Momo mitten auf die Stirn.

Er taumelt ein Stück und fällt einfach nach hinten um.

Reglos liegt er auf der Wiese. Als wäre er tot.

Filine schreit auf, Chan und Ariana stürzen aufgeregt zu ihm. Chan kniet sich hin und nimmt seinen Kopf auf den Schoß. Ariana horcht an seiner Brust.

»Er atmet noch«, sagt sie erleichtert.

Langsam öffnet Momo wieder die Augen und sieht uns alle ängstlich an.

»Wer seid ihr?«, fragt er und sieht sich um.

Ich bin baff. Es hat funktioniert. Momo kann sich nicht mehr an uns erinnern und damit auch an nichts, was mit der Chaos-Crew je zu tun hatte. Damit sind sogar alle Erinnerungen an seinen besten Freund gelöscht. Das ist krass.

»Was ist passiert? Wo bin ich?« Momo sieht uns beinahe ängstlich an. Mir fällt keine Antwort ein. Zum Glück ist Filine geistesgegenwärtig genug: »Keine Panik, wir haben dich hier gefunden. Du musst hingefallen sein und hast dir den Kopf gestoßen.«

Momo setzt sich vorsichtig auf und reibt sich die Stirn. Eine Beule ist dort, wo der Zauber eingeschlagen hat.

»Ja. Tut auch weh«, jammert er.

»Wir bringen dich jetzt nach Hause«, sagt Ariana und reicht ihm die Hand zum Aufstehen.

In diesem Moment fährt das Schiff an uns vorbei. Fasziniert sehe ich die bunten Lampions und tanzenden Leute an Deck. »Oldie-Nacht im Mondschein mit dem Bio-Trio« steht auf dem Werbebanner an der Reling. Die Musik ist laut und wild. Die Band dreht gerade richtig auf. Der Sänger wirbelt mit dem Kopf. Seine fusseligen langen Haare fliegen. Er kommt mir bekannt vor. Seine große, hagere Gestalt. Nee. Das kann ja nicht wahr sein! Der Weberknecht!

Ungläubig starre ich auf die Frau am Keyboard. Das ist doch unsere Direktorin, Frau Eisenbeis. Dann sehe ich die roten Haare hinter den Drums. Ändy!

FLÜSSIGE WAHRHEIT

Wenn man sie genau betrachtet, dann leuchten sie verdächtig neongrün. Aber für einen ahnungslosen Betrachter sind es einfach nur drei Smoothies, die ich ins Schlafzimmer meiner Eltern trage.

»Tobi, was hast du da?«, fragt mein Vater, der als Erster die Augen aufmacht.

»Ich hab uns was Leckeres zum Frühstück gezaubert«, antworte ich wahrheitsgemäß.

Vorsichtig stelle ich das Tablett mit den drei Gläsern auf dem Nachttisch meines Vaters ab.

»Willst du dich dazukuscheln?«, fragt er und hebt seine Decke ein Stück hoch. Ich kann nicht in Worte fassen, wie sehr mich diese Frage freut.

»Oh, Tobi. Guten Morgen«, nuschelt meine Mutter in ihr Kissen, ohne die Augen zu öffnen. Sie sind noch mit Lidschatten und Wimperntusche verschmiert. Party-Ändy sieht ganz schön zerstört aus.

»Ja, komm zu uns«, sagt sie und hebt auch ihre Decke seitlich ein Stück nach oben, sodass in der Ritze für mich ein freies Plätzchen entsteht. Ich klettere über meinen Vater und kuschele mich zwischen die beiden. Es ist wie früher, warm und gemütlich.

»Sieht gesund aus«, sagt mein Vater, als er die Gläser zu uns durchreicht.

»Was ist dadrin?«, will meine Mutter wissen und riecht daran.

»Banane, Erdbeere und Grünzeug, das ich im Kühlschrank gefunden habe.« Eine Zutat verschweige ich allerdings.

Wir stoßen an, nehmen alle einen kräftigen Schluck und stellen die Gläser sicherheitshalber wieder auf den Nachttisch zurück. Dann vergraben wir uns in den Decken.

»Wie war eigentlich der Film gestern? Ich hab dich gar nicht nach Hause kommen hören«, sagt mein Vater.

Meine Mutter öffnet den Mund, schließt ihn jedoch gleich wieder. Sie will etwas sagen, aber auch wieder nicht. Ihre Stirn legt sich in Falten, dann beginnt sie zu stammeln: »Also … also, ich war ja …« Doch es geht nicht weiter.

»Wie heißt denn der Film, in dem ihr wart?«, versucht es mein Vater erneut.

»Ich weiß es nicht«, antwortet meine Mutter mit weit aufgerissenen Augen. Die Wahrheit schwappt einfach so aus ihr heraus und sie kann nichts dagegen tun. Ich freue mich diebisch. Das Serum, das Filine heute früh vorbeigebracht hat, wirkt!

»Wie? Du weißt nicht, wie der Film heißt?«, fragt mein Vater irritiert.

»Ja, also die Wahrheit ist, dass ich gar nicht mit Heike im Kino war«, gibt sie zu und kaut auf ihrer Unterlippe herum.

Mein Vater setzt sich nervös auf. »Was soll das heißen? Wo warst du denn dann?«

Meine Mutter seufzt und nimmt ihr Handy vom Nachttisch. »Eigentlich wollte ich es euch noch nicht sagen. Es sollte eine Überraschung an meiner Geburtstagsparty nächsten Samstag werden. Aber bitte.« Dann öffnet sie ein Video. Zu sehen sind tanzende Leute auf einem Schiff und eine Band, die gerade einen alten Rocksong spielt.

»Was ist das?«, fragt mein Vater und reibt sich die Augen. »Nee, bist das du da an der Trommel?«

»Trommel?« Meine Mutter greift über mich hinweg und zieht ihn am Ohrläppchen. »Schlagzeug heißt das. Und ja, das bin ich.«

»Aber … was? Was ist das?«

»Das ist meine Band. Bio-Trio«, antwortet meine Mutter. »Gestern war unser erster Auftritt auf dem Partyschiff.«

»Du spielst in einer Band? Und sagst kein Wort darüber?«

Verlegen schaut meine Mutter auf ihre nackten Füße, die unter der Bettdecke hervorlugen.

»Ach, du warst die ganze Zeit so beschäftigt und müde und schlecht gelaunt. Und ich wollte nicht, dass du mich auslachst und doofe Sachen sagst wie ›Ist das jetzt die Midlife-Krise mit vierzig?‹. Da dachte ich, ich spar mir die Kommentare und beweise euch einfach an meinem Geburtstag live, was noch in mir steckt.«

Dann trommelt sie wie wild auf uns herum. Auf meinem Rücken, auf Papas Bauch und ihren Oberschenkeln. Wir müssen alle lachen.

»Also warst du die ganzen Abende gar nicht mit Heike unterwegs?«, will mein Vater wissen.

»Richtig. Ich hatte Bandprobe. Unser Sänger hat einen Probenraum im Keller. Da haben wir uns getroffen und geübt.«

»Und ich dachte, ihr wollt euch scheiden lassen«, sage ich und verziehe das Gesicht zu einer Fratze. Der Smoothie zeigt auch bei mir Wirkung.

»Wie kommst du denn darauf?«, fragen beide gleichzeitig.

»Irgendjemand hat über die Suchmaschine am Rechner nach Scheidungsanwälten gesucht. Das hab ich gesehen und mir Sorgen gemacht.«

Mama lacht. »Ja, das war ich, aber nicht für uns, sondern für Heike. Die ist ja schon länger von Rolf getrennt und will sich jetzt scheiden lassen. Da hab ich nach einem alten Studienfreund gesucht, einem Scheidungsanwalt. Um ihr die Nummer zu geben. Du Armer. Und du dachtest die ganze Zeit, dass wir uns trennen wollen?« Meine Mutter streichelt mir über den Kopf.

»Ja, du warst ja so oft weg. Und Papa war immer so mürrisch und müde. Da dachte ich, ihr mögt euch nicht mehr.«

Mein Vater vergräbt das Gesicht im Kissen und nuschelt ein »Es tut mir leid« in die Federn.

»Was?«, fragt meine Mutter.

»Das alles ist dann wohl auch meine Schuld. Ich hab's euch nicht erzählt, aber ich musste ein paar Mitarbeiter entlassen. Seitdem meiden mich alle. Meine alten Kollegen gehen nicht mal mehr mit mir Mittag essen. Ich bin ja jetzt ihr böser Boss. Und die ganzen Überstunden und Sitzungen machen mich total fertig. Es ist so schlimm, das zu sagen, aber ich hasse meinen neuen Job.«

»Oh, Stefan. Wieso hast du denn nicht mit mir geredet?«

»Ich wollte nicht jammern. Außerdem brauchen wir doch das Geld, um das neue Haus abzubezahlen. Also hab ich versucht, tapfer zu sein.«

»Ich muss euch auch noch was beichten«, beginne ich mein Geständnis. »Erstens: Ich finde, dass Taxifahrer ein guter Beruf ist. Man hat sein eigenes fahrendes Büro und transportiert jeden Tag viele spannende Menschen. Das ist nichts, wofür man sich schämen müsste. Und zweitens: Ich hasse Biologie.«

Meine Eltern sehen mich mit großen Augen an.

»Die gute Note im Eignungstest ist erschummelt«, fahre ich fort. »Ich bin völlig planlos. Jetzt ist es raus.«

Ich bin bereit, mir eine lange Predigt anzuhören.

»Aber wieso hast du denn nie was gesagt?«, fragt meine Mutter.

»Ich wollte euch nicht enttäuschen. Ihr wart so stolz auf mich. Jetzt seid ihr bestimmt sauer.«

Zu meiner Überraschung lächelt mein Vater und kommt von der Seite ganz nah an mich herangekuschelt.

»Nein«, sagt er und gibt mir einen Kuss auf die Wange.

Ich schiele zu Ändy herüber, die sich nun von der anderen Seite an mich schmiegt und sagt: »Ich hab dich lieb, was auch immer du aus deinem Leben machen willst.«

Kurz frage ich mich, ob sie wirklich meinen, was sie sagen. Doch dann fällt mein Blick auf die neongrünen Smoothies.

Nein!

Ich bin mir sicher. In diesem magischen Moment ist es die Wahrheit und nichts als die Wahrheit!

DER NEUANFANG

»Hi, ich möchte zu Jakob«, sage ich möglichst höflich, als Arnold mir die Tür öffnet und sich breit wie ein Gorilla vor mir aufbaut.

»Der ist nicht da«, knurrt er mir entgegen.

Er will mir schon die Tür vor der Nase zuschlagen, als Chan aus seinem Zimmer kommt. »Warte, das ist mein Besuch.«

»Du bist ja doch da«, murrt Arnold.

Chan lächelt mir hinter seinem Rücken verschwörerisch entgegen und ich sehe den Ring an seinem Finger funkeln.

»Wenn hier jetzt das Kindertheater losgeht, bin ich weg«, motzt Arnold und greift einen Schlüsselbund von der Kommode.

»Tschüss«, sage ich, immer noch darauf bedacht, höflich zu sein. Man will einfach keinen Streit mit dem Idioten. Aber Jakobs großer Bruder drängt mich zur Seite und verschwindet, ohne sich zu verabschieden. Er hat wirklich keine guten Manieren.

»Ist sonst noch keiner da?«, frage ich verwundert. Ich bin spät dran. Und zumindest Filine ist immer überpünktlich.

»Doch«, antwortet Chan.

Freudig laufe ich in sein Zimmer, um Hallo zu sagen, aber zu meiner Verwunderung ist niemand da.

»Willst du mich veräppeln?«, frage ich. Chan grinst seltsam. Irgendwas ist hier faul.

»Kleinen Moment«, sagt er und klopft an seine Schranktür.

Hä?

Ich sehe diebische Freude in seinem Gesicht.

Es dauert eine Weile, dann öffnet sich die Tür einen Spalt weit und der Duft von feuchtem Waldboden, Kiefernzweigen und

Popcorn strömt uns entgegen. Plötzlich erscheint Filines Gesicht zwischen Jakobs Klamotten.

»Hi, Tobi«, sagt sie fröhlich, als wäre es das Normalste der Welt, aus einem Schrank herauszuspazieren. »Ich brauchte noch mal ein bisschen Ruhe und Erholung, bevor die Party losgeht.«

Dann lässt sie den Slüssel unter ihrer Mütze verschwinden.

Wir müssen alle lachen.

Es klingelt.

Endlich ist auch Ariana da. Jetzt sind wir vollzählig. Sie sieht allerdings ein bisschen niedergeschlagen aus.

»Vier Wochen«, jammert sie, während Chan uns in die Küche bittet. »Das blöde Einhornhaar muss vier Wochen lang in Herzwurzsud eingelegt werden, bevor man es benutzen kann.« Doch ihr Ärger verfliegt, als sie den vollgepackten Tisch sieht. Chan hat alles vorbereitet. Und jetzt backen wir zusammen Muffins. Sie sind für das große Gartenfest, das nachher noch gefeiert wird.

»Nichts bleibt so, wie es ist. Das merkt man vor allem, wenn man Geburtstag hat. Heute wird aus einer Neununddreißig eine Vierzig und aus einer Neunundsechzig eine Siebzig«, beginnt mein Vater seine Rede und eröffnet damit offiziell die Party. Meine Mutter und unser Nachbar, die beiden Geburtstagskinder, nicken und verziehen dabei gequält ihre Gesichter, was die Gäste zum Lachen bringt.

»Aber«, fährt mein Vater fort, »und das ist die gute Nachricht: Egal, wie alt man ist, es ist nie zu spät, etwas Neues zu wagen. Und so hat meine Frau eine Band gegründet. Deshalb jetzt bitte einen großen Applaus für das Bio-Trio, featuring Kapitän Alfred und Kolumbus.«

Die Gäste applaudieren, dann betritt meine Mutter die Terrasse, die heute ihre große Bühne ist. Sie hält bei meinem Vater an, küsst ihn und beide sehen sich in die Augen. Dieses Mal mit Liebe. Das kann ich sogar auf die Entfernung erkennen.

Anschließend setzt sie sich hinters Schlagzeug, während Herr Bohnenberger sich sein Schifferklavier umschnallt. Der Weberknecht zupft die Saiten seiner Gitarre zum Test. Dann haut Frau Direktor Eisenbeis in die Tasten des Keyboards, und der Altenklub veranstaltet einen Lärm, dass es einem das Trommelfell zerfetzt. Der Weberknecht brüllt ins Mikro, Kolumbus jault dazu und Ändy verdrischt mit einem teuflischen Lächeln auf den Lippen das Schlagzeug.

»Der Song klingt wie die Titelmelodie aus der Hölle«, sagt Chan und hält sich die Ohren zu.

Doch den älteren Gästen gefällt es. Sie wippen mit den Beinen, nicken mit den Köpfen und singen sogar mit.

Filine, die sich gerade eben noch mit Mamas Chefin, Frau Prof. Dr. Brüggemann-Eggert, unterhalten hat, kommt mit leuchtenden Augen zu uns. »Leute, ich kann direkt in der ersten Ferienwoche mit dem Praktikum anfangen. Ist das nicht der Hammer?«

Ich gratuliere ihr. Sie ist genau die Richtige für diesen Job.

»Und was machen wir anderen in den Ferien?«, fragt Ariana.

»Was haltet ihr davon, wenn wir uns ein neues Geheimversteck suchen?«, schlage ich vor. Die Garage ist ja ohne Momo tabu. Also müssen wir etwas anderes finden.

»Und wenn wir ein ganzer Clan sein wollen, brauchen wir außerdem einen neuen fünften Mann«, bemerkt Chan.

»Oder eine fünfte Frau«, wirft Ariana ein und nippt an ihrer Apfelschorle.

»Was ist mit Leon? Der würde doch gut zu uns passen«, findet Filine.

»Hab schon gefragt, aber der will bei den Nullcheckern bleiben. Muss er auch, wenn er sein Abi in Bio bestehen will.« Alle nicken verständnisvoll. Leon wird nämlich trotz allem in den naturwissenschaftlichen Zweig gehen. Ich nicht. Ich werde Taxiot, aber ich freue mich darauf. Es gibt nämlich ein paar echt coole Leute im Sprachenzweig. Und vielleicht gründe ich später mal mein eigenes Taxiunternehmen. Wer weiß: Alles ist möglich!

»Ich wüsste noch jemand anderen, der ein toller fünfter Mann wäre«, sage ich und nicke mit dem Kopf zu einem der Gäste, der gerade erst gekommen ist und etwas schüchtern am Rand steht.

»Mike«, rutscht es Ariana heraus, und ihr Gesicht geht in Flammen auf. »Was macht der denn hier?«

»Ich hab ihn eingeladen«, erkläre ich. »Seine Mum ist doch Teil der Band.«

»Auch wenn er dir geholfen hat, ist und bleibt er ein Pirat«, empört sich Chan.

»Nee. Hanna hat ihn rausgeworfen, weil er mich hat entwischen lassen«, erkläre ich. »Ihr könnt ihn ja einfach mal kennenlernen. Er ist ein sehr netter Kerl.«

»Ist alles in Ordnung mit dir?«, fragt Filine ihre Cousine, die ganz entgeistert immer wieder zu Mike hinüberguckt. »Trink lieber noch einen Schluck.«

Ariana setzt ihre Schorle an und leert sie in einem Rutsch. Aus den Augenwinkeln heraus sehe ich, wie Filine eine kleine Flasche in der Tasche ihres Latzrockes verschwinden lässt.

Einen Moment später schüttelt sich Ariana. »Ich glaub, ich werd Mike mal Hallo sagen«, verkündet sie plötzlich und marschiert entschlossen los.

Mit offenen Mündern starren wir ihr hinterher. Dann fixiere ich Filine vorwurfsvoll.

»Was guckst du denn so? War nur Löwenblümchenextrakt. Manchmal braucht man eben ein bisschen Magie im Leben.«

Tja. Was soll ich sagen?

Wo sie recht hat, hat sie recht.

Natürlich magellan ©

**Hergestellt in Deutschland
Gedruckt auf FSC®-Papier
Lösungsmittelfreier Klebstoff
Drucklack auf Wasserbasis**

1. Auflage 2021
© 2021 Magellan GmbH & Co. KG, 96052 Bamberg
Alle Rechte vorbehalten
Umschlaggestaltung: Christian Keller
unter der Verwendung einer Illustration von Kristina Kister
ISBN 978-3-7348-4737-0
Druck: CPI, Leck

www.magellanverlag.de